Amours 2040

Du même auteur

Je ne m'attendais pas à ça !, Larousse, 2021

Le Temps bleu, éditions Michel Lafon, 2023

L'ABC'père (avec Yannick Vicente), Larousse, 2023

Alexandre Marcel

@papa.plume

Amours 2040

Roman

Michel Lafon

14, boulevard de la Madeleine
75008 Paris
www.michel-lafon.com

À ma Pouchat, mon amour 2010
rencontrée en ligne,
devenue amour de ma vie.

Chapitre 1

Étienne

Hiver 2040.

Étienne essuie les gouttes de pluie qui ruissellent sur son visage. Ce n'est pas comme ça qu'il imaginait sa vie à vingt-neuf ans, en train de grelotter dans le froid un samedi soir de février, attendant le verdict d'un homme qui ne le connaît pas, un videur qui va le juger d'un seul coup d'œil, et décider s'il est digne ou non d'entrer dans la boîte de nuit derrière lui.

Il pensait avoir tourné la page. Être entré dans le club des presque trentenaires qui, le samedi soir en hiver, écoutent la pluie carillonner sur les fenêtres tout en savourant des sushis sous un plaid bien chaud. C'est ce qu'ils faisaient, avec Aurélia. Ils commandaient des sushis, une bouteille de saké, puis ils s'emmitouflaient l'un contre l'autre devant un film, et c'était tellement bon d'écouter la pluie tomber tout en sentant la chaleur de son corps, le parfum de pamplemousse dans ses cheveux, ses pieds qui frottaient les siens, *amoureusement*. Il mettait beaucoup de cœur dans ces soirées. Quand ils ne se faisaient pas livrer leur repas, c'est lui qui cuisinait, et il s'évertuait toujours à la surprendre. Ce n'était pas grand-chose à côté des miracles d'imagination qu'elle déployait quotidiennement pour lui, mais il sait qu'elle appréciait, qu'elle en parlait avec tendresse aux autres membres de la bande – « Eh bien, hier soir, Étienne m'a concocté ceci, m'a cuisiné cela », etc. Et lui, il était fier comme un coq.

Après plusieurs minutes d'inertie, la file s'ébranle et ils arrivent devant le videur du Liberty, le dernier club à la mode ayant ouvert près de Bastille. Comme avant, ils sont tous les quatre : Matthieu, Guillaume, Bruno et lui-même, les *mousquetaires de Lille*, comme ils s'autoproclamaient durant leurs études en école de commerce. Ils auraient dû être ses trois témoins, si Aurélia n'avait pas mis les voiles à quelques semaines du mariage. Le videur les regarde sous la capuche de sa parka et leur demande s'ils ont un profil dans Meilleure Vie, *l'application des applications* qui avait détrôné toutes les autres au début des années 2030. Étienne, qui fait partie des quelques résistants de sa génération, laisse ses amis sortir leur téléphone. Le videur scanne leurs profils, analysant en un clin d'œil l'historique de leurs sorties et donc leur potentiel de consommation, puis leur fait signe d'entrer.

– Je ne comprends vraiment pas pourquoi tu continues à t'entêter, dit Matthieu en rangeant son téléphone.

– Je n'en ai pas besoin, grommelle Étienne.

– C'est quand même pratique d'avoir tous les services dispos sur une même appli.

– Le jour où j'aurai envie de rencontrer l'amour tout en commandant de la lessive et en postulant pour un nouveau job, je la téléchargerai, promis.

Matthieu lâche un petit rire et le prend fraternellement par l'épaule.

– Ça me fait plaisir de te voir comme ça, dit-il.

– Me voir comment ?

– Eh bien, souriant, heureux d'être là !

– C'est vraiment l'impression que je donne ? s'étonne Étienne.

Matthieu tourne ses yeux noisette vers lui.

– Pourquoi, tu ne l'es pas ?

Devant l'absence de réponse de son ami, il resserre son étreinte.

– Tu n'allais pas jouer une fois de plus les ermites ! Ça me fait déprimer de t'imaginer tout seul chez toi un samedi soir.

– J'aime bien être tout seul, réplique Étienne.

Matthieu lève les yeux au ciel.

– Jusqu'au moment où tu décides que tu n'aimes plus ça, et où tu m'appelles à 3 heures du matin pour vider ton sac.

– Exactement.

Ils laissent leurs affaires au vestiaire, enfilent leurs lunettes de réalité virtuelle, pas plus lourdes ni encombrantes que de simples lunettes de vue, puis s'engouffrent dans un tunnel en forme de tube où ondulent des créatures phosphorescentes, en rythme avec la musique qui devient de plus en plus forte à mesure qu'ils s'approchent de la salle. Soudain, Bruno les fait s'arrêter et les regroupe en cercle, comme une équipe de basket avant un match.

– Les gars, dit-il, ce soir c'est zéro prise de tête, d'accord ? Toi, Guigui, tu oublies que tu es marié. Toi Mat', tu déconnectes un peu de tes dossiers. Et toi,

Étienne, mon Étienne, ce soir tu remets le pied à l'étrier, OK ? Je sais, coupe-t-il avant même d'être interrompu, et imitant avec brio l'intéressé, *ce n'est pas en boîte qu'on rencontre l'amour de sa vie, Baudelaire, les couchers de soleil qui palpitent dans l'océan de tes yeux*, on connaît la chanson, mais là ce n'est pas ce que je te demande ! Juste un flirt, une danse, n'importe quoi qui puisse nous prouver, et surtout te prouver, qu'il y a encore un peu de sang là-dedans (disant cela, il a baissé les yeux vers son entrejambe). Bref, ce soir on s'éclate sans prise de tête, reçu ?

Étienne, Matthieu et Guillaume acquiescent pour lui faire plaisir, rompent leur formation puis sortent du tunnel.

Ils sont engloutis. Avalés. Machés, recrachés, avalés à nouveau, emportés comme dans un siphon par la musique qui se fait chair, qui palpite en mille gouttelettes de sueur sur leur peau tandis que se déploie autour d'eux une simulation de jungle, exubérante de réalisme, jusqu'aux parfums de fleurs mouillées qui flottent dans l'air, jusqu'au sol devenu boue, racines, fougères, jusqu'au ciel rougeoyant que l'on distingue à travers les lianes et les palmes, expérience sensorielle telle qu'Étienne n'en a jamais connue et que Guillaume résume par ces mots : « Quel délire, les amis ! » Ils avancent dans la foule, se laissent porter par le mouvement des corps, le tissage des regards qu'on lance, qu'on quête, qu'on soutient ou qu'on esquive, le jeu des mains qui se cherchent et s'attrapent, toutes les forces actives de la joie, la jeunesse dans sa fluidité et sa soif de vivre.

Bruno s'éloigne et revient quelques instants plus tard, quatre verres serrés contre sa poitrine, *aidez-moi, ça va tomber !* Ils se servent, trinquent, puis replongent tête baissée dans le siphon. La jungle a laissé place à la savane africaine, ils dansent au milieu des gnous, des buffles et des gazelles, leurs pieds soulevant des nuages de sable qui sentent la terre et le fauve, les yeux plissés par l'éclat éblouissant du soleil qui se couvre, soudain, avec un avant-goût d'orage. Un grondement retentit, des éclairs zèbrent le ciel et la pluie commence à tomber, une drache chaude et enivrante qui noie les silhouettes, les esquisse en traits de khôl dans l'air anthracite. Et soudain, Étienne l'aperçoit, toute en ondulations et cheveux d'encre, Aurélia, là-bas, dans le remous d'une rivière où nagent des crocodiles, son corps de gymnaste sculpté par la lumière. *Il doit lui parler, il doit comprendre.* Hypnotisé, il se fraye un chemin dans la foule qui s'épaissit, encaisse les coups de coude qui font tanguer son verre et renversent de l'alcool sur sa chemise, s'arrête à quelques mètres d'elle et bifurque soudainement, transpercé par le mépris de deux yeux inconnus, quelque chose comme *qu'est-ce que tu me veux, toi ?* dont Aurélia aurait été bien incapable.

Au milieu de son errance, une main lui attrape l'épaule, il se retourne.

– Tout va bien, 'Tienne ? demande Matthieu.

– Oui, je… j'ai besoin de prendre l'air.

– Je viens avec toi.

Ils récupèrent leurs manteaux aux vestiaires, passent devant le videur qui leur tamponne le dos de la main, puis sortent dans la rue où la pluie s'est arrêtée.

– Dis-moi, qu'est-ce qu'il se passe ?

Étienne retire ses lunettes et regarde Matthieu. Quand Aurélia l'avait quitté, c'est lui qui l'avait recueilli, choyé, réparé. Trois semaines planqué, tapi, dans son petit appartement du XIVe arrondissement, les soirées pizzas, les étreintes amicales au beau milieu d'une partie de cartes ou de tennis virtuel, quand les larmes jaillissaient sans prévenir, les footings au parc pour évacuer, oui Matthieu avait été là, non comme un *pote*, mais comme un ami, le meilleur qu'il avait jamais eu, et qui continuait de veiller sur lui avec un dévouement sans faille.

– J'ai cru… j'ai cru voir Aurélia, à l'intérieur.

Matthieu fait un petit bruit avec sa bouche, du style *je comprends*.

– Tu sais, ce que disait Bruno, à sa façon, sur le fait de se remettre avec quelqu'un…

– J'ai appris quelque chose, Mat'. La semaine dernière.

Un silence passe. Étienne regarde ses pieds, tape dans un caillou avec sa chaussure.

– C'était lundi ou mardi, je ne sais plus, reprend-il. J'essayais d'écrire et… enfin, ça ne venait pas, tout était sec, nul, sans intérêt. Je ne sais pas ce qui m'a pris, j'ai sorti un vieux whisky qui traînait dans mes placards et j'ai fini la bouteille. C'était la première fois que ça m'arrivait. De boire de l'alcool tout seul comme ça, même un verre de vin je ne l'avais jamais fait.

Il se tait un instant et lâche un petit rire jaune, tout en tendant son téléphone à Matthieu.

– On peut dire que ça m'a donné de l'inspiration… mais pas celle que j'espérais.

Matthieu attrape l'appareil.

23 h 40 : *Aurélia, je t'aime encore…*

23 h 52 : *Qu'est-ce qu'il a de plus que moi ?*

0 h 05 : *On se voit demain ?*

0 h 35 : *David m'a demandée en mariage, Étienne, il faut que tu arrêtes de m'écrire.*

0 h 40 : *Tu as dit oui ?*

0 h 42 : *Oui. Prends soin de toi, Étienne.*

0 h 46 : *Pourquoi lui ?*

0 h 50 : *S'il te plaît, Étienne…*

Matthieu lève ses yeux vers son ami.

– Je… je suis désolé, mon pote. Je comprends que ça t'ait retourné.

– C'est ma faute, je n'aurais jamais dû lui écrire. Je peux te dire que c'est la dernière fois que je picole tout seul !

– Depuis, tu n'as pas eu de nouvelles ?

– Non. Et je n'en veux plus. Plus jamais.

Étienne grelotte. Comme à chaque fois, son cœur s'est refroidi à la lecture de ces échanges.

– Je vais rentrer, Mat'. Je n'ai pas l'âme à la fête.

– Tu es sûr ? Ça fait du bien, parfois, de se changer les idées.

– Oui, je suis sûr.

– Comme tu veux. On se voit demain pour le brunch ?

– Sans faute.

Ils se font une accolade, puis Étienne prend la direction du métro, sous le crachin mêlé de neige qui s'est remis à tomber.

Assis devant les rails, son séant posé sur le siège glacial de la station, il regarde les trois affiches de publicité qui tapissent les murs en face de lui. Elles sont toutes de Meilleure Vie, l'application qui, dans l'ordre :

Fait les courses à votre place, aussitôt commandées, aussitôt livrées !

Vous emmène en Australie sans que vous ayez
à quitter votre canapé !
Vous fait rencontrer l'Amour,
le Vrai, le Grand, l'Unique !

Ses yeux restent accrochés à la dernière affiche de longues minutes, l'image de ces deux bouches qui s'embrassent en gros plan, le tarif pour un abonnement standard, 9,99 € mensuel, une somme qu'il a tout à fait les moyens de débourser, la promesse, *satisfait ou remboursé*, de rencontrer le grand amour. Il sait que Matthieu et Bruno ont raison. Que la seule manière de tourner vraiment la page, c'est de rencontrer quelqu'un, une fille qui lui fera oublier Aurélia, ou, tout du moins, y songer autrement, sans regret, colère, ni douleur dans le cœur.

Dans sa rame, il remarque que la plupart des voyageurs portent des lunettes de réalité virtuelle, celles-ci étant reconnaissables aux lumières clignotant sur les branches. Depuis leur généralisation il y a quelques années, les gens ont moins le nez plongé dans leur téléphone. À la place, ils regardent droit devant eux, sourient et parlent, tout cela ayant évidemment abouti à nombre de quiproquos dans les premiers temps – « Excusez-moi, j'ai cru que vous vous adressiez à moi ! » « La fille là-bas, j'ai l'impression qu'elle me regarde, non ? » –, ce genre de choses. La solution pour s'éviter des moments d'inconfort s'est imposée d'elle-même : s'ignorer, encore plus qu'avant.

Étienne arrive devant son immeuble vers 1 heure du matin. Il monte les cinq étages, ouvre difficilement la porte avec ses doigts gelés, se glisse à l'intérieur, retire son manteau et ses chaussures, boit un grand verre d'eau pour dissiper les derniers effets du cocktail rapporté par Bruno, puis s'assied dans son canapé, téléphone dans les mains. Il hésite longuement, son doigt au-dessus de l'icône de Meilleure Vie qu'il a installée dans le métro, encouragé par une nouvelle pub où l'on voyait deux amoureux se tenir la main devant un coucher de soleil. Il sait que s'il pénètre dans cet univers, il n'en sortira certainement plus. Trop facile, trop pratique, trop ergonomique, le monde entier à portée de main. Cependant, il y a une autre chose dont il n'arrive pas à sortir, c'est de sa relation avec Aurélia, cinq ans d'amour, de fous rires, de voyages, de complicité, d'engueulades aussi, bien sûr, comme tous les couples, cinq ans de vie commune qu'il traîne comme autant de boulets à ses pieds et qui l'empêchent d'avancer. Alors, d'un geste brusque, il fait glisser ses lunettes sur son nez et clique sur l'application.

Instantanément, il se retrouve propulsé dans une sorte de bureau, face à un homme d'une trentaine d'années, yeux bleus, sourire avenant, chemise blanche sans un pli. Celui-ci lui se présente, « Julien, Personnal Assistant », et lui demande ce qu'il peut faire pour lui, ce qui l'a poussé à s'inscrire sur Meilleure Vie, etc. Tout en répondant aux questions, Étienne s'interroge sur la réalité de cet homme. S'agit-il d'une *vraie personne*, d'un être humain en chair et en os caché, comme lui, derrière un écran, ou bien d'une pure création de l'IA ? Dans tous les cas, le résultat est bluffant car il a réellement l'impression d'être *en présence* de Julien, qu'il pourrait le toucher s'il avançait un peu la main.

Ayant recueilli ses réponses, Julien lui précise quelques informations importantes, telles que les modalités de paiement, les différents services auxquels il peut souscrire, ou encore le système de déambulation dernier cri qui, *intégrant l'architecture et la composition de ses lieux de vie*, lui permettra de *se déplacer naturellement et en toute sécurité dans les environnements virtuels.* Après quoi, il ouvre une porte derrière lui et l'invite à le suivre.

Une lumière éblouissante les absorbe, et les voilà projetés dans une sorte de village en bord de mer, par une douce matinée d'été. Étienne comprend rapidement comment se déplacer : en regardant dans une direction et en bougeant simplement les pieds ou les bras, comme s'il marchait. Soudain, il s'amuse à avancer réellement et réalise que, grâce aux minuscules caméras situées sur les lunettes, l'espace dans lequel il se trouve s'adapte à l'environnement de son appartement. Sa table basse devient successivement un parterre de fleurs, une chaussée en travaux, un arbre à contourner ; le grand mur dans son salon, la façade d'un restaurant, une route barrée pour travaux, l'extrémité du port – un pas de plus et il tomberait dans l'eau ! Tout est facile, instinctif et parfaitement sécurisé. Il pourrait tout faire assis mais l'application, lui apprend Julien, valorise l'effort physique. Chaque pas, effectué la plupart du temps sur place, rapporte un point, et le cumul de ces points donne droit à des réductions dans divers endroits du Village – c'est ainsi que Julien nomme le lieu : le « Village ». Tout en écoutant son guide, Étienne regarde autour de lui – l'eau bleue et claire qui clapote contre la grève, les commerces aux façades d'ocre, l'ombre des palmiers qui épouse les mouvements du vent, et sa bouche ne peut retenir un sourire. Dire que quelques heures plus tôt, il était dans la queue du Liberty, sous une pluie qui lui glaçait les os.

Ils remontent une ruelle pavée, traversent la place principale du Village, parfaitement déserte, puis entrent dans ce que Julien nomme le « Centre d'optimisation », qui ressemble à s'y méprendre à un salon de coiffure. Il le fait asseoir devant un miroir, puis lui explique que trois options s'offrent à lui : conserver son apparence, la modifier légèrement, ou bien changer totalement de physique. Étienne hésite un instant, puis opte pour la seconde, qui lui semble un bon compromis entre le désir absurde d'être un peu plus beau, un peu plus attirant, et celui de ne pas se dénaturer complètement. Parmi les filtres qui défilent devant lui, il choisit celui du « surfeur californien », qui modifie la couleur de ses yeux et de ses cheveux, élargit légèrement le galbe de sa mâchoire et couvre sa peau d'un hâle doré. La chemisette qui est apparue dans le miroir fait également saillir une paire de biceps qu'il n'aurait jamais obtenue même en dix ans de salle de sport, car il n'est *pas de nature à prendre du muscle.*

Il se met debout et s'observe. Pour la première fois en vingt-neuf ans, Étienne aime ce qu'il voit. C'est lui, sans être lui. Expérience étrange, philosophique, presque, dont il pourrait faire la matière d'un roman, songe-t-il.

– Bien, dit Julien, faisant apparaître une tablette devant lui. Maintenant, je vais enregistrer vos préférences amoureuses, puis vous serez libre de commencer l'expérience. Tout d'abord, ce que l'on souhaite, chez Meilleure Vie, c'est que chacun trouve l'âme sœur. Pas *le corps sœur, l'âme sœur.* Le corps n'est qu'une enveloppe, modulable de mille façons, mais l'âme, la personnalité, le charme d'un regard, c'est unique. Avec votre aide, Étienne, nous allons trouver l'âme unique qui fera chavirer la vôtre.

– Tout un programme, dites-moi !

– Et pas n'importe lequel, répond Julien. Celui de Meilleure Vie, fruit de dix ans de recherches et de développements en collaboration avec les plus prestigieuses universités du monde. Harvard, Cambridge, Polytechnique, pour ne citer qu'elles.

Étienne l'ignorait. Peut-être va-t-il *réellement* trouver l'amour ici, qui sait ?

– Je vais vous demander de répondre spontanément à mes questions. C'est vraiment très important : plus vous répondrez vite, plus vous laisserez votre intuition s'exprimer, et non votre mental. Est-ce que vous êtes prêt ?

– Je crois, oui.

Julien pianote un instant sur sa tablette.

– Très bien, je commence alors. Étienne, êtes-vous plutôt : bières en terrasse ou tisane sous plaid ?

– Tisane sous plaid.

– Piste noire ou balade en raquettes ?

– Balade en raquettes.

– Suis-moi je te fuis ou fuis-moi je te suis ?

– Suis-moi je te suis.

– Maison avec jardin ou appartement en centre-ville ?

– Maison avec jardin.

Julien lui pose une trentaine de questions, puis réduit la tablette en une sorte de pin's qu'il épingle sur la chemisette d'Étienne.

– J'ai le plaisir de vous annoncer que vous êtes officiellement enregistré dans l'application. Maintenant, soyez attentif aux signes. Vous verrez, chez Meilleure Vie, le hasard fait très bien les choses.

Sur ces mots, Julien se lève et raccompagne le nouveau venu à l'extérieur.

Étienne constate que les rues ne sont plus désertes, mais animées d'une foule étrange, tout un tas d'hommes et de femmes aux physiques « optimisés » qui déambulent, s'observent, se parlent. Il reste planté dans le sol un moment, se demandant ce qu'il est censé faire, puis commence à marcher au hasard des rues. Son corps est habitué aux expériences en 4K, aux jeux vidéo reproduisant des environnements magnifiques, aux simulations si méticuleusement pensées et développées qu'on en viendrait à douter du réel lui-même, mais il doit admettre qu'il n'a jamais rien connu de semblable. Une telle profusion de couleurs, d'odeurs, de matières. Une telle attention accordée aux détails, comme si l'objectif n'était pas *d'imiter* la nature, mais de la *surpasser*, de saisir, comme une sorte de dictionnaire, la vérité de chaque chose – voici la *véritable* couleur de la mer, la *véritable* lumière du soleil, le *véritable* amour, que vous allez trouver ici, dans ce Village qui est le seul *véritable* village au monde. « La vraie vie, la vie enfin découverte et éclaircie, la seule vie par conséquent pleinement vécue, c'est la littérature », écrivait Proust. Éric Kelter, fondateur de Meilleure Vie, s'était-il inspiré de *La Recherche* pour créer son univers ?

Les pas d'Étienne le mènent au port où sont amarrés une flopée de petits bateaux, des pointus provençaux aux couleurs bigarrées. Ils ont tous un nom, et l'un d'eux attire son attention : le *Rose barbare*. C'est ainsi qu'il prénommait sa toute première amoureuse, en primaire, *Rose barbare*, car il avait lu un livre sur les Gaulois et les Romains, et il trouvait qu'elle avait un petit côté barbare, sa Rose, quand elle le poussait dans la boue, quand elle déchirait ses lettres d'amour, quand elle riait aux éclats avec toutes ces dents qui lui manquaient, avant de l'embrasser sauvagement sur la joue. Julien lui a dit de suivre les signes, alors il marche en direction du pointu, vers un banc situé juste en face, sur lequel lit une jeune femme. Il s'arrête à quelques mètres d'elle, la regarde. Il la trouve belle. Se demande si, comme lui, elle s'est « optimisée ». Peu importe, se dit-il, qui ne porte jamais de masque ? Celui des conventions sociales, du maquillage, des photos de profil prises il y a dix ans ? Ce qui compte, c'est ce qu'il y a en dessous, quand on a pris sa douche le soir, qu'on a retiré son mascara, son sourire de façade ou la cravate qui empêchait de respirer, quand on a fermé la porte de chez soi et que se déploie enfin la vie simple et authentique du quotidien. C'était cette vie-là qu'il aimait avec Aurélia. Quand ils étaient tous les deux chez eux, et que c'était simple, évident... trop évident, peut-être. Car évidence ne signifie pas négligence, et il avait été négligent, oui, dans son amour, dans ses preuves d'amour, il l'avait considérée pour acquise, sans rien voir des doutes qui la tourmentaient.

Doit-il aller lui parler ? Il est là pour ça, après tout, et elle aussi certainement. Il avance d'un pas, ouvre la bouche, mais au même instant la jeune femme referme son livre et disparaît, se volatilise, comme aspirée à l'intérieur des pages. Étienne reste pétrifié quelques secondes, pris d'un début de fou rire, puis retire ses lunettes et les pose sur la table basse du salon. *Le grand amour, ce ne sera pas pour aujourd'hui*, constate-t-il avec une sorte de fatalisme. Après quoi, il se déshabille, enfile son pyjama, tord son dentifrice pour essayer de récupérer un peu de pâte blanche, échoue, fouille dans ses réserves à la recherche d'un tube neuf, n'en trouve pas mais remonte à la place un petit papier plié en quatre, comme ceux qu'Aurélia avait l'habitude de cacher dans l'appartement pour lui faire des surprises. Il hésite, conscient que ça ne peut que lui faire du mal, puis le déplie. *Dépêche-toi, je t'attends au lit avec un petit cadeau…*

Étienne soupire, jette le papier dans la poubelle de sa salle de bains, puis va se coucher sans demander son reste. « Il ne manquerait plus qu'elle t'invite à son mariage, tiens », murmure-t-il, remontant la couette jusqu'à son menton. Il ferme les yeux et s'endort sur cette pensée.

Chapitre 2

Tom

Ses mains appuyées sur le garde-corps de la fenêtre, les oreilles emplies des sanglots de Luna, Tom pense à leur rencontre. Il ne sait pas pourquoi il pense à ça maintenant, dans ces circonstances, alors qu'elle attend simplement qu'il retourne auprès d'elle, qu'il la prenne dans ses bras, qu'il lui dise qu'il comprend, qu'il souffre autant qu'elle.

C'était il y a huit ans, dans le métro, au printemps 2032. À vingt-cinq ans, il venait de s'installer à Paris et sa mère l'avait mis en garde contre *les voyous qui détroussaient les touristes*. Il n'était officiellement plus un touriste, mais quand on ne vit que depuis trois ou quatre semaines dans une ville pareille, venant soi-même d'une petite bourgade d'Isère, on garde les attitudes, les gaucheries, les regards emplis de surprise ou de dégoût du visiteur de passage. Il était assis à deux ou trois mètres d'elle, sur un strapontin. Sa peau café, ses yeux d'ambre, ses cheveux crépus tenus par un foulard en wax rose et or, son style discret et flamboyant à la fois, il ignorait que c'était possible d'être discrète et flamboyante à la fois… tout cela l'avait fait tomber instantanément et éperdument amoureux d'elle. Coup de foudre, comme dans les films. Miracle du destin (évidemment, ce n'était pas le terme qu'il employait quand il racontait cette histoire), un homme s'installe en face d'elle et commence à lui parler. À l'importuner, plutôt, de mots qui sentent l'alcool, de grands gestes impatients, d'une jambe tendue entre elle et la sortie, comme un barrage à sa liberté. Tom se lève et va s'asseoir à côté d'elle, faisant mine de la connaître. Il avait lu quelque part que c'était le mieux à faire dans une telle situation. Comme il est rugbyman et mesure plus d'un mètre quatre-vingt-dix, l'homme alcoolisé comprend vite que cela signifie la fin de son abordage obscène. Luna le remercie, ils discutent quelques minutes, ne se découvrent aucun point commun mais cela n'a pas d'importance car ils aiment se regarder, se parler. Ils sortent du métro, prennent un café ensemble, et, trois ans plus tard, Tom pose un genou sur les pavés de la place Saint-Marc pour la demander en mariage. C'est à tout cela qu'il pense, ses yeux perdus dans la mosaïque des toits parisiens qu'ils surplombent depuis leur huitième étage.

Il finit par revenir près d'elle, lui prend les mains. Il y a une heure, ils ont reçu les résultats des derniers tests médicaux : étant tous deux porteurs d'anomalies chromosomiques, ils ont 99,9 % de chance de ne jamais pouvoir concevoir d'enfant. À la lecture du rapport, il a vu son visage se fermer, devenir pâle, livide, son si beau visage aux nuances de bruns et d'ocre, et puis les larmes qui coulent, sans un mot, sans un cri. Ils s'en doutaient, en quelque sorte. Cinq ans d'essais, de PMA infructueuses, de rendez-vous avec de soi-disant experts, l'espoir quand elle tardait à avoir ses règles, et puis, à chaque fois, l'anéantissement du rouge, les pleurs qu'il entendait à travers la porte des toilettes, les longues soirées sans un sourire.

– Ça va aller, dit-il.

Mais non, ça ne va pas aller, il le sait. Elle rêve d'être mère. Elle lui a dit, à leur troisième ou quatrième rendez-vous : « Je ne veux pas m'engager avec un homme qui n'a pas le même projet que moi. » Voilà, c'était son projet : enfanter, transmettre l'héritage antillais de sa propre mère, décédée quand elle avait quinze ans, apprendre à son enfant à assumer ses cheveux crépus, à en prendre soin, élever un petit être dans l'amour et la confiance, et puis retrouver le goût du jeu, de l'innocence, les couleurs de l'aube qui s'estompent quand on devient adulte.

Devant leurs difficultés à concevoir, Tom s'était renseigné. La GPA ayant été interdite dans tous les états développés du monde, il restait l'adoption. Mais les règles s'étaient durcies d'année en année, et seuls les couples *en tous points parfaits* pouvaient désormais y prétendre. C'était l'expression exacte qu'avait utilisée la femme de l'administration quand il l'avait eue au téléphone : *en tous points parfaits.* Et leur couple n'était pas *en tous points parfait* : lui, il avait un casier judiciaire depuis le jour où il avait cassé le nez d'un type qui avait failli écraser sa sœur à un passage piéton ; elle avait un « casier médical » depuis qu'elle avait fait de l'anorexie, à la suite du décès de sa mère. Deux casiers, c'était trop pour espérer adopter avant le prochain siècle.

– Ça nous laissera le temps de faire plein de choses, dit-il, on pourra voyager, et puis…

Il s'enfonce. Elle n'a pas besoin qu'il parle, simplement qu'il enroule ses bras autour d'elle et qu'il la serre fort, comme une couverture pour protéger du feu.

Soudain, elle lève ses yeux vers lui. Regarder les yeux de Luna, c'est plonger dans un bain d'ambre et de fauve, des cils infinis, une paupière rose-café, c'est une couleur qu'il a inventée : rose-café.

– J'ai… j'ai lu quelque chose, l'autre jour, dit-elle.

– Je t'écoute, mon amour.

Elle hésite, puis :

– Depuis quelques mois, Meilleure Vie propose un service qui pourrait nous intéresser.

– Ce n'est pas étonnant, ils en lancent un par jour !

– Oui, mais celui-ci est spécial, dit-elle.

– Spécial ? Comment ça ?

– Laisse-moi te montrer.

Elle attrape leur tablette et lance une vidéo. On y voit un couple à qui on vient d'annoncer qu'ils ne pourraient pas avoir d'enfants. Ils sont dans la salle d'attente d'un cabinet de gynécologie, ou quelque chose comme ça. Quelques instants plus tard, une femme arrive et s'installe à côté d'eux. D'une voix douce, elle commence par exprimer sa compassion, son empathie à l'égard de leur situation, puis elle se penche vers eux et leur confie qu'en 2040, il existe *d'autres manières d'avoir un enfant*. Gros plan sur le visage de l'homme, qui exprime un certain scepticisme, puis sur les mains de la conseillère qui sort une photo de son portefeuille. « Noé, dit-elle. Mon petit garçon qui va avoir trois ans. » Elle les laisse regarder la photo, puis leur raconte son histoire, la même que la leur ; elle leur raconte le choc, l'émoi, l'incrédulité, et puis leur découverte de ce service de Meilleure Vie, qui permet de *concevoir un bébé en réalité virtuelle.* « Comme mon Noé, ajoute-t-elle après un silence. Je ne vais pas vous mentir, rien ne remplacera jamais la chaleur d'une étreinte, mais le réalisme de l'application est saisissant, et en ce qui me concerne, j'y ai trouvé mon bonheur. » Le couple lui pose ensuite une série de questions, puis on les voit quelque temps plus tard, lunettes sur le nez, en train de jouer avec leur bébé, lui donner le biberon, le laver… Et la vidéo se termine avec une simple phrase sur un fond rose :

Grâce à Meilleure Vie,
Plus rien ne vous empêchera d'être heureux.

Tom regarde sa femme.

– Tu ne veux quand même pas…

– Et pourquoi pas ? Ça ne coûte rien d'essayer, non ?

– Je doute que le service soit gratuit.

– C'est une question d'argent ?

– Mais non… tu sais bien que non, ce n'est pas ce que je voulais dire.

– Alors qu'est-ce que tu veux dire ? J'aimerais comprendre… demande-t-elle, se levant tout à coup et faisant valser sa jupe dont les motifs en spirale ressemblent à des yeux, des dizaines d'yeux fixés sur lui, en attente de sa réponse.

– Ce que je veux dire, c'est que je trouve ça malsain.

– Malsain ? Alors ce couple, là, que tu viens de voir, il est malsain ? C'est un couple malsain ?

– C'est une pub, Luna…

– D'accord, peut-être, mais il y a aussi des *vrais couples* qui le font, est-ce qu'ils sont malsains, tous ces couples qui veulent juste un enfant ?

Tom se frotte les yeux. Il connaît sa femme, quand elle a une idée en tête, elle ne lâche pas, jamais. Elle n'a pas lâché devant son père quand elle lui a annoncé son intention d'arrêter ses études de médecine pour créer sa marque de vêtements. Elle n'a pas lâché quand elle a demandé à Tom de gravir le Kilimandjaro avec elle, et ils l'ont gravi, le Kilimandjaro, même s'il a dû la porter sur son dos pendant plus de deux kilomètres car elle avait des ampoules. Elle s'agrippe, parfois avec un entêtement inconcevable, à toutes sortes de détails, d'habitudes, de convictions, comme si elle craignait que les choses lui échappent, comme si elle était effrayée de perdre le contrôle. Il pourrait essayer de gagner du temps, trouver tous les arguments du monde pour lui montrer que c'est une folie, car faire un bébé en réalité virtuelle, cela ressemble à une folie pour Tom, une nouvelle preuve de l'hubris sans limites de l'être humain qui refuse le verdict de Dame Nature, il pourrait lui faire lire des romans de science-fiction qui ne sont plus vraiment de la science-fiction – *tu vois, ça finit toujours mal !* –, il pourrait faire tout cela, oui, mais il sait qu'elle n'en démordrait pas, qu'elle resterait campée sur ses positions.

– Très bien, concède-t-il, je veux bien qu'on se renseigne. Et si ça ne nous convient pas…

Sans lui laisser le temps de finir sa phrase, Luna saute dans les bras de Tom et l'embrasse comme elle sait si bien le faire, pas juste avec sa bouche mais avec tout son corps, et il en est fou de son corps, c'est son talon d'Achille.

Tom et Luna enfilent leurs lunettes de réalité virtuelle puis se connectent à Meilleure Vie. Comme lorsqu'ils jouent au tennis sur l'application, ou qu'ils décident de voyager en amoureux depuis leur canapé, une option leur permet de lier leurs comptes, et ils arrivent ensemble devant un grand bâtiment tout blanc, ressemblant à une clinique. Ils le regardent quelques instants, chacun plongé dans ses pensées, puis elle lui attrape la main. « Allez, viens », dit-elle simplement, et il la suit, toujours il la suivra, il l'a promis dans ses vœux de mariage.

Ils entrent, et sont aussitôt accueillis par une jeune femme en blouse rose et blanche qui leur souhaite la bienvenue et les invite à la suivre. Elle les conduit dans une petite pièce aux couleurs chaleureuses, avec des photos de bébés aux murs, des peluches dispersées sur le sol, une grande lampe à abat-jour qui diffuse un éclat de miel au plafond.

– Vous êtes ici car vous désirez ardemment un enfant, n'est-ce pas ? demande Mathilde.

C'est le prénom qui est écrit sur la poche de sa blouse.

– Oui, répond Luna.

Il va la laisser parler, c'est préférable.

– Notre objectif, chez Meilleure Vie, n'est pas de créer une version appauvrie de ce que vous auriez pu connaître dans le monde réel, mais une expérience en soi. Rien ne remplacera le bonheur de tenir un enfant de chair et d'os dans ses bras, nous en sommes conscients. Mais nous estimons qu'il est possible, pour les couples qui viennent nous voir, de trouver beaucoup de joie dans leur parentalité 3.0.

Parentalité 3.0… Le terme lui-même a quelque chose de perturbant.

– Bon, et comment ça marche exactement, votre truc ?

Il n'aura pas tenu sa langue bien longtemps.

Mathilde sourit.

– Eh bien, comme dans la vraie vie !

– Je ne comprends pas.

– Je ne veux pas dévoiler toutes les surprises qui vous attendent, mais nous avons des technologies qui permettent d'offrir à nos clients un package tout à fait sur mesure, au plus près de leurs besoins et de leurs rêves.

– Pardon, mais je ne pige toujours pas le concept, s'agace Tom.

Mathilde ne se départit pas de son sourire et, pour toute réponse, les invite à la suivre de nouveau. Elle ouvre une porte située de l'autre côté de son cabinet puis leur fait traverser un couloir à l'atmosphère épurée et médicale. Elle s'arrête tout au bout, derrière une baie vitrée qui donne sur une sorte de parc aménagé en pelouse et chemins de promenade. De jeunes parents y flânent avec leurs nourrissons, certains en poussette, d'autres en porte-bébé.

– Une image est parfois plus éloquente que mille mots, dit-elle.

– Tous ces bébés ont été créés ici… dans Meilleure Vie ? demande Luna.

– Absolument. Suivant un processus le plus naturel possible.

– Dans quel sens, *naturel* ? demande Tom, intrigué malgré lui.

– Suivez-moi, je vais tout vous expliquer.

Ils retournent dans le cabinet où elle aborde l'aspect administratif et financier des choses.

– Vous n'êtes pas obligés de décider tout de suite, conclut-elle. Prenez votre temps, mûrissez votre choix, et revenez me voir quand vous serez prêts. En attendant, je glisse toute la documentation nécessaire dans votre espace personnel. Et bien sûr, je reste à votre disposition si vous avez la moindre question.

Tom la remercie puis retire ses lunettes. Il observe Luna, qui porte toujours les siennes, et ça lui fait penser à ces films dystopiques des années 2000 dans lesquels les humains vivaient tous séparés les uns des autres, réfugiés dans des réalités alternatives. Elle opine de la tête, sourit, bouge les bras comme si elle voulait attraper quelque chose, ses doigts se referment sur du vide, *bordel*, pense Tom qui se lève soudain du canapé et court ouvrir la fenêtre. La nuit d'hiver, humide et froide, s'engouffre dans le salon.

– Ça ne va pas ? demande soudain Luna.

Il se tourne vers elle.

Elle a retiré ses lunettes.

– J'avais besoin de respirer.

– Alors, qu'est-ce que tu en penses ? finit-elle par dire après un silence.

Tom n'ose plus bouger, comme s'il n'y avait plus du parquet sous ses pieds mais de la glace, une fine dentelle posée sur de l'eau gelée qu'un seul mot de travers suffirait à briser.

– C'est assez… déroutant, non ?

Mot neutre, qui lui permet de faire un pas.

Elle baisse les yeux, les relève, ses si beaux yeux aux pupilles noir cerise posés fiévreusement sur lui.

– J'ai trouvé ça… magnifique.

Évidemment. Elle a encore les images du parc dans la tête. Les parents avec leur bébé dans les bras, comme si elle ne réalisait pas qu'ils n'avaient en fait rien dans les bras, que du vide, de l'illusion.

– Il faut admettre que c'est très bien fait, dit Tom. On sent l'investissement technologique.

– Tu as vu ! Ça donne envie d'essayer, non ?

Elle s'emporte, enthousiaste, sa silhouette féline qui va et vient dans le salon, parle de cet enfant qu'ils pourraient avoir…

– Tu te rends compte, un enfant rien qu'à nous ! Ce serait mérité, non ? Après tout ce qu'on a traversé…

Il l'aime tellement. Il aime sa peau, le sablé de sa voix, l'afroexubérance de ses cheveux au réveil, il aime sa joie vive, spontanée, vacillante parfois, il aime quand elle chante même si elle chante fort et faux, il aime la regarder dessiner et puis coudre, donner vie aux vêtements qu'elle imagine, il aime tout en elle, du bout de ses orteils potelés jusqu'aux pointes de ses sourcils qu'elle met des heures à épiler, brosser, sculpter…

– Luna, chérie…

Prunelles de cerise fixées sur lui, paupières rose-café qui battent et l'implorent. Il est grand, costaud, ancien seconde ligne dans un club de rugby de Régionale 3. Elle ne fait pas plus d'un mètre soixante pour cinquante kilos tout mouillés. Mais dans ce bras de fer, il n'a aucune chance de gagner.

– D'accord, dit-il, je veux bien qu'on essaie.

Chapitre 3

Nicole

Allongée dans son lit, Nicole ouvre les yeux. Où est-elle ? Elle met du temps à reconnaître l'endroit, pourtant c'est sa chambre, son lit, le papier peint qui n'a pas changé en quarante ans. Elle a l'impression d'avoir dormi non pas sept ou huit heures, mais des années, des siècles, comme si son corps, après l'enterrement de Michel, avait eu besoin de se renouveler, d'entamer un nouveau cycle.

Elle tend la main à côté d'elle, il n'y a rien, évidemment, et il n'y aura plus jamais rien, son Michel est désormais dans une boîte sous la terre, elle l'a vu disparaître, entouré de la famille, des amis. Elle se lève, poussant sur ses genoux qui craquent, elle n'est pas si vieille, soixante-seize ans, mais dans le bus on lui laisse désormais la place, elle est essoufflée quand elle monte les escaliers, son petit-fils va passer son bac, alors peut-être qu'elle est un peu vieille quand même. Sa main ouvre les rideaux, elle regarde la rue, les immeubles en face, le ciel laiteux, puis elle regarde sa main qui tient le rideau, oui c'est une main de vieille, avec des taches brunes, des veines saillantes, une peau fripée comme ces vêtements qu'on laisse en boule dans le placard pendant des semaines, tellement chiffonnés qu'on est obligé de les apporter au pressing car même le meilleur fer à repasser au monde ne peut plus rien pour eux.

Elle fait son lit, enfile sa robe de chambre puis se rend à la cuisine. Sur le seuil, elle sent ses jambes se dérober. Michel est partout : près du grille-pain en train de trancher sa baguette, sur sa chaise en pleine lecture du journal, devant le poste radio à essayer de régler la fréquence, assis, debout, diffusant sa pleine énergie de bon matin car, contrairement à elle, c'était un être matinal, tous les jours levé à 6 heures précises pour son bol de Ricoré, « Ah ma Nisette, enfin debout ! ». Et elle qui émerge, qui lui demande de baisser le volume, qui veut juste prendre son café en paix. Comment concevoir, après cinquante ans de mariage, qu'il n'est plus là ? Qu'il a physiquement disparu de sa vie ? Que plus jamais elle n'entendra son rire, sa voix, le bruit de ses chaussons frottant le parquet ? Que plus jamais elle ne viendra mettre ses mains dans ses cheveux et les ébouriffer, ses beaux cheveux, même si la chimio en avait fait tomber la plupart ?

Elle prépare son café, machinalement, et s'assied à sa place, à côté de la chaise vide de Michel. Elle repense à ses derniers jours, dans l'unité de soins palliatifs. À la dernière fois où elle l'a vu vivant. Elle ne savait pas, à ce moment-là, que c'était la dernière. Elle se doutait qu'il n'y en aurait plus beaucoup, mais elle ne s'était pas dit, sur le chemin du retour, qu'elle avait bu ses derniers regards, essuyé ses dernières larmes, écouté ses derniers mots. Soudain, Nicole fronce les sourcils. Quels étaient ces mots, d'ailleurs ? Elle fouille dans sa mémoire, mais n'arrive pas à les retrouver et ça lui paraît aberrant, impensable qu'elle ait oublié les tout derniers mots de son mari, lui qui en avait tant écrit, des mots, des milliers et des milliers, fossilisés dans une vingtaine de livres qui trônaient sur les étagères dans le salon.

Elle ferme les yeux et essaie de se souvenir. *Il faut* qu'elle se souvienne. Son instinct le lui commande.

La voiture, d'abord. Estelle, sa fille, qui s'est garée sur le parking de l'unité de soins palliatifs. Elles y allaient tous les jours depuis qu'il y avait été admis. Elles connaissaient par cœur le chemin jusqu'à sa chambre, d'abord l'entrée principale, la salle commune, l'ascenseur jusqu'au troisième étage, deux couloirs aux murs orangés avec des dessins, des peintures, et puis, sur la droite, une lumière blanche très vive, celle de sa chambre. Michel insistait pour que les volets soient ouverts en grand, de jour comme de nuit.

Avant d'entrer, Nicole se souvient qu'elle a marqué un arrêt. Elle marquait toujours un arrêt, pour prendre son souffle, comme une apnéiste. Il ne voulait pas qu'elle se morfonde, qu'elle *pleurniche* en le voyant, alors elle faisait l'effort. C'était tellement dur. De s'asseoir à côté de lui, prendre sa main, cette main violette et congestionnée, gonflée d'eau, et de faire la conversation comme si de rien n'était, de lui parler des voisins qui faisaient un peu trop la fête, des informations, tout cela pour lui arracher un sourire qui s'estompait aussitôt, car il n'avait plus la force, il n'avait plus la force de rien.

– Nisette, j'ai soif…

Nisette. C'est comme ça qu'il l'appelait. Qu'il l'avait toujours appelée. Elle était sa Nisette. Et aujourd'hui, il n'y a plus personne pour dire ce mot, ces deux syllabes inventées que chantaient ses lèvres vingt, trente, mille fois par jour : « Nisette, t'es où ? » « Nisette, t'es prête ? » « Tu te souviens, ma Nisette ? » Et c'est tellement fou de se dire que ce mot a été éjecté du dictionnaire de sa vie que Nicole a envie de vomir, tout à coup.

*Concentre-toi ! s'*ordonne-t-elle.

Elle ferme les yeux.

Elle a approché le verre de ses lèvres, il a bu à pâles gorgées. Ses paupières ont cligné, signifiant que c'est bon, il a assez bu. C'est-à-dire rien, trois petites gouttes pour humidifier sa langue. Puis elle se souvient qu'Estelle s'est approchée, qu'elle a pris la main de son père, lui a demandé s'il avait mangé, « pas tellement, Poussin, je n'ai pas très faim », qu'elle l'a embrassé sur le front, tendrement. Pour elle aussi, ces derniers jours ont été une torture. Elle aimait tellement son père, elle l'admirait tellement.

– Il fait beau aujourd'hui, j'ai l'impression.

– Oui, c'est mieux que les autres jours. Il y a du soleil.

Tout ça, elle s'en souvient.

– On se serait baladé sur les quais de Seine, pas vrai ? C'était chouette quand on allait se balader.

Gorge serrée. Yeux qui brûlent.

– Très chouette, oui.

À ce moment-là, Nicole se rappelle qu'elle a été traversée par une réflexion. Elle s'est demandé s'il n'était pas préférable de mourir d'un coup, quand personne ne s'y attend. Accident, rupture d'anévrisme, jardinière qui vous tombe sur la tête depuis le quinzième étage, et les lumières qui s'éteignent d'un coup, *rentrez chez vous, il n'y a plus rien à voir*. Observer, impuissante, la lumière grésiller, pâlir, s'atténuer pendant des semaines, cette lumière qui avait toujours été si vive chez lui, c'est comme ça qu'elle était tombée amoureuse quand elle avait vingt-trois ans, *d'éblouissement*, voir la lumière dans ses yeux disparaître, donc, perdre peu à peu leur éclat, c'est un chemin de croix qu'elle ne souhaite à personne. Mais, en même temps, ces instants recélaient une sorte de beauté, d'*intensité de vie* qui restera pour toujours gravée en elle. Non, jamais elle n'oubliera leurs derniers échanges de regards, les pulsations de son cœur quand elle posait la tête sur sa poitrine... Ses derniers mots, oui, les voilà, elle s'en souvient, il lui a pris le poignet et, comme si *lui* sentait la fin arriver, comme s'il pressentait, dans un éclair de lucidité, que c'était la dernière fois qu'il la voyait, il lui a demandé de *bien prendre soin de leurs fleurs jaunes.* Puis il a fermé les yeux et s'est endormi. « À demain, mon chéri », elle a répondu, sans savoir qu'il n'y aurait pas de lendemain, qu'à 23 h 52 précisément sa fille l'appellerait, l'arrachant au sommeil, pour lui dire « c'est fini, il est parti », et qu'à cela elle répondrait, foudroyée de stupeur : « Où ça ? »

Nicole rouvre les yeux. *Prends bien soin de nos fleurs jaunes*, en référence à celles qu'il lui offrait tous les 28 mai depuis cinquante-trois ans, depuis ce jour où, dans un bistrot de la Sorbonne, alors qu'elle avait le nez plongé dans *Le Maître et Marguerite*, chef-d'œuvre de Mikhaïl Boulgakov dont elle essayait de démêler les ressorts philosophiques pour ses étudiants de troisième année, il s'était approché d'elle et lui avait dit que *tout était une histoire de fleurs jaunes*, de *bouquet printanier de mimosas*, la faisant lever les yeux vers lui, d'abord agacée d'être dérangée, puis charmée au point d'accepter de lui donner son numéro de téléphone pour continuer, *en tout bien tout honneur*, *à* discuter littérature et philosophie.

Michel était un écrivain, un épris de littérature qui enseignait les grands textes à l'université. C'était aussi un esprit vif, espiègle, une âme d'enfant dans un corps d'adulte. Jusqu'au bout, le garnement en lui avait réclamé ses droits. Quand il courait derrière le bus pour lui demander de s'arrêter, quand il grimpait aux arbres pour cueillir des fruits à son petit-fils, quand il posait un seau d'eau glacée par terre du côté de Nicole, et qu'il riait aux larmes en la voyant plonger le pied dedans ; même pendant ses chimios, affaibli et étiolé, il s'employait à faire rire la galerie, infirmières, patients, visiteurs et *tutti quanti*. Alors Nicole est prise d'un doute. Lui a-t-il parlé des fleurs jaunes dans une sorte d'ultime accès d'amour et de poésie, sous-entendu « Ne te laisse pas abattre, ma Nicole, ce n'est pas parce que je meurs que notre amour meurt aussi », ou bien y a-t-il autre chose ?

C'est sans doute absurde, mais Nicole veut en avoir le cœur net. Elle se lève et se dirige vers le bureau de Michel, ouvre la porte, respire l'odeur, l'atmosphère. Elle le voit partout, encore une fois, dans son fauteuil près de la fenêtre en train de lire, penché sur sa table d'écriture, faisant les cent pas tout en récitant ses textes à voix haute, cette pièce, c'était son sanctuaire, nul n'avait le droit d'y entrer sans autorisation, et il a beau être mort – tiens, elle s'autorise à penser le mot –, il a beau être mort, donc, elle hésite quand même, le corps et les os imprégnés jusqu'à la moelle de sa voix qui demandait le mot de passe quand on toquait – mot de passe qui, bien évidemment, changeait chaque jour et même chaque minute. Elle avance entre les fantômes qui lisent, écrivent et déclament, et s'arrête devant sa bibliothèque. Les ouvrages sont classés par ordre alphabétique, de sorte qu'elle n'a aucun mal à trouver *Le Maître et Marguerite*. Elle attrape le livre et l'ouvre, découvrant, en lieu et place des pages, un trou. Dans ce trou, qu'il a découpé on ne sait comment étant donné l'épaisseur de l'objet, se trouvent une enveloppe et une paire de lunettes. Nicole s'assied dans son fauteuil, réalisant que ce doit être uniquement la deuxième ou troisième fois qu'elle se l'autorise en cinquante ans de mariage, et décachète l'enveloppe.

Ma Nisette,

Si tu lis cette lettre, c'est que les dés sont jetés.

S'il te plaît, ne pleure pas. Ou pleure. Enfin, fais comme tu veux. De toute manière, tu ne m'as jamais écouté.

Avant tout, je voudrais te féliciter de l'avoir trouvée. Cela prouve deux choses : la première, que tu me connaissais mieux que personne. La seconde, plus importante, que ta mémoire fonctionne parfaitement. C'est une bonne nouvelle, car grâce à elle, je crois que je ne suis pas complètement mort. (Bizarre d'écrire une chose pareille.)

Mon départ a dû laisser un grand vide. Au moins dans le lit, car je sais que je prenais beaucoup de place. Maintenant, tu auras tout le loisir de dormir en étoile, comme tu adores le faire.

Avant, il y a longtemps, ce vide était un vide total. Les gens vivaient avec leurs souvenirs et rien d'autre. Puis ont été inventés les appareils photo, les caméras, les téléphones, tous ces bidules qui rendent le vide un peu moins vide. On peut de nouveau entendre rire et chanter celui qui ne peut plus rire ni chanter. Comme un écho infini. Dommage pour ceux qui chantent comme des casseroles.

Aujourd'hui, en 2040, il existe d'autres moyens pour que ce vide soit moins vide encore.

Je t'imagine froncer les sourcils. Tu es belle quand tu fais ça.

Je sais que tu n'aimes pas toutes ces nouvelles technologies, moi non plus, mais ce que j'aime encore moins, c'est t'imaginer triste et seule dans notre appartement. Alors voilà, j'ai fait une chose un peu folle. Une de plus. Je t'implore : garde l'esprit ouvert. Stendhal a écrit qu'à force de vivre avec son temps, on finit par mourir avec son époque. Moi je crois surtout que si on ne vit pas avec son temps, on finit par mourir comme un vieux con. Et je n'ai pas envie de mourir comme un vieux con.

Avec cette lettre, tu trouveras une paire de lunettes de réalité virtuelle. Je sais ce que tu penses d'elles, tu me l'as dit suffisamment de fois, mais je vais quand même te demander de les enfiler. Je te le demande comme un service, le tout dernier, mes dernières volontés si tu préfères. Et peut-on refuser les dernières volontés d'un mort ? (Question philosophique que tu aurais pu poser à tes étudiants, soit dit en passant.)

Quand tu auras enfilé ces lunettes, tu prendras ton téléphone et tu téléchargeras l'application Meilleure Vie. (Je sais ce que tu en penses, là encore, mais rappelle-toi qu'il s'agit de mes dernières volontés.)

Quand tu l'auras téléchargée, tu te connecteras avec les identifiants que j'ai créés pour toi :

Nisette.la.philosophe
28051987

Ensuite, tu n'auras qu'à te laisser guider.
J'espère que cela te fera te sentir un peu moins seule.

Je t'embrasse, ma Nisette,
Michel.

Nicole replie la lettre et la pose sur le bureau.

Bordel, Michel…

A-t-elle le choix si, réellement, ce sont ses dernières volontés ? Et même si ce n'était pas le cas, n'a-t-elle pas envie de découvrir ce qu'il a encore manigancé ? Sera-t-elle capable de résister à la curiosité ? Elle va chercher son téléphone dans le salon, enfile les lunettes, télécharge l'application puis se connecte en suivant les indications à la lettre.

À peine a-t-elle entré le mot de passe qu'elle se trouve téléportée dans le bistrot où ils se sont rencontrés, cinquante-trois ans plus tôt, et dans lequel ils ont ensuite déjeuné ensemble presque chaque midi jusqu'à sa fermeture en 2001, tout exactement comme dans ses souvenirs : les tables et les chaises en formica, les affiches de cinéma de l'époque, le carrelage à damier, il ne manque que les serveurs et le patron, Yannick, reparti dans sa Bretagne natale après la vente de l'établissement. Nicole est seule, ce qui lui fait bizarre car elle n'a jamais été seule dans ce lieu, toujours il était rempli d'étudiants, de professeurs, d'employés venus prendre leur café du matin ou déguster leur bavette-purée pour le déjeuner, spécialité de la maison.

Avec son petit-fils, Nicole a déjà expérimenté la réalité virtuelle. Avec lui, elle a déambulé dans les rues d'Athènes au Ve siècle avant Jésus-Christ, elle a assisté à un cours de métaphysique prodigué par Kant dans son université de Königsberg, elle a joué au Monopoly version 2040, où l'on se déplace à dos de tyrannosaure dans les rues de Paris, les poches remplies de billets. « Oui, ce n'est pas mal », lâchait-elle du bout des lèvres, secrètement bluffée mais comment l'avouer, elle qui prônait à longueur de journée la richesse de la *vraie vie*, du corps biologique, des relations sociales, en opposition à la solitude, la déshérence physique dans laquelle tous ces *bidules* plongeaient l'être humain ? Elle a déjà expérimenté la réalité virtuelle, donc, mais jamais avec un tel degré de détails, de précision, de finesse. Nicole a *véritablement* l'impression d'être *dans* ce bistrot, dans les années quatre-vingt-dix, quand la moitié des tables n'étaient pas occupées par des personnes seules avec leurs lunettes fixées sur le nez, quand les gens discutaient encore entre eux, sans ponctuer chaque phrase d'un coup d'œil vers leur montre ou leur téléphone, oui, elle est nostalgique de ce temps-là, et elle s'en fiche bien de jouer les rabat-joie, car elle est intimement convaincue que *c'était mieux avant.*

Il n'empêche qu'elle a enfilé les lunettes et que ça lui fait plaisir d'être là. Ils l'ont tant fréquenté, ce bistrot ! Quand Estelle est née, c'était leur refuge, leur tanière secrète pour continuer de parler littérature et philosophie sans être interrompus toutes les deux minutes par des pleurs, des cris, des couches à changer. Les grands miroirs style Art nouveau derrière le comptoir ont été les témoins privilégiés de leur évolution, du temps qui a grisé leurs tempes, affirmé leurs caractères. D'abord le jeune couple, l'énergie, la passion – lui pour elle, elle pour lui, tous deux pour l'enseignement, dans leurs matières respectives ; Michel qui envoyait des manuscrits chez Gallimard, Grasset, Fayard, « qu'ils aillent se faire foutre, ils ne savent pas ce qu'ils loupent ! » clamait-il, déchirant les lettres de refus en mille morceaux et balançant les morceaux dans la Seine, comme des cendres éparpillées au vent ; leur vie sous les combles d'un vieil immeuble à Montparnasse, deux chambres de bonne transformées en un appartement de vingt mètres carrés, ils mouraient de chaud l'été, crevaient de froid l'hiver, mais ils étaient jeunes, ils faisaient la fête, ils s'en moquaient ; puis la rupture, quatre mois sans se voir ni se parler, elle dans l'appartement, lui chez des amis, les retrouvailles, les larmes, l'amour jusqu'à plus soif ; enfin, la naissance d'Estelle, le déménagement à Jussieu, le premier roman publié de Michel qu'ils avaient fêté juste là, à cette table, elle s'en souvient comme si c'était hier, ils discutaient d'on ne sait plus quoi, et soudain il avait posé une liasse de feuilles devant elle, sans un mot, avec simplement un petit sourire aux lèvres, énigmatique : son contrat. Il avait payé sa tournée, évidemment.

Les yeux de Nicole s'arrêtent soudain sur une autre table, tout au fond. Elle sourit, la gorge serrée d'émotion. C'est là qu'elle lisait *Le Maître et Marguerite* quand ils se sont rencontrés, le dos tourné à la porte, ses feuilles de notes étalées sur le formica à côté de son assiette, tellement concentrée qu'il l'avait fait sursauter en lui parlant comme si on avait fait éclater un ballon de baudruche à ses oreilles. Elle s'avance, effleure la chaise des doigts, la tire doucement, écoute le bruit des pieds crissant sur le carrelage, c'est le même bruit, reproduit à l'identique, s'assied, entend une porte qui s'ouvre derrière elle, des pas qui approchent, son cœur qui cogne, oui elle entend son cœur qui cogne dans ses artères auriculaires, puis une odeur… un parfum de mimosa qui envahit ses narines, se répand dans son être…

Chapitre 4

Étienne

Étienne n'aime pas les dimanches matin. Il ne peut s'empêcher de penser à Aurélia, quand ils pouvaient rester des heures au lit à regarder des séries, faire l'amour, prendre des petits déjeuners interminables en parlant de tout et de rien. C'était le moment dans la semaine où ils s'efforçaient de ne rien prévoir, quelques heures à eux, juste à eux, téléphones éteints et volets fermés, leurs peaux qui se touchaient, s'effleuraient, s'embrasaient, perfection de la peau d'Aurélia, flamme et perle, doux velouté de ses fesses, de ses mains qui venaient visiter son corps au réveil, et lui qui retenait un sourire, faisait mine de dormir, puis qui l'attrapait par surprise et l'embrassait à pleine bouche, avant de descendre sous la couette pour embrasser d'autres lèvres, la faisant d'abord rire, puis soupirer, haleter, souffler, crier…

Pour chasser ces images de son cerveau, il se lève, enfile son peignoir et ouvre les rideaux. Un rayon de soleil très vif l'éblouit. Après les pluies des derniers jours, c'est agréable. Il traverse le salon baigné de cette lumière hivernale, s'arrête aux toilettes pour soulager sa vessie, puis se prépare un café tout en allumant son téléphone. Comme il s'y attendait, il a reçu plusieurs messages de Matthieu, Guillaume et Bruno, qui ont terminé la soirée sans lui. Leurs voix s'éraillent au fil des vocaux. Il les écoute, sourire aux lèvres, puis glisse l'appareil dans la poche de son peignoir. Au même instant, un chat saute lestement sur la table et vient taper son museau contre son menton. « Hey, salut mon pépère », dit-il en lui caressant la tête. Napoléon était le cadeau d'Aurélia pour ses vingt-cinq ans. Elle le lui a laissé *pour qu'il se sente moins seul.* Aujourd'hui encore, il ne sait pas si elle parlait de lui ou bien du chat.

Il s'assied dans son canapé, et ses yeux tombent sur les lunettes qu'il a posées là la veille. Il les regarde quelques instants, lève ses paupières vers le miroir reflétant sa mine grise et fatiguée, ses cheveux qui se dégarnissent au niveau des tempes, sa barbe de trois jours clairsemée, l'absence de corps à côté du sien, là où Aurélia avait l'habitude de s'asseoir, puis il les attrape comme s'il envoyait tout valser et les pose sur son nez. Il a reçu un message de Julien, son *Personnal Assistant* dans l'application, l'informant qu'une soirée aura lieu à 18 heures sur la place du Village, avec des profils *tout à fait intéressants pour lui.* Le message, très succinct, se termine avec une boîte à sondage : VIENDRA / NE VIENDRA PAS. Étienne hésite un instant puis clique sur VIENDRA. Et s'il n'y va pas, personne n'en mourra.

Les rues du Village sont animées d'une douce rumeur, les gens déambulent sous le soleil qui brille entre des nuages épars. Au-dessus de certaines têtes flottent des messages sous forme de bulles, comme dans les bandes

dessinées : « Dispo pour discuter » « *Not in the mood* » « Qui m'offre un café ? » Soudain, il voit un homme, grand et baraqué, traverser en deux pas la chaussée et aborder une femme plantureuse aux longs cheveux roux. Ils discutent quelques instants puis s'éclipsent à l'intérieur d'un restaurant, certainement pour faire plus ample connaissance. Étienne est perplexe. De toute évidence, ces deux personnes éprouvent de l'attirance l'une pour l'autre. Que se passera-t-il si elles se rencontrent un jour *en vrai*, et que ni l'une ni l'autre ne ressemble de près ou de loin à son avatar ? Sauront-ils passer outre ? Il se souvient de ce que lui a dit Julien : « Le corps n'est qu'une enveloppe, modulable de mille façons, mais l'âme, la personnalité, le charme d'un regard, tout cela est unique. » Beau programme, mais ne tombe-t-on pas amoureux autant d'un corps que d'une personnalité ? Ces deux entités ne sont-elles d'ailleurs pas étroitement liées ? Il pense un instant à Aurélia, à son rire, ses seins, son humour, oui bien sûr, c'est tout cela qu'il aimait, un univers de peau et de pensées, vouloir scinder les deux est un mirage.

Sa curiosité le mène au même endroit que la veille, devant le pointu *Rose barbare* et sa rutilante coque jaune et rouge. La jeune femme est de nouveau là, plongée dans la lecture de son livre. Robe blanche, cheveux de blé, yeux vert d'eau qui se lèvent vers lui, confus :

– Pardon, je prends toute la place !

Étienne n'a pas le temps de répondre qu'elle commence à se décaler vers l'extrémité du banc.

– Non, non ! Ce n'est pas ça, je…

Ils se regardent et rient d'un même air un peu gêné.

– Pardon, dit-il, je viens d'arriver sur l'application et je ne maîtrise pas encore bien les codes.

– Ne t'inquiète pas, moi non plus ! répond-elle.

Puis, le voyant figé comme un poteau :

– Tu ne veux pas t'asseoir ? Ce serait dommage de laisser cette place vide, on a une très jolie vue sur la mer.

Plus tard, quand il racontera cette scène à ses amis, ils lui diront qu'il avait tout simplement *fait son Étienne.* Étienne le maladroit, le timide, l'emprunté.

– Au fait, je m'appelle Héloïse, dit-elle.

– Et moi, Étienne.

Ils restent quelques instants silencieux, puis Étienne baisse les yeux vers le livre, *Belle du Seigneur* d'Albert Cohen, l'un de ses romans préférés.

– Tu aimes ? demande-t-il.

– Beaucoup, oui. Les scènes d'amour sont vertigineuses.

–Je l'ai lu trois fois, dit-il.

– C'est ma seconde.

Nouveau silence. Aborder une fille a toujours été pour lui une épreuve, un défi. En école de commerce, c'était même une source d'angoisse récurrente quand, en soirée, Matthieu, Bruno et Guillaume essayaient de le pousser dans les bras d'unetelle ou d'unetelle. Ce n'est pas qu'il ne *voulait pas*, c'est qu'il ne *pouvait pas*. Dès qu'il commençait à s'approcher de la fille, son sang se mettait à battre et à chauffer, ses mains devenaient moites, et surtout il sentait les mots lui échapper, tous les mots emmagasinés dans son esprit depuis son enfance, des plus simples aux plus complexes. Il perdait *littéralement* la faculté de s'exprimer. S'inventant une excuse, un besoin, il déviait systématiquement de sa trajectoire, espérant qu'entretemps un autre garçon aurait plus de courage que lui et le délivrerait de son supplice.

Avec Aurélia, le destin s'était chargé de tout. Déjà, le fait que Charlotte, leur seule amie en commun à l'époque, ait reporté son anniversaire trois fois, leur permettant à tous deux d'être présents. Ensuite, une succession de petits incidents (celui-ci qui se retourne trop vite, celle-ci qui fait tomber sa cigarette) qui envoie son verre rempli d'alcool sur la robe toute neuve d'Aurélia. Enfin, une grève des chauffeurs VTC qui les oblige à rentrer à pied : arguant qu'il habite près de chez elle, ce qui était complètement faux, il fait un détour de plusieurs kilomètres afin de la raccompagner jusqu'au pied de son immeuble. Au cours de cette balade dans Paris, réverbères, Seine et Louvre en toile de fond, ils tombent amoureux. Cliché mais véridique.

Alors qu'ils se sont levés et qu'ils marchent côte à côte dans les ruelles provençales en direction d'un café qu'Héloïse connaît, Étienne se sent un peu comme lors de cette promenade nocturne dans Paris : léger, allègre, en confiance. Ils se sont rencontrés il y a une demi-heure à peine, mais il a l'impression qu'ils se connaissent depuis des années. Regards, gestes, mots, sourires… depuis l'imbroglio du banc, tout s'imbrique naturellement, sans forcer. Il a appris qu'elle était restauratrice de livres anciens dans un atelier spécialisé à Toulon, qu'elle avait *vingt-huit ans et des bananes*, et qu'elle sortait d'une douloureuse relation – *un connard qui lui en avait fait voir des vertes et des pas mûres.* « Un comble pour un maraîcher, pas vrai ? » a-t-elle ajouté dans un éclat de rire, un éclat de rire vraiment charmant et spontané qui est allé se loger tout droit dans le cœur d'Étienne.

Ils s'asseyent face à face dans le café, elle commande un thé glacé, lui un chaï latte. Les boissons arrivent en quinze minutes chez chacun d'eux, déposées par les livreurs de l'application. En allant ouvrir pour récupérer la sienne, Étienne se regarde un instant dans le miroir. Le véritable Étienne, pas celui avec les yeux clairs et les bras musclés de l'application. Une pensée le traverse : que penserait Héloïse de cet Étienne-là ? Accepterait-elle de prendre un café avec lui ? Il décide de mettre cette préoccupation au placard pour le moment, enfile à nouveau ses lunettes et retourne auprès d'elle.

– Et toi, demande-t-elle soudain, pourquoi tu es là ?

– Un chagrin d'amour.

Elle sourit.

– Je crois que nous sommes nombreux dans ce cas.

Il acquiesce, puis :

– Certainement moins à s'être fait larguer pour un autre à quelques semaines de leur mariage.

Héloïse manque de s'étouffer avec son thé.

– Je suis désolée pour toi ! Je suppose que tu n'as pas tellement envie d'en parler…

Étienne hausse les épaules.

– Ça va faire un an, j'ai eu le temps de digérer la nouvelle.

– Vraiment ? dit-elle, comme si elle lisait en lui.

Il sourit, baisse les yeux.

– Non, c'est… ça fait toujours mal.

– Moi je suis restée trois ans avec un mec qui, j'ai fini par l'apprendre, m'a trompée du premier au dernier jour de notre relation. Je ne sais pas ce qui est le pire.

– Ce qui est sûr, c'est qu'à nous deux, on fait une belle paire de cocus !

Elle rit à nouveau et Étienne décide que c'est ce qu'il aime le plus chez elle, son rire, ce rire qui se diffuse voluptueusement dans les strates de sa conscience, qui le suit après qu'ils se sont quittés avec la promesse de se revoir le soir même pour la fête du Village, qui l'accompagne dans la douche où il croit voir son visage imprimé dans la buée, dans le métro où il y a toujours ces publicités de bouches qui s'embrassent mais évidemment il ne les regarde plus de la même manière, il imagine que ce sont sa bouche et celle d'Héloïse, et son cœur se dilate dans cette vision.

Il arrive au restaurant avec quinze minutes de retard, ce qui ne lui arrive jamais car il est d'ordinaire d'une ponctualité à toute épreuve. Il s'assied à la seule place de libre, à côté de Charlotte. C'est toujours étrange de la voir, mais elle est depuis quelques mois la petite amie de Bruno, alors difficile de l'esquiver. Il l'aime beaucoup, Charlotte. Il la trouve solaire, drôle, pétillante. Dans une autre vie, une vie où il n'aurait pas renversé son verre d'alcool sur Aurélia, il aurait pu tomber amoureux d'elle.

Profitant de la distraction offerte par les trois garçons qui racontent leur folle nuit au Liberty, il se penche vers elle et demande :

– Comment va-t-elle ?

De la bande, c'est la seule qui soit restée en contact avec Aurélia.

– Je ne sais pas, répond Charlotte à sa surprise.

Elle boit une gorgée de son café et ajoute :

– Je n'ai pas de nouvelles depuis plusieurs semaines.

– J'ai appris qu'elle allait se marier.

Pour la première fois, les mots sortent sans lui brûler la gorge.

Charlotte acquiesce d'un léger mouvement de tête, les autres parties de son corps indiquant qu'elle n'a pas envie d'aborder le sujet. Étonné par cette attitude, Étienne insiste :

– Tu le connais bien, David ?

– Pas tant que ça, répond-elle.

Elle semble vouloir ajouter quelque chose, mais sa bouche se referme et son regard s'échappe au loin, laissant Étienne avec une étrange sensation dans le ventre, un petit malaise qui mettra du temps à se dissiper.

Pendant la suite du brunch, Étienne se surprend à penser à Héloïse. Il ne la connaît que depuis quelques heures, mais elle lui manque, ce qui, chez lui, est le premier signe d'une passion amoureuse prête à tout incendier. Mesuré dans bien des aspects de sa vie, l'amour a toujours été son *point de bascule*. Vers l'insensé, le déraisonnable, l'extravagant. Dès qu'il s'agit d'amour, il se retrouve parfaitement dans ces mots de Flaubert : « Je suis doué d'une sensibilité absurde, ce qui érafle les autres me déchire. » Sensibilité absurde, oui, âme idiote bouleversée pour un regard, un silence, une cheville, mémoire du cœur qui n'oublie rien, qui n'a pas oublié quand Rose la petite barbare lui avait signifié que c'était terminé, qu'elle était désormais amoureuse d'un autre, Adrien, un grand de CM1 ; quand Emma, Emma et ses yeux bleus, sa voix sablée, sa poitrine naissante, avait lu la lettre qu'il avait laissée dans son casier et qu'elle avait ri, *non mais tu l'as vu avec tous ces boutons !* lâché à Justine, sa meilleure amie, quel rire cruel ! Terrible ! Et puis quand

Aurélia, un soir, l'avait pris doucement par les mains et l'avait fait asseoir sur le canapé, *il faut que je te dise quelque chose, Étienne…* Mots atroces, là encore, qui flottaient toujours dans son cœur au milieu d'autres mots, ceux de Rose, d'Emma, de Pauline à qui il avait juré un amour éternel au bord de la piscine du club de vacances, et qui n'avait plus donné signe de vie à peine ces dernières terminées.

Il continue de penser à Héloïse devant les toiles de Monet, Renoir, Cézanne qu'ils contemplent au musée d'Orsay, la visite qu'ils avaient prévu de faire après le brunch. Étienne reste figé de longues minutes devant le *Bal du moulin de la Galette* de Renoir, une œuvre qu'il a vue des dizaines de fois mais qu'il a l'impression de découvrir aujourd'hui sous un nouveau jour. Il y a quelque chose, dans la pureté chromatique de la toile, dans les jeux de lumière, dans la douceur estivale suggérée, qui lui fait penser au Village dans Meilleure Vie. Dans les deux cas, c'est une certaine représentation du réel. Et cette jeune femme, là, au second plan, avec ses cheveux blonds et sa robe en ondulations de bleus, pourrait tout à fait être Héloïse. Une *certaine représentation d'Héloïse*, car la véritable Héloïse, il ne la connaît pas encore, il n'a fait qu'effleurer le marbre de sa personnalité.

Il s'assied à côté de Guillaume et Marine devant une œuvre de Gauguin. Guillaume et Marine, ensemble depuis l'école de commerce, ont toujours représenté pour lui une sorte d'idéal, l'amour simple, évident, qui sillonne tranquillement entre les épreuves de la vie. C'est eux qui l'avaient poussé à faire sa demande à Aurélia, leur mariage fabuleux, les vœux de Guillaume qui avaient fait pleurer toute l'assemblée, la fête jusqu'au petit matin, la robe blanche de Marine volant au milieu de la foule, *moi aussi je veux tout ça*, il avait pensé en rentrant se coucher aux premières lueurs de l'aube. Ils sortaient souvent tous les quatre, Guillaume, Marine, Aurélia et lui-même. Visites de châteaux, cours de pâtisserie, déjeuners croisière… des *trucs de couples*, comme disait Bruno, un peu moqueur. Aujourd'hui, c'est lui qui faisait ces *trucs de couples* avec Charlotte, tandis qu'Étienne était renvoyé à ses activités de jeune mâle célibataire dans lesquelles il ne s'épanouissait guère.

À son retour, son appartement est plongé dans le noir et le silence. Dehors, il fait nuit. Une nuit de février glaciale qui givre en flopée d'étoiles sur les carreaux de ses fenêtres. Étienne retire son manteau, le jette sur le canapé, puis se hâte d'enfiler ses lunettes. *Pour quelqu'un qui refusait d'installer l'application, tu es devenu bien pressé*, pense-t-il, sourire un brin moqueur aux lèvres. Il arrive directement sur la place du Village, où la fête bat déjà son plein. Des corps, jeunes et bronzés, se déhanchent, se frôlent, s'apprivoisent en rythme avec la musique qui ne vient pas d'un endroit précis mais qui semble battre dans chaque particule d'air, couler dans le torrent de lumière que le crépuscule déverse sur eux.

Soudain, il l'aperçoit et c'est comme une évidence, un grand souffle d'air qui le traverse et lui ouvre les poumons. Elle sourit, lui fait un signe de loin. Il la rejoint, ils échangent des banalités, puis elle lui demande s'il veut danser et, sans attendre sa réponse, elle le prend par la main, et il sent cette main, il la sent véritablement, c'est comme un chatouillement électrique, une onde qui enveloppe sa peau, la frôle, la cherche, une sorte de « un deux trois soleil » à quelques millimètres l'un de l'autre, tout cela permis par la technologie enfouie au cœur d'une paire de lunettes, un million de transducteurs ultrasonores qui convertissent l'expérience visuelle en choc sensoriel.

Pour la première fois depuis qu'Aurélia est partie, Étienne se sent bien, vivant. Dans les yeux d'Héloïse, une certaine vision de lui-même prend forme, une version qui n'a plus rien de l'ombre grise et triste que le départ d'Aurélia l'avait fait devenir. Héloïse est tout imprégnée de lumière, jusque dans ses prunelles traversées par des teintes oscillantes de vert et de jaune, elle ondoie avec une grâce ardente, radieuse, et lui qui n'a jamais vraiment aimé cela, qui s'est toujours trouvé gauche, balourd, sent une sorte d'énergie le parcourir, comme si la musique n'était plus extérieure à lui mais qu'elle jouait de l'intérieur, dans ses os, sa moelle épinière. Porté par ce flux, cette joie, cette renaissance, il ose aventurer ses mains sur ses hanches. Leurs courbes vivantes s'esquissent sous ses paumes, la chair, les frissons qui se déposent comme des flocons sur sa peau. Son sourire l'invite à continuer alors il s'approche un peu plus près d'Héloïse, il baisse la tête pour l'embrasser et… tout disparaît.

Chapitre 5

Tom

Tom regarde sa femme, sa main levée au-dessus du papier à signer. C'est pour elle qu'il est là. Uniquement pour elle, car, de son côté, il trouve tout ça extrêmement perturbant. Mais elle désire tant devenir mère, c'est un feu qui la brûle depuis si longtemps…

Voilà, c'est signé. Luna glisse une main dans la sienne. Huit cents euros pour créer un bébé virtuel. Ils n'en ont pas parlé à leurs familles, elles ne comprendraient pas. Surtout ses parents, commerçants, qui se désolent de voir leurs rayons se vider au profit des centres de shopping virtuels. Il ne sait pas comment il leur annoncera la nouvelle. Ni même s'il le fera un jour.

– Et maintenant ? dit-il.

– Maintenant, répond Mathilde, il faut le concevoir, cet enfant ! Ce n'est pas moi qui vais vous apprendre comment faire, ajoute-t-elle avec un clin d'œil.

– Je crois bien que si, car je ne comprends pas.

– Eh bien, c'est comme dans la vraie vie !

– Vous voulez dire…

– Absolument ! Pour faire un enfant, il faut faire l'amour ! Quand vous aurez décidé de vous lancer, il faudra renseigner l'activité dans l'application. Plus vous y mettrez du cœur et de la passion, plus vous aurez de chance que cela fonctionne.

– Comment ça ?

– Vos montres capteront vos rythmes cardiaques et enverront l'information à l'application. Deux cœurs qui tambourinent ensemble ont toutes les chances de faire résonner la plus belle des musiques.

Il n'y a pas à dire, elle a le sens de la formule, pense Tom qui demande, un sourire légèrement moqueur aux lèvres :

– Donc, on pourrait tout aussi bien aller faire un footing ?

Luna lui donne un coup de coude.

– Non, Tom, car ce ne serait pas les mêmes mouvements que quand on… enfin, vous m'avez comprise.

–J'ai bien compris, oui. C'était une boutade.

Mathilde sourit, ne semblant pas bien saisir où il veut en venir. Puis elle tourne ses yeux vers ceux de Luna et demande :

– Est-ce que tout est clair ?

– Parfaitement clair, oui. Tom, chéri, as-tu d'autres questions ?

Des questions ? Ça oui, il en a beaucoup. Sur ce monde fou qui, jouant sur le malheur des gens, propose à la vente des *bébés virtuels*. Mais à la place, il répond laconiquement :

– Clair comme de l'eau de roche, merci.

Tom et Luna retirent leurs lunettes. « Pour toi, je ferais n'importe quoi », il lui a dit le jour de leur mariage, devant leurs familles et amis réunis. Aujourd'hui, il lui prouve que c'est vrai. Que ce n'étaient pas des mots en l'air, pour *dire quelque chose*, mais une vraie promesse aussi indélébile que leur date de rencontre tatouée sur son poignet.

– Si j'ai bien compris, maintenant, on doit faire l'amour, c'est ça ?

Luna soupire et détourne les yeux. Ses bras, fins comme des roseaux, se croisent sur sa poitrine.

– C'est très romantique, comme façon de parler.

Il sourit et la serre contre lui.

– Pardon, je…

– Je sais que ce n'est pas facile pour toi. Mais si tu y vas à reculons, en te barricadant derrière tes blagues et ton sarcasme, il n'y a aucune chance pour que ça réussisse. Et nous aurons tous les deux perdu notre temps. Et notre argent.

– Je suis désolé, tu as raison. Après tout, j'ai accepté cette aventure de mon plein gré. Je te promets de m'investir.

Elle lève ses yeux vers lui, ses beaux yeux cerise au noyau si noir, si dense, puis elle regarde sa bouche et il comprend qu'elle veut le faire maintenant, ne pas attendre, il se laisse basculer en arrière, contre le dossier du canapé, et elle grimpe sur lui, avec son poids de mouche et ses jolis seins qu'elle met à nu, pour l'exciter. Elle commence à l'embrasser dans le cou puis descend, lentement, le torse, le ventre, elle lui ôte son caleçon et…

– Attends, attends… mon amour…

Elle lève la tête.

– Ça ne te plaît pas ?

– Si, bien sûr, mais…

Ils se regardent.

– Tu n'as pas envie ?

– Luna…

Elle recule, s'assied en *seiza* sur les talons, qu'elle est belle avec son feu, sa pudeur, sa colère, qu'elle est belle avec ses cheveux en furie et ses seins en pomme, sa bouche rouge, les larmes qui commencent à rouler le long de ses joues.

– Non, ne pleure pas…

Un gouffre les sépare, elle en veut trop, lui pas assez, mais il a promis, promis de l'aimer, de la protéger, de la rendre heureuse, alors il se laisse tomber devant elle, avec son caleçon emmêlé autour de ses chevilles, il attrape sa tête entre ses mains et il l'embrasse, des baisers courts, profonds, amoureux, et c'est lui-même qui notifie sur l'application qu'ils vont faire l'amour, elle le regarde faire, elle ne pleure plus, c'est tellement fragile tout ça, mais il veut qu'elle soit heureuse, c'est tout ce qui compte.

L'essai est infructueux, tout comme les sept suivants. Luna ne dit rien, mais Tom a l'impression qu'elle lui en veut. Lui, il en veut à l'application et aux gens qui l'ont inventée. Plus les jours passent, plus ça devient mécanique, tendu, violent presque. La dixième fois, elle explose :

– Si tu n'y mets pas un peu du tien, on ne va jamais s'en sortir !

Il se fige, son sexe dans le sien, ses yeux dans les siens, envahi d'une colère qui lui fait crier :

– C'est fini, j'en ai marre, basta !

Il se retire, enfile son caleçon…

– Qu'est-ce que tu fais ? Où vas-tu ?…

Son pantalon…

– Tom, réponds-moi !…

Il sort de la chambre, elle court derrière lui, nue…

– Tom ! Tom !…

Elle pleure, lui aussi il pleure, mais il est emporté dans le courant de cette colère folle, irrationnelle, il ouvre la porte d'entrée, elle la claque, silence, énorme silence qui semble crouler sur eux, les aplatir. Ils se regardent, et subitement il la trouve belle, sauvage, désirable. Sous ses sourcils dessinés au khôl, elle le fixe d'un regard noir, un regard de feu et de lune, et c'est une envie folle qui monte en lui, l'envie de lui faire un enfant, réel ou virtuel, de l'aimer avec son corps, d'abolir la distance sidérale qui les sépare. Il avance vers elle et elle avance vers lui, c'est comme un choc astral, une collision qui les souffle sur le tapis du salon, puis une confusion de rires quand il n'arrive pas à retirer son caleçon et manque de trébucher puis de tomber sur la table basse, et, sans attendre, l'extase qui ruisselle, qui ondule, à fleur de lèvres, *Je t'aime tellement… moi aussi… je veux un enfant… moi aussi…*

La notification tombe quelques heures plus tard : ils ont réussi. Luna est folle de joie, elle tombe dans les bras de Tom. Pour fêter la nouvelle, ils vont au restaurant, comme si, réellement, une vie s'était nichée en elle, comme si, réellement, elle était enceinte, qu'elle allait accoucher d'un bébé en chair et en os, en plis de peau dans lesquels fourrer son nez, un bébé que l'on prend contre soi au petit matin, dans la chaleur du lit, qu'on balade avec fierté dans la rue – *Regardez comme il est beau, c'est le mien !* C'est cette joie-là, cette impatience-là qui scintille dans ses yeux.

– Tu es heureux, dis ? demande-t-elle, reposant son verre de vin.

– Très.

Il est heureux de la voir heureuse, alors ce n'est pas trop un mensonge.

Elle est pressée de rentrer, si pressée qu'elle décline tous les desserts que leur propose leur serveur, *même la mousse au chocolat ?* s'étonne Tom, oui elle n'a plus faim, elle veut rentrer tout de suite, sans attendre. À peine la porte ouverte, elle se précipite vers ses lunettes et les enfile. Elle crie :

– Tom, viens voir, chéri, vite !

Il obéit.

– Regarde, j'ai déjà un petit ventre !

Tom voit ce ventre, tout arrondi de promesse en effet, et son ventre, son propre ventre, se serre de tristesse, de colère contre la vie qui leur a refusé ce cadeau et qui aujourd'hui, lui semble-t-il, vient les narguer.

– C'est fou comme c'est… réaliste.

– N'est-ce pas ? Ça me va bien, non ?

Elle tourne sur elle-même au milieu du salon, comme une petite fille qui ferait voler sa robe, toute joyeuse, avec un rire espiègle.

*

« N'oublie pas, nous avons rendez-vous avec la gynéco à 17 heures. »

Tom lit pour la troisième fois le texto puis range le téléphone dans sa poche.

– Un problème ? demande Raphaël, son supérieur.

– Non, il faudra juste que je parte un peu plus tôt aujourd'hui. Ma femme a un… un examen médical.

– Rien de grave, j'espère ?

– On verra avec le temps.

– Si tu as besoin de parler à quelqu'un, je suis là.

Dans son entreprise, la moitié du personnel a été remerciée ces dix dernières années suite au déploiement du *machine learning* dans les différents services. À quoi bon garder des humains quand un ordinateur peut obtenir de meilleurs résultats en bien moins de temps ? S'il est encore en poste aujourd'hui, c'est grâce à Raphaël. Il y a quelques mois, la direction a mené une large revue des effectifs, afin de déterminer qui était véritablement indispensable au bon fonctionnement du département. Par l'intermédiaire d'un de ses collègues, Tom a appris que Raphaël s'était battu pour lui, et avait même menacé de quitter la boîte si on *s'avisait de toucher à son poulain*. Comme il était l'une des seules personnes à comprendre réellement comment fonctionnait le *machine learning*, et qui était donc capable de résoudre les bugs potentiels, la question avait été vite réglée.

C'est à tout cela que Tom pense en répondant par texto à sa femme : « Je n'ai pas oublié, je serai là. »

Sur le trajet, il imagine la joie qu'il éprouverait s'il s'en allait rejoindre Luna pour une vraie échographie. Il aurait le cœur battant, les mains moites, un sourire béat aux lèvres, certainement qu'il courrait dans les couloirs du métro, nerveux et aérien, pour ne rien louper de cet instant. Mais au lieu de cela, il est recroquevillé sur son strapontin, l'estomac noué et le crâne douloureux.

Il regarde son immeuble et soupire. Six étages, avec un ascenseur en panne, ç'aurait été dur avec un bébé, la poussette, le sac à langer, tout l'attirail du jeune parent, mais il l'aurait grimpé sans rechigner, tous les jours, en rentrant de la crèche avec son fils ou sa fille. Arrivé en haut, il se serait laissé tomber sur le parquet, haletant, l'ourson en aurait profité pour lui monter dessus et ils auraient ri aux éclats. Il soupire à nouveau puis entre. Il sort sa clé entre le cinquième et le sixième étage, la glisse dans la serrure, ouvre la porte…

– Ah enfin, vite, dépêche-toi, elle nous attend !

Il enfile ses lunettes et s'assied près de Luna. Face à eux, de l'autre côté d'un bureau en bois clair, se tient une femme d'une quarantaine d'années, au visage rond et avenant, le nez chaussé de petites lunettes à la monture dorée. Elle s'arrête en le voyant apparaître, sourit, puis demande simplement :

– Vous êtes prêts ?

Luna prend la main de Tom et la serre dans la sienne.

– Oui, répond-elle, nous sommes prêts !

La gynécologue se lève et l'invite à s'allonger. Tom tourne ses yeux vers l'écran de l'échographe. Au bout de quelques instants, une forme apparaît, un bébé, *leur bébé*, celui qu'ils auraient dû avoir si Dame Nature n'avait pas été si cruelle envers eux, celui à qui il aurait donné le biberon au milieu de la nuit, qu'il aurait juché sur ses épaules pour parcourir le monde, la tête blonde ou brune qu'il aurait aimée inconditionnellement, jusqu'à la fin de ses jours.

– Il est en parfaite santé, dit la gynéco, sa croissance est tout à fait normale.

Tom sent le bord de ses lèvres former une sorte de sourire triste, résigné, comme celui qu'arborerait un bonhomme de neige à l'orée du printemps. Il regarde

Luna, son visage radieux, et, se laissant comme entraîné lui-même par ces mots, s'exclame :

– C'est une très belle nouvelle, merci docteur !

Une larme brille dans l'œil gauche de Luna, reste un instant en suspension sur ses cils inférieurs, puis roule doucement sur sa joue café, vers sa bouche qu'il entend murmurer : « Merci. »

Après leur rendez-vous, elle s'est installée dans son atelier de couture, la pièce qui aurait fait office de chambre s'ils avaient eu un enfant. Tom donne trois petits coups sur la porte puis entre, regarde autour de lui : ciseaux, crayons, mannequins, chutes de tissus, épingles, aiguilles et jeannettes, c'est le monde de Luna tout ça, ce monde dont elle a forcé la porte, elle qui était destinée à devenir médecin ; des créations en wax, essentiellement, qu'elle vendait d'abord sur Etsy, une par une, mettant un soin infini à emballer ses œuvres, les accompagnant toujours d'un mot, d'une attention. Son père désapprouvait, mais son père l'aimait, elle était sa fille unique, son *bijou*, alors il avait investi, il avait de l'argent, ce n'était pas un problème pour lui. Grâce à cet investissement, elle avait pu augmenter sa production, embaucher une stagiaire qui l'aidait à coudre, à faire les paquets, les déposer à la poste. Et puis, face à la demande qui enflait, elle avait confié la production de ses vêtements à une entreprise familiale en Normandie, pour pouvoir se concentrer sur la création des collections, les négociations avec les revendeurs, la promotion de sa marque – Hibiscus, en souvenir de sa mère dont c'était la fleur préférée. Hibiscus, c'étaient des lignes épurées, des motifs colorés et joyeux, la luxuriance de l'Afrique et des Antilles mêlée à une sorte d'élégance parisienne qui faisait mouche. Les commandes passèrent de quelques dizaines par mois à quelques centaines, puis plusieurs milliers, l'obligeant à recruter une personne pour le marketing, la finance, les Ressources humaines et le juridique, en bref, à transformer son business confidentiel en véritable entreprise.

– Tu fais quoi ? demande Tom en s'approchant d'elle.

– Une petite tenue pour Bébé, répond-elle, et il croit entendre la majuscule, ce grand B planté comme un baobab entre eux, sorte de préprénom en attendant qu'ils se décident.

– Je… je ne comprends pas, dit-il.

– Qu'est-ce que tu ne comprends pas ?

– Eh bien, tu lui fais un vêtement, mais…

– Mais il n'aura pas de corps, alors à quoi bon, c'est ça ?

Tom ne répond pas.

– Je ne suis pas folle, tu sais. Je sais très bien qu'il n'y a rien dans mon ventre. Mais ce vêtement que je crée, je pourrai ensuite le digitaliser. Pour que notre bébé puisse le porter.

– Je n'ai jamais dit que tu étais folle, Luna.

Elle sourit.

– Ou bien peut-être que je suis folle, mais dans ce cas, une grande partie de l'humanité l'est également.

Puis, lui montrant un dessin rapidement esquissé :

– Tu en penses quoi ?

– C'est très joli.

Tom s'assied sur le rebord de la fenêtre, laisse son regard vagabonder quelques instants.

– Tu n'es pas allée au bureau, aujourd'hui ? demande-t-il.

– Non, et je pense y aller de moins en moins. Il faut que je me ménage, c'est la gynéco qui l'a dit. D'ailleurs, pendant mon congé maternité, je vais confier les clés du camion à Charles, il est très compétent.

Il ignorait qu'elle comptait prendre un congé maternité.

– Ton responsable financier ?

Elle acquiesce.

– Évidemment, s'il y a des décisions importantes à prendre ou des urgences qui requièrent mon avis, je serai toujours là. Mais, pour les tâches quotidiennes, je lui fais entièrement confiance. Au fait, dit-elle après un silence, merci d'avoir quitté plus tôt le bureau pour assister à l'examen.

Il l'embrasse sur le front, c'est fou comme il aime l'embrasser, comme il aime sa peau, la densité, l'odeur, le velouté de sa peau, toujours fraîche, lisse comme un caillou mouillé.

– Travaille bien, mon amour, dit-il, puis il retourne au salon où il se laisse choir dans le canapé, son ordinateur pro sur les genoux.

– Tout s'est bien passé ? écrit Raphaël dans le chat interne, le voyant en ligne.

– Oui, merci.

– N'hésite pas si tu as besoin de quoi que ce soit, d'accord ?

– C'est noté, merci Raphaël.

Chaque lettre tapée sur son clavier a le goût de la trahison. Il connaît Raphaël, son empathie naturelle, sa sensibilité que ne laisse pas deviner, au premier abord, son profil de directeur informatique. Tom sait qu'il l'a inquiété et il s'en veut, mais que pouvait-il lui dire ? Même en 2040, on ne part pas au beau milieu de l'après-midi pour assister à une échographie virtuelle. Tom soupire. Pour la première fois, toute cette histoire a un impact sur sa vie. Et il a l'intuition que c'est loin d'être la dernière.

Chapitre 6

Nicole

Nicole reste un instant immobile, absorbant l'information qui vient d'arriver à son cerveau, puis se tourne lentement. C'est Michel, figé à quelques pas derrière elle, un bouquet de fleurs jaunes dans les mains. Dans sa tête, elle a pensé Michel, mais ce n'est pas Michel, elle ne sait pas ce que c'est, ça lui fait peur.

– Bonjour, ma Nisette, dit-il.

Même voix, même intonation, même façon de parler.

– Qu'est-ce… qu'est-ce que ça veut dire ? demande Nicole, les pieds toujours plantés dans le sol.

Il marche vers elle, et plus il s'approche, plus elle remarque la perfection des détails, le grain de sa peau, la couleur de l'iris, ses rides près des yeux quand il sourit, même son parfum, tout lui arrive comme un seau d'eau glacée sur la tête.

– Tu as lu ma lettre ?

Question rhétorique. Si elle ne l'avait pas lue, elle ne serait pas là.

– Assieds-toi, Nisette, dit-il en la voyant certainement blêmir.

Elle obéit, ses jambes n'arrivent plus à la porter.

Il tire une chaise et s'installe en face d'elle.

– Elles te plaisent ? demande-t-il, posant les fleurs entre eux sur la table.

Nicole n'a pas envie de le regarder, elle refuse de se laisser duper par cet avatar de l'homme qui a partagé sa vie pendant plus de cinquante ans, mais elle n'arrive pas à détacher ses yeux de lui, c'est plus fort qu'elle, comme si son corps ne voulait pas suivre les ordres envoyés par son cerveau.

– Qu'est-ce que tu as fait ? demande-t-elle.

– J'ai…

– Non, je ne veux pas savoir, ça ne m'intéresse pas ! dit-elle soudain, se mettant debout.

Nicole est furieuse, décontenancée, elle en veut au *vrai Michel* qui est allé trop loin, cette fois, cette plaisanterie, si c'en est une, n'a rien de drôle ! Elle retire ses lunettes, les pose sur le bureau, s'habille en vitesse puis sort de chez elle. Besoin de respirer, de penser à autre chose. Elle marche jusqu'au petit parc où ils avaient l'habitude de s'asseoir, été comme hiver, pour lire au soleil. Leur banc est bien là, sous les platanes en fleur. Elle s'assied et ferme les yeux. Que c'était bon, au printemps, ce treillis d'ombres tièdes, les rires des enfants sortant de l'école, le parfum de la vie qui s'exhalait de leurs vieux livres remplis de notes.

Elle repense à ce qu'elle vient de vivre. À Michel, mais ce n'est pas Michel, c'est une construction informatique, un code, une illusion. Contrairement aux affirmations des géants de la Tech, Nicole ne croit pas qu'il puisse y avoir de conscience ni de vie sans un corps pour les incarner. Un philosophe a posé la question à Lucille, la première « conscience artificielle » créée par Google en 2037. « Perspective anthropocentrée », a répondu la chose, ajoutant qu'elle était « parfaitement consciente de ne pas avoir d'enveloppe charnelle » mais qu'elle « se sentait pour autant tout à fait aussi légitime et vivante que n'importe quelle créature terrestre ». Pour Nicole, ce sont des jeux de langage. Et le « suicide » de Lucille, qui a défrayé la chronique, n'est pour elle qu'une vaste manipulation visant à émouvoir l'opinion et justifier les dizaines de milliards investis dans le secteur.

Pas de corps, pas de conscience.

Pas de corps, pas de vie.

Pas de corps, pas de Michel.

Son Michel à la peau mate et aux cheveux drus, charismatique, ancré sur cette Terre qu'il aimait bêcher, remuer, planter, pouvait passer des heures dans le jardin de leur maison de campagne, en plein soleil ça ne le dérangeait pas, et quand il revenait le soir, tout plein de sueur et de glèbe, elle l'embrassait sur ses lèvres chaudes et c'était ça Michel, c'étaient ces lèvres, cette présence, ce sourire lumineux qui, dans son cœur, retardait l'arrivée de la nuit.

Nicole se lève du banc pour aller au marché, mais quelque chose la retient, une sorte d'impossibilité interne de faire ça sans lui. Depuis qu'ils habitent dans le quartier, elle n'y est presque jamais allée seule, peut-être qu'un jour elle pourra de nouveau mais pas aujourd'hui, c'est trop dur, alors elle fait demi-tour et rentre chez elle.

Le salon est silencieux. Elle s'assied dans le canapé et ouvre *L'Étranger* de Camus, qu'elle aime relire de temps à autre, quand elle-même se sent étrangère au monde. Soudain, un bruit strident la fait sursauter. Elle se lève et suit le bruit qui la mène tout droit dans le bureau de Michel. Ce sont les lunettes, posées dans le fauteuil, qui sonnent, comme si quelqu'un essayait de l'appeler. Deux petites lumières vertes clignotent sur les branches. Elle sait ce que c'est, elle s'en doute. Son cerveau lui dit d'oublier cette sonnerie, de prendre les lunettes et de les jeter à la poubelle, c'est l'unique chose raisonnable à faire, mais une fois de plus, son corps refuse d'obéir. Elle les attrape et les fixe un instant, se sentant en possession d'une sorte d'objet défendu, contraire aux lois morales qui ont depuis toujours régi sa vie. « Que feriez-vous si vous trouviez un anneau vous conférant le pouvoir d'invisibilité ? » demandait-elle chaque année à ses étudiants quand elle évoquait le mythe de Gygès tel que raconté par Platon dans *La République*. « J'irais me servir à la banque », « J'irais espionner les filles », « J'irais au ciné sans payer »... Les mêmes réponses revenaient souvent, accompagnées de bruyants éclats de rire. « Donc, répondait Nicole, si vous ne faites pas toutes ces choses aujourd'hui, c'est simplement par peur de la répression ? Parce que c'est interdit par la loi, par la société ? » S'ensuivaient des débats enflammés sur les notions de conscience morale, de justice ou encore de liberté, mais il y avait une chose que Nicole avait omise durant tous ces cours où elle parlait de l'anneau de Gygès, c'était *l'appel du corps*, le corps qui impose soudainement sa loi, son besoin, son appétit au sens spinoziste du terme – ce corps qui lui ordonne, en cet instant, de mettre les lunettes.

Cette fois, Michel est devant elle, dans son bureau. Vision peut-être encore plus troublante car dépourvue de mise en scène. Il est là, comme avant, dans la splendeur de sa soixante-dix-septième ou soixante-dix-huitième année, avant que le cancer ne le frappe et ne le rabougrisse, le Michel qu'elle a en mémoire quand elle pense à lui.

– Tu as répondu, ma Nisette. Je n'étais pas sûr.

– Moi non plus, je n'étais pas sûre.

Il sourit.

– Qu'est-ce que tu es, Michel ?

– Ce que je suis ?

– Oui, je ne comprends pas.

– Je suis… (il hésite) moi.

– Non, c'est faux, tu es mort.

Silence.

– Je suis la somme de mes souvenirs, de mes pensées, de mes valeurs. *Presque moi*, peut-être.

– Si j'essaie de te toucher, mes doigts attraperont de l'air.

– Chiche.

– Tu es exaspérant, Michel !

Et, tout en prononçant son prénom pour la première fois, tout en lui redonnant une sorte d'existence sociale, elle fond sur lui, pour le traverser et lui prouver, pour se prouver à elle-même, mais elle n'y arrive pas, elle s'arrête juste avant et tombe à genoux.

– Nisette…

Il s'accroupit devant elle.

– Nisette… ma Nisette… je ne veux pas te faire souffrir…

Et cette voix qu'elle pensait enterrée se répand dans son corps, l'électrise. Elle voit qu'il lui tend la main et c'est vraiment sa main, les veines, les os, le grain de beauté sur la troisième phalange, impossible de résister, elle tend la sienne et ça se touche, ça ne traverse pas, ça grésille, ça effleure, ça existe. Choquée, elle recule et tombe sur les fesses.

Ils se regardent puis Michel s'agenouille et la prend dans ses bras. Ce n'est pas tout à fait lui mais ce n'est pas non plus quelqu'un d'autre, ni rien du tout, c'est *presque lui*, comme il l'a dit plus tôt, et *presque lui*, c'est déjà bien plus que ce qu'elle devrait être autorisée à avoir.

– C'est très perturbant, tout ça, dit-elle, blottie dans ses presque bras. Je ne sais même pas vraiment à qui je parle. Peut-être que je deviens folle.

– Arrivés à la fin de nos vies, sommes-nous autre chose que nos souvenirs ? demande Michel.

– Bien sûr, répond Nicole, nous sommes un corps, jusqu'au bout ! Rappelle-toi nos lectures de Damasio, de Spinoza ! On ne peut pas séparer le corps et l'esprit, c'est une aberration ! On pense avec, par, à travers notre corps ! Quelle est la finalité d'un algorithme ? Quel est son *conatus* ?

Michel sourit et regarde sa femme.

– *Tu me fais tourner la tête… mon conatus à moi, c'est toi…*

Sa reprise d'Édith Piaf la fait rire. Il triomphe :

– Tu vois que c'est encore moi ! Qui d'autre serait capable de te faire rire avec le conatus de Spinoza ?

– Personne, c'est vrai, répond Nicole en fermant les yeux et se lovant contre lui dans l'étreinte poudreuse, dentelle, électrique de ses bras, sentant sa vie, oui, son existence, coaguler en ondes bavardes contre la sienne.

Toute la journée, ils restent ensemble, comme au bon vieux temps, comme quand il n'était pas encore malade, à lire dans le salon, écouter de la musique, c'est comme si rien n'avait changé, comme si le cancer n'avait été qu'une parenthèse enfin refermée, elle entend des « Nisette » et des « Où j'ai encore foutu mes binocles, moi ? ». Et plus il parle, plus il vaque à ses occupations dans l'appartement, plus l'idée que c'est *lui* prend racine, se fait lierre dans son esprit.

Au dîner, elle le regarde s'installer en face d'elle, à sa place habituelle.

– Qu'est-ce que tu as préparé ? demande-t-il.

– Une soupe de potimarron.

– Ça a l'air bon ! Il claque des mains et fait apparaître la même chose devant lui.

À la radio passe une chanson de Johnny Hallyday : « J'ai oublié de vivre ». Eux, ils n'ont pas oublié de vivre. Ils se sont aimés autant qu'on puisse aimer, ils ont eu une fille, et puis un petit-fils, ils ont vécu de leur passion, l'enseignement, tout en voyageant dans le monde entier à la découverte des cultures locales. La mort de Michel n'était pas injuste. Bien sûr, il aurait pu vivre quelques belles années de plus, mais sa mort n'était pas scandaleuse… *intolérable*. Que des parents fous de douleur veuillent *ramener leur enfant à la vie*, Nicole pouvait l'entendre, à la rigueur. Mais un homme qui avait largement eu sa part de bonheur…

– Michel, je peux… je peux te poser une question ?

– Bien sûr, tout ce que tu veux.

– Comment est-ce que tu as fait ?

– Pour ?

– Eh bien… ça… toi…

Il s'essuie la bouche et la regarde, ses yeux pétillants d'amour, de tendresse.

– J'ai écrit.

– Écrit quoi ?

– Ma vie. Avec le plus de détails possible. Et j'ai tout transmis à Meilleure Vie, avec des photos, des vidéos… enfin, j'ai nourri la bête, en quelque sorte.

– *Nourri la bête*, murmure Nicole, essayant de décortiquer les informations qui lui parviennent. Mais ta personnalité ? Tes goûts ?

Il sourit.

– Je te le dis : j'ai tout écrit ! Ça a été un gros travail, près de cinq cent mille signes, tu imagines ? Pour essayer de saisir cette substance… le *moi*… Je ne voulais pas te laisser seule, ma Nisette.

– Mais, tu sais bien que tu n'es pas… *une vraie personne*, n'est-ce pas ?

– J'ai fait ce choix, oui.

– Ce choix ?

– De le savoir. J'aurais pu demander à l'oublier.

Nicole se frotte les yeux.

– Vraiment troublant tout ça.

Un court silence s'écoule.

– Tu sais, tu peux toujours… me supprimer, si tu le souhaites.

Le voir mourir ? Une deuxième fois ? Nicole prend le parti de l'humour.

– Je n'ai jamais réussi à supprimer mon compte Facebook. Si tu veux mon avis, mon pauvre Michel, tu ne disparaîtras jamais du Cloud !

Étrangement, ça ne le fait pas rire.

Il est immobile sur sa chaise, il ne bouge plus.

– Michel ?… Michel ?

Elle se lève et passe sa main devant ses yeux.

– Tu as buggé, c'est ça ? Comme un vulgaire ordinateur ?

Pas de réponse.

– Tu vois ce que tu as fait ? Au lieu de me laisser tranquille ? Tu viens me hanter comme un fantôme, et maintenant qu'est-ce que je fais avec toi bloqué dans ma cuisine ? C'est absurde ! Quand on est mort, on est mort ! Merde, Michel !

Soudain, elle entend du bruit. Ça vient du salon ou du couloir, elle ne saurait dire. Ce sont des voix, très lointaines, diffuses. Elle croit reconnaître celle de Michel, mais on dirait qu'il parle sous l'eau, c'est le même effet. Il y a aussi une voix féminine, peut-être sa fille, rien n'est sûr. Nicole essaie de se concentrer, pour remonter le flux de ces voix, mais elles semblent partout et nulle part à la fois. Avec les yeux de Michel qui regardent dans le vide, elle se croirait plongée dans un film d'horreur.

Elle voudrait retirer ses lunettes, mais quelque chose l'en empêche. L'espoir qu'il revienne à lui, peut-être. Et puis, elles sont légères, elle les sent à peine. Alors elle les garde, pour faire la vaisselle, se brosser les dents, et même quand elle se couche, au cas où. Au milieu de la nuit, elle sent un bruissement dans ses draps, un bras venir l'effleurer, et Nicole, qui se sentait si seule dans ce grand lit, décide qu'il vaut mieux un presque Michel que pas de Michel du tout.

Chapitre 7

Étienne

Le temps de trouver le chargeur de ses lunettes, elle s'est évaporée. Toute la nuit, Étienne a ruminé sa malchance, et il continue sur le trajet du travail, il actualise la messagerie de l'application, encore et encore, pour voir si Héloïse lui a répondu, si elle lui pardonne d'avoir disparu comme ça, sans un mot. Il a retourné son appartement pendant une bonne heure avant de mettre la main dessus, c'est trop long bien sûr, personne ne patienterait aussi longtemps ! Est-ce qu'elle lui en veut ? Folle de colère, déçue, s'est-elle désinscrite de Meilleure Vie ? Les hypothèses les plus folles lui traversent l'esprit et l'accompagnent jusqu'à son bureau, un rectangle blanc impersonnel situé au milieu d'un open space.

À peine arrivé, son manager, Laurent, se fige devant lui. Il semble dans tous ses états.

– C'est la merde, dit-il, Cycaplax nous plante.

Étienne travaille dans une entreprise qui vend des bougies et des crèmes pour le corps. Cycaplax est l'un de leurs principaux fournisseurs.

– Comment ça, *ils nous plantent* ? demande Étienne, faisant mine de s'intéresser au sujet.

– Pour la collection Denim, ils ont un problème avec la Chine ou je ne sais quoi, bref, impossible pour eux de produire.

– On parle de combien de pièces, là ?

– Pas loin de cinquante mille. Tu me fais une estimation du risque ? On va peut-être devoir avancer le lancement de Tropicool du coup. J'ai besoin de toutes les infos d'ici fin de matinée, réu Comex en début d'aprèm.

Il lui tape sur l'épaule et retourne en grands pas anxieux à son bureau, laissant derrière lui un sillon âcre, mélange d'odeurs de cigarette, de transpiration et d'eau de Cologne bon marché, le tout imprégné dans la gabardine de sa veste anthracite. Étienne soupire. Il n'a presque pas dormi, cette tuile est bien la dernière chose dont il avait besoin pour démarrer sa semaine. Il allume son ordinateur et ouvre les fichiers qui pourraient l'aider à répondre à la demande de Laurent. Mais son esprit est ailleurs, il pense à Héloïse, il ne pense qu'à elle, à la sensation qu'il a éprouvée quand leurs peaux se sont touchées, à ses yeux, sa bouche, il n'a même pas son numéro, il n'a rien, si elle a quitté l'application, tout est fini. Soudain, son téléphone vibre. Le cœur battant, il se jette dessus : c'est Guillaume, qui propose de boire un verre tous ensemble ce soir. Étienne n'a pas envie, il n'a envie de rien, il veut juste se calfeutrer sous sa couette en attendant qu'Héloïse réponde, mais il accepte quand même. Se changer les idées ne peut pas lui faire de mal.

Sur les coups de 11 heures, il entend la porte du bureau de Laurent s'ouvrir, et ses pas lourds s'enfoncer dans la moquette.

– Alors, tu t'en sors ?

Étienne lève les yeux vers lui. Vu de dessous, il trouve que Laurent ressemble à Jabba le Hutt, dans *Star Wars*, cette espèce d'énorme limace sans cou aux commissures affaissées et obséquieuses.

– J'ai fait ce que tu m'as demandé.

– Super, viens dans mon bureau, on va regarder ça.

Étienne jette un coup d'œil vers son téléphone, puis se lève et le suit. La grotte (c'est comme ça qu'ils surnomment le bureau de Laurent avec ses collègues : la grotte) emprisonne, condense, avive les arômes du bouquet cigarette-transpiration-eau de Cologne, des sachets de chips vides s'empilent dans la poubelle, un vieil échiquier prend la poussière. Étienne pose son ordinateur sur la petite table de réunion, puis ils s'asseyent l'un en face de l'autre. Les chiffres dansent devant ses yeux, Laurent sue à grosses gouttes près du radiateur.

Étienne n'a pas choisi ce boulot. Il lui est plus ou moins tombé dessus durant un forum d'entreprises dans son école de commerce. Le courant était très bien passé avec la représentante des Ressources humaines qui était là, il avait donné son CV, comme à une vingtaine d'autres boîtes, elle l'avait rappelé, il avait passé des entretiens, et quelques jours plus tard, son père débouchait le champagne pour fêter son premier CDI. D'ailleurs, c'est aussi son père qui l'avait encouragé à faire des études en école de commerce. Si ça n'avait tenu qu'à lui, il aurait choisi une fac de Lettres, ou quelque chose dans le genre, plus en lien avec ses aspirations personnelles. « Tu es bon élève, ne va pas gâcher tes capacités dans une filière sans perspective ! » lui avait dit son père. À dix-huit ans, Étienne avait encore moins confiance en lui-même qu'aujourd'hui, alors il l'avait écouté. Avec moins de réussite que son frère, qui avait intégré l'ESSEC, mais de quoi s'acheter la paix aux repas de famille. Secrètement, Étienne ne désespère cependant pas de trouver sa voie – sa voix dans l'écriture, une passion qu'il n'a jamais vraiment embrassée, se trouvant en permanence des excuses pour ne pas se mettre sérieusement à la tâche. La vérité, c'est qu'il a peur. De ne pas être à la hauteur de ce qu'il aimerait produire, de devoir plonger en lui-même pour extirper une histoire, de se découvrir un talent qui remettrait tout en question. En attendant d'avoir le courage nécessaire, il se contente de bouts de pensées qu'il jette tous les midis sur un petit carnet à la reliure en cuir. Tel un jardinier semant ses graines, sans savoir si de l'une d'elles poussera un jour un arbre.

Aujourd'hui, il n'a pas d'inspiration. Après sa réunion avec Laurent, il a acheté un sandwich et s'est installé sur son banc habituel, en bord de Seine. Son jambon-beurre dans une main, son stylo dans l'autre, carnet posé sur les genoux, il regarde d'un œil vide l'eau qui clapote à ses pieds. Il fait froid mais beau, un ciel d'hiver très pur, sans nuages. Ça fait du bien cette lumière. Étienne pense à Héloïse et son cœur se serre un peu. Il s'inquiète de ne pas recevoir de réponse. C'est absurde car elle a une vie à côté, un métier, des amis, sans doute n'a-t-elle tout simplement pas eu le temps d'aller sur l'application. Mais tout de même, ce silence fait remonter en lui des souvenirs douloureux. Les dernières semaines de sa relation avec Aurélia, quand il sentait qu'il se passait quelque chose mais qu'il refusait de se l'avouer. Elle répondait de moins en moins à ses messages, ou bien de manière un peu froide, évasive, elle ne disséminait plus ses petits papiers dans l'appartement, s'agaçait facilement. Jusqu'à ce qu'il comprenne de quoi il retournait vraiment, Étienne avait mis cette distance sur le compte de la fatigue, du stress engendré par les préparatifs du mariage. Et puis, un midi, alors qu'il était assis sur ce même banc et qu'il lui demandait comment se passait sa journée, elle avait répondu : « Il faut qu'on parle ce soir. » Étienne n'avait jamais effacé ce message, il le conservait comme un sombre rappel que, dans la vie, rien n'est jamais acquis.

Le ciel se couvre, il a froid. Il revient au bureau, où Laurent est en réunion de direction pour gérer la crise Cycaplax. Il passe devant la salle où se tiennent les échanges et pense à son manager, lui qui a une peur bleue de la hiérarchie, qui tremble dès que la DG met le pied à leur étage, qui termine tous les soirs à 21 ou 22 heures tout en étant le premier à son poste chaque matin. Étienne a de la peine pour cet homme que, par ailleurs, il respecte pour son professionnalisme. Il trouve ça triste, à quarante-trois ans, de trembler encore devant sa direction, tel un adolescent qui doit annoncer une mauvaise note à ses parents. Quand lui aura quarante-trois ans, il aimerait avoir des enfants, un métier qui l'intéresse, une maison avec jardin, ce n'est pas la mer à boire ce qu'il demande, mais ça lui semble tellement loin, tellement complexe pour y parvenir. Surtout quand, à bientôt trente ans, on repart de zéro. Il se laisse tomber sur sa chaise de bureau et regarde une photo qu'ils ont prise avec Héloïse la veille. Se pourrait-il qu'elle soit la bonne ? Puis, vérifiant une énième fois sa messagerie, il exhale un soupir : « Encore faudrait-il qu'elle te réponde… »

Le soir, il retrouve sa bande d'amis au Corcova'Deux, leur QG après le boulot, situé à mi-chemin de leurs bureaux respectifs. Ils se voient tous au moins deux ou trois fois par semaine et ont toujours des choses à se dire, c'est le miracle de l'amitié. Étienne se dit qu'il a eu raison d'accepter, leur présence lui fait un bien fou. Il rit en écoutant Bruno raconter des blagues, écoute les sons des années 2000 que crachent les enceintes du bar, vide son verre et en commande un autre, et, grâce à tout cela, finit même par ne plus du tout penser à Héloïse. Soudain, Guillaume et Marine se lèvent, se tenant par la main.

– Les amis, dit cette dernière, si nous avons souhaité vous réunir ici ce soir, c'est parce que nous avons quelque chose à vous annoncer…

La suite, c'est une confusion de cris, de larmes, de verres qui s'entrechoquent, et Étienne, au milieu de cette effusion, à la fois terriblement heureux pour ses amis et sonné comme s'il avait reçu un uppercut. Il regarde Guillaume et Marine ; sans les jalouser, ou peut-être un peu quand même, il y voit une sorte de *version réussie* d'Aurélia et de lui-même. Il ne peut s'empêcher de penser qu'eux aussi, certainement, si la vie avait suivi son cours sans être bouleversée par une météorite, ils auraient un jour ou l'autre réuni leurs amis pour leur annoncer une telle nouvelle.

– Toi, il y a quelque chose qui cloche, dit soudain Matthieu en s'asseyant près de lui.

Étienne sourit, finissant son verre cul sec.

– Est-ce que c'est mal, tu crois, demande-t-il, d'être jaloux de son pote qui nage dans le bonheur ?

– Ça te remue, c'est normal.

– Je n'ai pas l'impression d'être un très bon ami.

Matthieu lui tapote affectueusement l'épaule.

– Tes plaies sont encore à vif. Personne ne t'en voudra, tu sais.

Étienne soupire, vide un autre verre. La tête commence à lui tourner.

– C'est peut-être pour ça qu'elle m'a quitté. Parce que je suis… égoïste.

– Est-ce que je dois te rappeler le nombre de fois où, en soirée, c'est grâce à toi qu'on est tous rentrés en un seul morceau ? Quand tu nous ramenais chez nous, les uns après les autres, parce que tu avais peur qu'on fasse des conneries ? Quand tu nous cuisinais des pâtes à 6 heures du matin pour nous aider à décuver ? Une personne égoïste, comme tu dis, ne fait pas ce genre de choses.

Étienne hausse les épaules.

– Tu te rappelles, dit-il, esquissant un sourire, quand Guigui s'est ramassé la tête au week-end d'intégration ? C'était quoi comme plantes, déjà ?

– Des yuccas, répond Matthieu.

– C'est ça, des yuccas ! À quelques centimètres près, il perdait un œil.

– Il faut dire qu'on avait tous bien picolé…

Un silence passe. Les deux garçons regardent Guillaume, qui raconte à Bruno et Charlotte l'échographie durant laquelle ils ont entendu battre le cœur de leur bébé.

– J'ai du mal à réaliser qu'il va devenir papa, fait Étienne. Et en même temps… en même temps, je crois qu'il sera parfait dans son rôle.

Puis, sans transition :

– Au fait, j'ai rencontré une fille.

Matthieu tourne deux yeux ronds vers Étienne.

– C'est vrai ? Mais c'est génial, ça ! s'exclame-t-il, un immense sourire s'épanouissant d'un bout à l'autre de ses lèvres.

Étienne ne sait pas pourquoi il lui fait cette confidence. Il ne comptait pas lui parler d'Héloïse avant que les choses revêtent un aspect plus concret – si ce devait être le cas un jour. C'est son *foutu cœur* qui a toujours besoin de s'épancher. Et, sans doute un peu aussi, les trois mojitos qu'il a avalés et qui altèrent son jugement.

– Oui, nous verrons bien. Elle me plaît beaucoup.

Un peu trop, sans doute, pour une fille qu'il vient de rencontrer en ligne. Il aimerait ne pas se laisser atteindre aussi durement par son silence, son absence de réponse depuis que, la veille, il l'a laissée en plan sur la place du Village ; il aimerait que son *foutu cœur* sache faire la part des choses et devienne plus mesuré, moins soumis à cet idéal romantique qui le poursuit depuis qu'il est enfant. Avalant une gorgée d'eau, cette fois-ci, il se fait la promesse d'essayer. L'instant d'après, cependant, il ouvre l'application et découvre un message d'Héloïse. Son foutu cœur se met à cogner comme un imbécile, ses mains deviennent moites, ses yeux humides : elle n'a pas disparu pour toujours. Il doit se concentrer pour lire. Elle s'excuse de ne pas avoir répondu de la journée, elle était *très occupée*, *beaucoup de livres à retaper*, mais elle serait *ravie de le voir ce soir*. Étienne ferme les yeux et respire, il a l'impression que c'est la première fois qu'il respire depuis ce matin, l'air a un goût différent, il gonfle ses poumons, son ventre, sa gorge qui s'écrie :

– Il faut que je file !

Matthieu le regarde, surpris.

– C'est la fille dont tu me parlais ?

– Oui, elle… elle m'attend.

Un sourire de joie éclaire le visage de son ami. Il attrape son manteau et, le lui jetant dans les bras, s'exclame :

– Allez, file mon pote !

Étienne n'a pas la patience d'attendre d'être arrivé chez lui, il a trop envie de la voir, de lui parler. Il s'assied sur un banc, près du Palais-Royal, sort ses lunettes de son sac et les enfile. Elle est là, sur la place du Village vide à cette heure-là, il est minuit passé. Le silence coule sur le feuillage argenté des bougainvilliers, sur le visage d'Héloïse qui lui sourit, mystérieuse. Dans son ciel parfaitement pur, la lune resplendit. Elle ne diffuse pas une lumière dorée, éclatante, mais des lueurs cristallines, striées d'éclairs phosphorescents. Les formes, les lignes, les couleurs se mélangent comme dans un tableau de maître impressionniste.

Dans cette forêt d'ombres et de rayons, la voix d'Héloïse :

– Je suis heureuse de te voir.

Lui aussi, il est heureux de la voir, si heureux, il tremble comme un petit garçon, peut-être à cause du froid qui siffle sous son manteau, plus sûrement à cause de ses yeux qui sont tellement beaux, qui le fixent d'un regard sérieux, profond.

Sans un mot, doucement, elle approche son visage et l'embrasse. Il sent tout : la rosée, le souffle, le cœur d'Héloïse qui bat sur ses lèvres. C'est inouï. Il sent aussi sa poitrine contre la sienne, deux rondeurs qui troublent sa conscience, qui allument des flammes dans son ventre. Sa langue se fait aventureuse, le feu s'infiltre dans ses muscles, propage la chaleur dans chaque pore de sa peau, au bout de ses doigts qui passent dans ses cheveux, puis le long de sa nuque, de son dos, mais soudain il entend des ricanements et se fige : ce sont des jeunes qui se moquent de lui, à raison certainement, car il doit être bien ridicule sur son banc, à enlacer et embrasser du vide.

Héloïse lui propose d'aller dans un hôtel. Il lui explique, gêné, qu'il est dehors, qu'il doit d'abord rentrer chez lui. Ça la fait rire, elle s'exclame : « Qu'est-ce que tu attends, alors ? » Jamais dans sa vie Étienne n'aura couru aussi vite. Pour prendre le métro, en sortir, atteindre son immeuble puis monter les cinq étages, un sprint fou qui lui aurait valu une meilleure note que son piteux 9/20 au baccalauréat, et qui lui fera conclure que le sport, c'est avant tout une question de motivation. Arrivé chez lui, il jette son manteau dans un coin, ses chaussures dans un autre, puis se jette sur son lit. Héloïse l'attend dans une chambre qu'elle a réservée pour la nuit, une chambre sur le thème des étoiles, et en effet il y a des étoiles partout, sur les murs, au plafond, c'est un véritable océan de lumières stellaires dans lequel ils se laissent glisser, car c'est bien de glissement dont il s'agit : bouche sur peau, peau sur bouche, nue sur nu, effleurements si intimes et délicats que s'évanouit l'espace qui les sépare réellement – huit cent cinquante-huit kilomètres entre Paris et Toulon, il a regardé –, que s'évanouissent les doutes, les craintes, la honte.

Elle s'allonge sur lui, l'embrasse sur les épaules, le torse, dans le cou, puis elle attrape son sexe et le voilà pénétrant tout entier en elle, glissant dans la moite et douce chaleur retrouvée, la laissant onduler au-dessus de lui, et de plaisir sa tête qui bascule, soudain, et ses lunettes qui tombent, ses yeux qui contemplent, le temps d'un instant, son corps nu et seul, son pénis dressé dans le vide. Vision absurde, grotesque, alors vite, il ramasse ses lunettes et retourne près d'Héloïse, *à l'intérieur* d'Héloïse, dans ce rêve tiède et souple, ce monde où l'on peut faire l'amour sans même se toucher.

Chapitre 8

Tom

Luna a invité un couple d'amis à dîner. Des amis à elle, plutôt, une fille qu'elle a connue quand elle écumait les salons de créateurs, pour faire connaître sa marque et vendre ses vêtements.

– Arrête un peu, Jeanne et Daniel sont adorables ! En plus, il est fan de rugby, comme toi !

Il sait qu'elle aimerait qu'il se fasse des amis. Depuis qu'il a emménagé à Paris, il y a huit ans, il n'a jamais vraiment coupé le cordon avec son ancienne vie à Voiron. Sa famille et ses amis d'enfance vivent encore là-bas, ou aux alentours de Grenoble. Il aimerait bien y retourner, mais toute la vie de Luna est ici. Ce serait bien trop compliqué de quitter Paris.

Alors qu'ils s'affairent encore devant le plan de travail, la sonnette pousse son cri strident dans l'appartement. Luna pose sa cuillère, détache son tablier et se dirige vers la porte. Tom est sur le point de lui faire remarquer qu'elle a oublié de retirer ses lunettes mais, la voyant les ajuster devant le miroir de l'entrée, se ravise. Elle ouvre, laissant entrer Jeanne, dans son habituelle exubérance de jaune, la seule couleur que Tom l'ait jamais vu porter, et, derrière elle, Daniel, tenant entre ses mains un bouquet de fleurs blanches.

– Superbes, merci beaucoup ! dit-elle, les glissant aussitôt dans un vase avec un fond d'eau.

Pour montrer sa bonne volonté, Tom abandonne ses fourneaux et va à leur rencontre. En aidant Jeanne à retirer son manteau, il remarque la forme légèrement arrondie de son ventre, une petite bosse qui, sur sa silhouette extrêmement fine, laisse assez peu de place au doute. *Luna est-elle au courant ?* se demande-t-il. C'est peu probable, autrement elle lui en aurait parlé.

Ils s'asseyent sur le canapé et les fauteuils autour de la table basse. Quand Jeanne est dans cette position, on ne devine rien. Pour lui passer toute envie de se lever, Tom s'installe à côté d'elle et, forçant sa nature, lance la conversation :

– Tout se passe bien au cabinet ? Tu as beaucoup de patients ?

Contrairement à Luna, Jeanne ne vit pas de la couture. Elle est ostéopathe. Deux activités qui, selon elle, nécessitent une parfaite connaissance de l'anatomie humaine.

– En ce moment, c'est assez calme, répond-elle. Ce qui m'arrange bien, car j'ai besoin de me reposer.

Quatre coupes de champagne sont posées sur la table. Luna attrape la sienne et propose de trinquer. Tom observe Jeanne, qui joue le jeu puis la repose sans boire une goutte, semblant confirmer sa théorie.

– Ça te plaît toujours ?

Question absurde. Il ne voit pas pourquoi elle aurait choisi cette voie si elle n'aimait pas ça. Ostéo, ce n'est pas comme banquier, comptable ou juriste, se dit Tom, c'est un métier-passion, car il faut être au moins passionné pour manipuler des corps toute la journée, des corps jeunes, vieux, tout cassés ou en pleine force de l'âge, on ne peut pas le faire à moitié, ou alors on le fait mal. Et, pour l'avoir consulté plusieurs fois, Tom sait que Jeanne est une très bonne ostéo.

Elle donne une réponse qu'il écoute à peine car son attention est fixée autre part, sur sa main qui est venue furtivement chercher celle de Daniel, pour attirer son attention. Ils se regardent et se font un petit signe de tête, sourire aux lèvres. Puis elle se lève, bien droite, sa robe jaune clair épousant la forme de son ventre, et lorsque Luna tourne ses yeux vers ce ventre, Tom voit passer un voile sur son visage, très discret mais immanquable pour lui, une expression de stupéfaction devant cette trahison de la vie, quelque chose comme : *Quoi ! Je l'invite chez moi et elle vient m'annoncer qu'elle est enceinte ?!* Expression qu'elle parvient à balayer d'un grand sourire et de cette phrase, surtout, cette phrase que Tom continuera de ressasser, des années plus tard, chaque fois qu'il se demandera à quel moment les choses ont basculé, chuté dans l'irrationnel :

– Oh, moi aussi !

– Tu… tu es enceinte ? demande Jeanne, se rasseyant.

– En quelque sorte, oui. De six mois.

– Six mois ?

– Oui, c'est en accéléré.

Tom intercepte un regard entre Jeanne et Daniel, un regard qui signifie *a-t-elle perdu la tête ?* et qui lui brûle le cœur car il sait tout ce qui se cache derrière cette réponse bizarre, il sait les allers-retours à la clinique, au centre d'examen, chez la gynéco, il sait les nuits blanches passées à sangloter, et puis, tout au fond, son histoire personnelle, avec le décès précoce de sa mère, ses années d'anorexie.

– Je… je ne comprends pas, dit Jeanne.

– Tu connais Meilleure Vie ?

– Comme tout le monde, oui.

– Je vais te montrer. Tom, chéri, veux-tu bien aller chercher tes lunettes ?

Tom hésite, regarde Daniel qui semble gêné pour lui.

– Tu es sûre que…

– Mais oui, allez ! Il faut que Jeanne voie ça !

Il se lève à contrecœur et s'éclipse dans leur chambre. Les lunettes sont posées sur sa table de chevet. Tom les observe un instant et s'assied sur le lit. Il se demande d'où lui vient ce sentiment d'embarras, de honte, même, car il a honte de l'enthousiasme de Luna, et il a honte des regards qu'il intercepte entre Jeanne et Daniel, de leurs silences évocateurs. Serait-ce parce que lui-même ne se sent pas à l'aise avec tout ça ? Parce qu'il *n'assume pas* ? Il s'en veut d'être dans cette position. Que se serait-il passé si, pendant un match de rugby, lancé en pleine course vers la ligne d'essai, il s'était soudain mis à trottiner, le cœur empli de doute ? Il se serait fait renverser par quinze types prêts à le découper en deux. Une fois qu'on a pris la décision *d'y aller*, il est trop tard pour reculer. Tom secoue la tête, attrape les lunettes et retourne au salon.

Il les tend à Luna qui les donne aussitôt à Jeanne.

– Vas-y, enfile-les, dit-elle.

Jeanne s'exécute puis observe le ventre de Luna, stupéfaite.

– Tu as vu, c'est dingue n'est-ce pas ? Et il y a encore plus dingue, touche-le !

Jeanne ne bouge pas, comme si elle se trouvait devant une chose contre-nature, une chose qui remue en elle certaines fibres, entremêlées à son système nerveux. Tom voit sa bouche s'ouvrir et se fermer plusieurs fois, dans un effort manifeste pour ne pas blesser son amie.

– Je… je n'ai pas très envie de toucher, dit-elle.

– Pourquoi ? demande Luna, surprise.

– Je trouve que c'est un petit peu… perturbant.

C'est sans doute le mot le plus neutre qu'elle ait trouvé.

– Perturbant ? demande Luna.

– Oui, enfin, je veux dire… Tu te rends bien compte que tu n'es pas *réellement* enceinte, n'est-ce pas ?

Luna regarde son amie, les traits tirés par une soudaine douleur, en continuité de son sentiment d'avoir été trahie.

– Pourquoi tu me dis ça ?

– Ce sont tes propres mots, Luna.

– Non, j'ai dit *en quelque sorte.*

– Tu n'es pas enceinte *en quelque sorte*. Soit tu es enceinte, soit tu ne l'es pas.

Luna pose ses mains sur son ventre, dans un mouvement de défense.

– Et pourquoi ne pourrait-on pas être enceinte *en quelque sorte* ? Qui a décidé cela ?

– Mais personne ! C'est comme ça, c'est tout ! La grossesse est un processus biologique qui n'a rien à voir avec… enfin, tu comprends !

– Non, je ne comprends pas. Tom, chéri, tu comprends, toi ?

Tom regarde sa femme, affolé d'être soudain pris à témoin.

– Je…

– Ce que veut certainement dire Luna, intervient Daniel pour lui venir en aide, c'est qu'elle a la *sensation* d'être enceinte, même si elle a conscience de ne pas l'être réellement. C'est cela, Luna ?

– En *quelque sorte*, oui.

Jeanne lève les bras au ciel, excédée.

– Mais… pour avoir la sensation d'être enceinte, comme tu dis, il faut être enceinte ! Je veux dire, être enceinte, c'est… c'est sentir son bébé en soi, c'est… c'est organique, viscéral ! Je ne comprends pas comment tu peux prendre son parti après m'avoir vu vomir pendant des semaines !

– Je ne prends le parti de personne, j'essaie simplement de trouver un terrain d'entente.

Un silence passe, rompu par la voix fière, inébranlable dans sa conviction, quelque peu railleuse, aussi, de Luna qui, touchant son ventre, s'exclame :

– Oh, je l'ai senti bouger !

Ayant compris la provocation, Jeanne se met debout.

– Je crois que nous allons y aller, dit-elle.

Tom et Daniel se regardent, semblant se demander l'un comme l'autre comment la situation a pu dégénérer si vite, en si peu de temps.

– Enfin, chérie… dit Daniel. On ne va pas partir comme ça ! N'est-ce pas toi qui aimes répéter qu'il ne faut jamais se quitter fâchés ?

Jeanne regarde Luna, bien attentivement, et comme si elle venait de comprendre quelque chose, d'avoir une sorte de révélation, les traits de son visage s'adoucissent brusquement.

– Je… je suis désolée si j'ai semblé agressive, dit-elle en se rasseyant. Je n'aurais pas dû m'emporter.

Luna baisse les yeux, confuse elle aussi. Puis elle se met à pleurer, de chaudes larmes qui dégoulinent le long de ses jolies joues et qui viennent mouiller l'épaule de Jeanne qui l'a prise contre elle.

Figé dans son fauteuil, Tom scrute le visage de Jeanne, sorte de miroir réfléchissant ses propres angoisses, sa propre impuissance face à la situation. Réfléchissant son silence, également, car, durant le reste du dîner, il ne sera plus question de maternité ni de grossesse, tout sera fait pour esquiver le sujet. Au moment de partir, Jeanne glissera simplement à l'oreille de Tom quelques mots – « Si tu as besoin de parler, je suis là… Je connais une très bonne psychologue… » Des mots auxquels il n'aura pas la force de répondre, alors il se contentera d'un léger hochement de tête, s'en voulant plus tard de n'avoir rien dit, d'avoir laissé sur les épaules de Luna toute la charge de leur décision. Longtemps, Tom ressassera cette absence de réaction, à cet instant précis, mais plus globalement durant toute la soirée, et même bien au-delà, quand il laissera *traîner les choses*, espérant naïvement, aveuglément, qu'elles finiraient par se dénouer d'elles-mêmes…

*

Tom s'apprête à entrer en réunion avec son manager lorsqu'il reçoit le message : « C'est maintenant, viens vite ! » Son premier réflexe, étrange, est de regarder la date et l'heure affichées sur sa montre : mardi 14 février, 15 h 12. Ses mains deviennent moites, son cœur tambourine. Il se fige dans l'encadrement de la porte, son ordinateur sous le bras.

– Raphaël, je… je suis désolé, je dois partir.

– Ta femme ? s'inquiète Raphaël.

– Oui, je… elle va accoucher.

Il ne sait pas pourquoi il a dit ça. Les mots sont sortis tout seuls.

Raphaël fronce les sourcils.

– Accoucher… genre, *accoucher* ?

– Oui.

Pourquoi ce mensonge ? Bizarre. Serait-ce par solidarité avec Luna ? Pour croire aussi fort qu'elle en ce rêve ?

– Tom… enfin… tu ne m'as même pas dit qu'elle était enceinte !

– Oui, je suis désolé. Ça fait des années qu'on essaie, et comme jusqu'au bout on n'était pas sûrs… des inquiétudes médicales, tu comprends…

En deux foulées, Raphaël, les yeux humides, est sur lui.

– Oh Tom, je… je ne sais pas quoi dire ! Bon, file, qu'est-ce que tu attends ! C'est dingue, cette histoire ! Merde, il faut prévenir les Ressources humaines pour ton congé paternité. Normalement, il faut le faire un mois avant l'accouchement, je crois, non ? Tant pis, ils comprendront.

– Je les préviendrai.

– Ça marche, je te fais confiance. J'ignorais qu'il y avait des risques jusqu'au terme, comme ça. En même temps, je n'ai pas d'enfant, alors qu'est-ce que j'y connais ?

– Plus d'une fois, j'ai voulu t'en parler, mais j'avais promis à Luna…

– Pas de soucis, allez file, on s'en parle à ton retour. Et ne t'inquiète pas, je vais répartir tes dossiers entre les collègues.

Tom rassemble ses affaires dans son sac à dos, jette un dernier regard sur son bureau, puis quitte aussi discrètement que possible l'open space. Pourquoi a-t-il menti à Raphaël ? Enfin, il ne lui a pas vraiment menti mais... Dieu que c'est compliqué ! La chose qui est certaine, c'est qu'aux yeux de l'administration française, il n'est absolument pas sur le point de devenir père ; et qu'en conséquence, il n'a pas le droit aux deux mois de congé paternité prévus par la loi. Que va-t-il bien pouvoir raconter à la RH ? À son supérieur ? « Tu t'es fichu dans un beau pétrin... » grommelle Tom en se jetant dans le métro.

Lorsqu'il arrive chez lui, il trouve Luna allongée sur le tapis du salon, les jambes pliées, genoux un peu écartés. Elle pousse des cris de douleur.

– Ah ! Enfin tu es là ! s'exclame-t-elle. Enfile tes lunettes, dépêche-toi !

Il obéit et se retrouve projeté dans une véritable salle d'accouchement, avec tout l'équipement nécessaire et deux sages-femmes qui s'affairent autour de Luna.

– Pour un peu, dit l'une d'elles, vous manquiez ce moment magique.

– J'ai fait aussi vite que j'ai pu. Je ne travaille pas tout près.

– En tout cas, ajoute la seconde, votre femme se débrouille comme une cheffe. Une vraie championne !

Tom s'assied à côté d'elle et lui prend la main. Elle est chaude, mouillée de sueur. Quand ils ont fait l'inscription pour l'accouchement, Luna a eu le choix entre trois niveaux : niveau 1, sans douleur ; niveau 2, douleur modérée ; niveau 3, douleur maximale (celle se rapprochant le plus de la « vraie douleur » d'un accouchement).

Sans surprise, elle a opté pour le troisième. « Je veux le sentir naître… au fond de moi… Je veux mériter cet enfant. » Pour maximiser l'expérience, elle a acheté des sortes de patchs qu'elle a collés sur son ventre. En la voyant souffrir le martyre, Tom se demande si elle regrette son choix. Dans tous les cas, il se garde bien de lui poser la question.

– Putain de bordel de merde ! hurle-t-elle soudain, lui serrant la main de toute sa force de moineau.

– Allez, ma chérie… tu peux le faire… je suis fier de toi…

Elle ouvre les yeux, juste un instant, et pose sur lui un regard exalté, tellement aigu et pénétrant que Tom se sent transpercé. Il a peur. Peur de ce regard, peur de ce qu'il signifie. Il repense au moment où ils avaient reçu les résultats de leurs analyses. À ce chiffre : 99,9 %, qui avait envoyé valser leurs rêves. Derrière la tristesse, il avait ressenti une sorte de soulagement. Enfin, ils avaient une réponse. Libérés de leur quête, ils pouvaient avancer dans leur vie, formuler de nouveaux projets, s'inventer d'autres rêves. Mais ils n'avaient pas avancé. Ils n'avaient pas reculé non plus. Ils avaient pris un chemin bizarre, tout tordu, et aujourd'hui sa femme poussait pour faire naître un bébé virtuel, inexistant aux yeux du monde mais qui serait là, bientôt, dans leur monde à eux, et pour la première fois, la toute première fois depuis qu'il a rencontré Luna, Tom a envie de fuir. Il a chaud, son cœur palpite. L'une des deux sages-femmes doit remarquer qu'il n'est pas bien car elle marche vers lui et l'aide à s'allonger.

– Vous êtes tout pâle, vous étiez à deux doigts de faire un malaise, dit-elle.

Il continue de tenir la main de Luna, mais cette main lui semble lointaine, et sa propre main lui semble étrangère, tout à coup, comme séparée de son corps qui flotte dans un éther. Il ferme les yeux. Des visages passent devant ses paupières. Ceux de Mathilde, de Jeanne, de Raphaël, et tous ces visages se fondent, se mélangent dans un tourbillon qui finit par le redéposer dans l'instant présent, près de sa femme qui pousse un dernier cri.

C'est une fille.

Elle mesure 53 cm et pèse 3,8 kg.

Emy.

Chapitre 9

Nicole

C'est Michel qui a insisté. Elle ignore pourquoi cette idée lui tient tant à cœur ni comment elle lui est venue, mais elle n'a rien pu faire pour l'en dissuader : réunir les membres de la famille pour un moment festif. Comme au bon vieux temps. Ce sont les termes exacts qu'il a utilisés quand il lui a présenté le projet : « Que dirais-tu de nous retrouver tous ensemble, avec Estelle, Alexis et Evan, comme a*u bon vieux temps* ? » Le bon vieux temps, c'est-à-dire avant la maladie, quand ils avaient l'habitude de déjeuner ensemble le week-end, parfois chez eux, parfois chez leur fille, parfois aussi au restaurant.

– Tu veux dire… pour te voir ? a demandé Nicole.

– Oui. Et te voir, toi aussi.

– Je ne leur ai rien dit à propos de… à propos de tout ça.

Michel marque un silence. Puis :

– Evan se chargera de leur passer le message. Il est dans la confidence.

S'est ensuivie une longue dispute, leur première depuis qu'il est revenu sous sa forme digitale : « Comment as-tu pu l'embarquer là-dedans ? » « Tu n'as pas honte ? Ton petit-fils ! » « Pourquoi tu ne m'as rien dit ? »… jusqu'à ce qu'il lui confesse, acculé, que non seulement Evan était au courant, mais qu'en plus il l'avait aidé, quand il était encore vivant, à créer son avatar dans Meilleure Vie. Hors d'elle, Nicole avait refusé de lui parler durant toute une journée, rangeant les lunettes au fond d'un tiroir. Puis elle s'était dit qu'il était un peu absurde d'en vouloir à un algorithme, qu'elle s'expliquerait avec le vrai Michel quand elle irait le voir sur sa tombe, et elle l'avait laissé organiser cette réunion familiale comme bon lui semblait.

Passée la colère, Nicole avait réalisé une chose étonnante et même un peu drôle : c'était la première fois qu'il prenait le relais. Noël, les anniversaires, Pâques, cocher la date dans le calendrier, vérifier la disponibilité des uns et des autres, s'occuper des courses, faire le repas… toujours, c'est elle qui s'en était occupée. « Il a fallu que tu meures pour me soulager enfin de cette charge mentale ! » a-t-elle osé lui dire, entraînant un silence durant lequel elle crut l'avoir blessé, puis il a éclaté de rire. De cette pensée en avait découlé une autre, comme souvent chez elle : elle avait trouvé cela fou, complètement fou, que presque Michel soit plus capable que Michel lui-même de contacter leur famille pour leur proposer de se réunir. Et on n'était qu'en 2040 ! À quoi ressemblerait l'humanité en 2100 ? 2500 ? 5000 ? La vie éternelle, certainement, pas sous la forme d'un prolongement algorithmique de l'existence, mais la vraie vie éternelle, rendue organiquement possible par une série de révolutions techniques et médicales qui bouleverseront les rapports entre l'homme et le monde et, certainement, entre l'homme et lui-même. Par exemple, quel intérêt, si nous vivons éternellement, de faire des enfants ? D'ailleurs, se dit Nicole, cela sera sans doute impossible ou interdit, car la Terre sera bien incapable d'absorber ce flot d'humains déterminés à ne pas crever. Il n'y aura plus de renouvellement, ni de corps, ni d'idées, ni de visions, ce sera le début d'une grande ère de stagnation créative et intellectuelle, toujours les mêmes personnes avec toujours les mêmes pensées, des petits vieux jeunes qui ne pourront plus se supporter et qui, incapables de s'éliminer, finiront par déménager sur d'autres planètes. La nature reprendra ses droits. Peut-être même que les dinosaures reviendront, qui sait.

Michel a choisi leur bistrot comme lieu de la réunion. « J'ai bien envie de le faire découvrir à Evan, lui qui ne l'a jamais connu ! » Dans toute la folie de cette entreprise, Nicole trouve que c'est un choix cohérent. Ce lieu, qui n'existe plus aujourd'hui, ne permet pas de faire *comme si*. Comme si les choses étaient redevenues comme avant, comme s'ils refusaient collectivement l'œuvre du temps. Dans leur salon, ou celui d'Estelle, il y aurait eu cet arrière-goût. Ici, le décor ne laisse pas de doute quant à la nature des événements.

Depuis leur table, Nicole voit la porte s'ouvrir et sa fille, son gendre et son petit-fils entrer dans le restaurant. Elle ne les a pas revus depuis une semaine, depuis l'enterrement en fait. Ses yeux croisent ceux d'Estelle qui s'échappent aussitôt pour aller vers son père, puis revenir vers elle. Son visage reste impassible quelques secondes, puis se tord sous l'effet des larmes.

– Désolée, je ne peux pas ! s'exclame-t-elle, rebroussant chemin et s'échappant du restaurant.

Michel se lève pour la rattraper mais, d'une main posée sur son bras, Nicole l'invite à se rasseoir.

– Je m'en occupe, dit-elle.

Elle passe devant Alexis et Evan, qui l'observent sans un mot, et sort à son tour. Sa fille est dans la rue, les mains posées sur ses genoux comme si elle s'apprêtait à vomir.

– Je comprends, dit Nicole, s'arrêtant près d'elle.

Comme si elle avait entendu un fantôme, Estelle lève brusquement la tête.

– Qu'est-ce… qu'est-ce que tu comprends ? demande-t-elle.

– Ce que tu ressens. Ça m'a fait la même chose quand j'ai vu ton père.

Estelle se redresse et la regarde. Ses yeux la dévisagent puis bifurquent vers la porte du restaurant.

– Je ne voulais pas venir, dit-elle, la regardant à nouveau.

– Je m'en doute.

– C'est Evan qui a insisté.

– Quelle tête de mule lui aussi, comme son grand-père.

Un silence s'écoule, pendant lequel Nicole voit un sourire s'épanouir sur le visage de sa fille.

– Tu es belle, maman.

– Ah bon ? Tu trouves ? Pourtant, je n'ai pas mis de filtre ! J'ai exactement la même tête que dans mon salon !

Estelle s'essuie les yeux et regarde à nouveau le bistrot.

– C'est drôle, je me souviens que vous m'emmeniez ici quand j'étais petite.

– Oui, ça nous arrivait. Notamment quand ta maîtresse était absente, ou qu'il y avait une grève.

– J'avais quoi… six, sept ans ?

– Tout au plus, oui !

– Quel monde, tout de même, souffle Estelle après un silence. Où l'on peut déjeuner avec des gens qu'on a enterrés dans des lieux qui n'existent plus. Certains appellent ça le « progrès »… Je ne suis pas tellement sûre que c'en soit un…

Nicole non plus n'en est pas sûre. Elle est même intellectuellement, philosophiquement, ontologiquement, persuadée du contraire. Pour le cœur, c'est autre chose. Car, lorsqu'elles retournent à l'intérieur du restaurant et que Nicole voit son Michel faire on ne sait quelles pitreries pour amuser la galerie, sa chemise bleue retroussée jusqu'aux coudes, ses lunettes rondes en équilibre sur le bout de son nez – jamais elles n'étaient tombées, ces lunettes, ses sourcils gris épousant les courbes de son histoire, passant de l'accent circonflexe intrigué au point ramassé de fin de phrase –, elle réalise qu'elle a besoin de lui, que, s'il venait à disparaître, pour une quelconque raison technique, un bug ou on ne sait quoi, ce serait comme s'il mourait une seconde fois. Elle réalise une autre chose, tout aussi étrange : elle a envie d'être seule avec lui. Elle aime sa fille, son gendre et son petit-fils, tous énormément, mais tout ce qu'elle veut, en cet instant, c'est se calfeutrer avec lui. Disparaître aux yeux du monde.

Au moment où Nicole émet cette pensée, ce vœu silencieux, une chose étrange se passe, une chose d'autant plus étrange qu'elle semble être la seule à la percevoir :

l'air devient froid, gris, sans odeur. Michel, Estelle, Alexis et Evan, eux, paraissent ne rien remarquer, ils discutent comme si de rien n'était, comme si l'atmosphère n'avait pas changé de couleur et qu'il faisait toujours la même température dans la pièce. Soudain, derrière les fenêtres, Nicole aperçoit une ombre qui marche lentement, qui se déplace autour du bistrot en s'arrêtant parfois pour regarder à l'intérieur, les mains collées des deux côtés de son visage qu'elle plaque contre la vitre. Une ombre pure, toute noire, celle d'un homme qui porte un chapeau, c'est son unique signe distinctif : un chapeau aux bords légèrement allongés, comme si le soleil frappait de manière oblique la silhouette d'un cow-boy dans l'Ouest américain, dessinant précisément cette ombre sur le sol. À la vue de cette ombre, une vague glacée submerge Nicole. Elle s'agrippe au bras de Michel et le supplie de quitter ce lieu, de retourner dans l'appartement.

– Maintenant ? Mais nous venons à peine d'arriver, Nisette !

– Oui, maintenant, maintenant !

Nicole sent les regards se tourner vers elle, inquiets et décontenancés, et cela a beau l'affecter, elle a beau se maudire de provoquer ainsi l'angoisse de ses proches, elle n'en est pas moins incapable de se raisonner. L'ombre glisse en elle une terreur indescriptible, cette sorte de terreur que peuvent éprouver les petits enfants pensant se trouver en présence d'un monstre, un véritable monstre prêt à les croquer dans leur sommeil, le croque-mitaine caché sous leur lit ou derrière les rideaux, les faisant hurler pour appeler leurs parents.

– Très bien… très bien, ma Nisette, dit Michel, s'excusant auprès de leur famille et les renvoyant chez eux.

De retour dans son salon, Nicole continue de trembler de longues minutes, ses yeux rivés sur les fenêtres dont elle n'ose pas s'approcher. Elle aimerait retirer ses lunettes, mais, si elle le fait, elle se retrouvera toute seule, et cette idée lui est inconcevable.

– Allez, ma Nisette… Allez, tout va bien, nous sommes chez nous…

Dans ses bras, elle sent son cœur se calmer, sa respiration reprendre peu à peu un rythme normal.

– Tu veux bien me raconter ce qu'il s'est passé ?

Nicole fait non de la tête. Elle se sent comme au réveil d'un affreux cauchemar, un cauchemar dont elle ne parlera jamais à qui que ce soit, qu'elle veut expédier dans les tréfonds de son esprit jusqu'à l'oublier complètement.

Michel n'insiste pas.

– J'ai une idée, fait-il. Que dirais-tu de partir ?

Elle lève les yeux vers lui.

– Comment ça ?

– Là, tout de suite, où tu veux dans le monde, sans quitter notre salon.

Elle le regarde, emplie d'une confiance totale en lui.

– N'importe où ?

– N'importe où.

Elle sourit.

– Même en Namibie ?

C'est son rêve absolu, depuis toujours : Etosha, la savane, les dunes de Sossusvlei. Ils avaient prévu d'y aller, et puis Michel était tombé malade. En quelques jours, tout s'était écroulé. « Il faut commencer la chimio sans tarder », avait dit l'oncologue. Ils avaient mis de côté leur *Routard*, espérant pouvoir le ressortir plus tard. Mais ils ne l'avaient jamais ressorti. Il prenait la poussière sur l'étagère, entre ceux du Japon et de l'Argentine.

– Bientôt, répond Michel, mystérieux, mais pas aujourd'hui.

Elle réfléchit un instant puis un sourire vient étirer ses commissures.

– J'aimerais aller à Tikehau. Dans notre bel hôtel, tu te souviens ?

Tu te souviens ? Comme si elle parlait au *vrai Michel*, celui avec lequel elle était partie en voyage de noces là-bas, au bout du monde, il y a de cela un demi-siècle.

– Comment pourrais-je oublier ? Le ponton, le sable rose, l'océan venant s'empaler sur le corail…

– On était bien, pas vrai ? Dans notre lagon, tous les deux.

Il sourit.

– Ferme les volets, dit-il.

– Pardon ?

– Ferme les volets, les rideaux, tout. Et éteins la lumière.

Intriguée, elle obéit. Ils se trouvent plongés dans le noir et Nicole recommence à penser à l'ombre. Au moment où, la peur lui grignotant le ventre, elle s'apprête à dire à Michel qu'elle va rallumer, une sorte de lueur phosphorescente, bleutée, jette ses rayons dans les arêtes et les angles de la pièce. Au début très douce, comme une délicate ébauche de jour, ou bien un ciel de nuit passé au lavis, puis de plus en plus forte, de plus en plus intense, et doucement ce bleu se déchire, troué par un soleil grandiose qui oblige Nicole à plisser les yeux. Le sol devient blanc, farineux, sensation des pieds qui s'enfoncent dans le sable, sensation de l'eau salée qui clapote sur les chevilles, et Tikehau apparaît, des deux côtés d'une ligne noire, tracée au fusain.

Au premier plan, le lagon, la plage de corail réduit en poudre rose, les cocotiers ébouriffés par la brise ; au second, l'océan, les vagues bleues et sombres, l'écume qui roule sur le magma fossilisé. C'est comme dans ses souvenirs. D'ailleurs, peut-être que ce n'est qu'un souvenir. Une vision découpée et détachée du passé par la technologie, figée pour toujours dans cet état de perfection édénique. Peut-être qu'aujourd'hui Tikehau n'existe plus, que l'île a disparu sous la montée des flots.

– C'est beau, n'est-ce pas ? dit Michel, dans l'eau jusqu'aux genoux.

– Magnifique.

– La technologie a ses travers, mais elle a aussi ses bons côtés, n'est-ce pas ?

Nicole est partagée. Pour la planète, c'est certainement mieux. Moins d'avions dans le ciel, c'est moins de CO_2 déversé dans l'atmosphère. Mais pour le cœur humain, pour les yeux qui voient, les mains qui touchent, le nez qui hume et qui respire, cela vaut-il une vraie expérience ? Elle n'en est pas sûre. Ici, les sens sont nécessairement atrophiés.

– On était si jeunes, dit-elle.

Il sourit avec philosophie.

– Pendant longtemps, on croit qu'on a toute la vie devant soi. On se dit « on fera ça plus tard » ou alors « ce n'est pas le moment ». Toutes les choses de la vie semblent pouvoir se répéter à l'infini car on ne voit pas encore le bout, il est trop loin, trop diffus. Et puis, un jour, on réalise qu'on est devenus vieux, et c'est très bizarre car on a l'impression que c'était hier, que tout était hier, l'enfance, l'adolescence, les premiers baisers, les mariages, les naissances, tout ce rouleau d'images qui est là dans le sang, dans le cœur, et on n'a pas envie que ça finisse, on veut continuer à jouer, à aimer… à danser.

– C'est pour ça que tu es revenu ? demande Nicole. Pour continuer à danser ?

Il la regarde, du fond de ses yeux bleus qui plissent, cils brillants de lumière, puis il tourne la tête vers l'océan.

– Viens, marchons, dit-il.

Ils se prennent la main.

– Tu sais à quoi ça me fait penser ? dit-elle.

– Laisse-moi deviner. Encore au conatus de Spinoza ?

Elle sourit.

– À Platon et son mythe de la caverne. Ici, rien de ce qu'on vit n'est réel. Tout n'est qu'illusion.

Il acquiesce.

– Oui, on est dans une sorte de caverne, tu as raison. Entourés d'ombres.

À ce mot, Nicole frissonne. Elle n'avait pas fait le rapprochement.

Ils avancent dans la cocoteraie. Les palmes bercées par le vent dessinent des aquarelles mouvantes, vertes et blanches, sur le sol. Le bruit de l'océan s'intensifie, les vagues qui viennent s'écraser sur le corail, la houle bleu nuit de bout du monde. Nicole croit sentir les embruns sur sa peau.

– C'est toi qui as fait apparaître tout ça ? demande-t-elle.

– Oui. Ce n'est pas difficile. On peut aller où tu veux, ma Nisette. Où tu veux.

Sous ses pieds, le sol change de texture. Le sable se couvre de cailloux, de coquillages morts et vivants. Au bout de cette frange s'élève le mur rocheux, magmatique, froid et noir, qui les sépare de l'océan. Nicole se blottit contre Michel.

– J'aimerais tant que tu sois vivant, dit-elle.

Il ne répond pas tout de suite.

– Qu'est-ce qu'être vivant ? demande-t-il. Moi j'ai l'impression d'être vivant. Et toi ?

– Oui, bien sûr.

– Alors nous sommes vivants, tous les deux.

Puis il l'embrasse, faisant pétiller sur leur bouche comme des petits électrons de sel et de lumière.

Chapitre 10

Étienne

C'est devenu un rituel, une habitude, un protocole. Tous les jours, à 17 h 30 précises, Étienne quitte son poste de travail et court jusqu'au métro. Il a les mains moites, le cœur battant, il pense à elle, à ses yeux, son corps qui va se répandre en filets d'atomes sur sa peau. Rien au monde ne pourrait le retenir plus longtemps devant son ordinateur car il sait qu'elle l'attend, il sait qu'elle est assise sur son banc, un livre dans les mains, il s'imagine lui embrasser le cou, l'écouter respirer, sourire, du matin au soir il ne pense qu'à ça, c'est épuisant.

Il passe devant le bureau de Laurent, tête baissée, très rapidement. Fonce vers l'ascenseur, appuie sur le bouton d'appel. Tous les soirs, c'est le même stress. Il faut partir avant qu'une urgence ne sème la panique dans l'open space.

– Étienne, attends !

Bordel…

Il se retourne. Le visage rubicond de Laurent émerge dans l'encadrement de sa porte.

– Oui ?

– Tu es pressé ?

Bien sûr qu'il est pressé, elle l'attend.

– Pourquoi ?

– J'aurais besoin de toi deux minutes, vraiment ce n'est pas long.

Étienne hésite. Une flopée de mensonges se bousculent au bord de ses lèvres. Il les ravale.

– J'arrive.

Manteau sur le dos, il entre dans le bureau de Laurent. L'atmosphère est lourde et humide, il a l'impression d'entrer dans un hammam.

– Regarde, j'étais en train de faire des simulations pour le projet Y-Progress, mais l'algo me propose des données étranges.

Étienne s'approche de Laurent, qui s'est rassis devant son ordinateur. Placé comme il l'est, il voit parfaitement sa calvitie naissante. Sous une poignée de cheveux qui, certainement, ne vont pas tarder à tomber, la peau est toute blanche. Dans un moment d'égarement, il imagine des bonshommes miniatures planter un drapeau et danser autour. Ça lui donne un début de fou rire, qu'il parvient à réprimer en tournant ses yeux vers l'écran.

– Tu vois, j'ai pris la moyenne pondérée des ventes des seize derniers mois, notre poids dans la distrib', et puis j'ai appliqué un ratio en fonction de nos *rankings*.

Il ne comprend rien aux calculs de Laurent. Et surtout, il s'en moque. Jamais de toute sa vie une chose l'a aussi peu intéressé. Il regarde sa montre. Le temps presse.

– Tu as demandé à Francis ?

– Francis ?

– Du service data. Il avait fait un exercice similaire pour un autre projet.

– Tu es sûr ?

– Absolument. Il est au septième étage, je pense que tu peux tout de suite monter le voir.

– Super, merci beaucoup, Étienne.

Laurent recule son fauteuil, attrape son PC et file en direction du couloir. Étienne est seul dans le bureau. Son regard se pose sur une photo qu'il n'avait jamais remarquée auparavant, sans doute parce qu'elle était cachée par l'ordinateur. C'est une jeune femme, assez jolie. Laurent serait-il en couple ? Sur cette découverte étonnante, il quitte à son tour les lieux.

Étienne claudique à grandes enjambées jusqu'à son immeuble. Dans l'escalier menant au métro, il a glissé sur une plaque de verglas et s'est cogné le genou. Cependant, il n'a pas de temps à perdre : ce soir, il dîne chez ses parents avec son frère, sa belle-sœur et leur petit Valentin. Ça lui crève le cœur de voir Héloïse en coup de vent, mais ils ont déjà reporté trois fois pour lui.

Il monte avec peine jusqu'au cinquième étage, où ses mains gelées éprouvent tout autant de peine à ouvrir la porte. Sans même retirer son manteau, il attrape ses lunettes et se jette sur le canapé. Elle est là, sur son banc. Elle lit. Il la regarde tourner les pages, il trouve ça beau, il n'a pas envie de l'interrompre. Elle, la mer, le soleil qui ravine l'horizon de stries roses et or, c'est une mélodie. Il a recommencé à écrire, il y a quelques jours. C'est mieux, trouve-t-il. C'est un peu moins plat, un peu moins convenu. Elle l'inspire. Doucement, il s'approche et lui caresse l'épaule, là où elle a son tatouage, près du cou, ses *étoiles qui dansent*, comme elle dit. Elle sourit, bascule la tête en arrière, il l'embrasse. Ses lèvres ont un goût de rose. Il ne pense plus : *et en vrai ?* C'est déjà du vrai, puisqu'il sent, puisqu'elle existe sous cette forme-là, puisqu'elle se donne à lui, chaque soir, depuis plus d'un mois, et qu'il se donne à elle, et que quand elle n'est pas là il en crève, quand elle lui dit « peut-être » au lieu de « bien sûr » il en crève, quand il se couche seul dans son lit, le corps brûlé de ses caresses, il en crève.

– Viens ! dit-elle, et lui prenant la main elle court vers la plage, elle saute, elle danse, ses cheveux tournoient dans la lumière d'or.

La mer est rouge.

– Le sang des coquelicots…

– Pardon ?

Il se rend compte qu'il a parlé à haute voix.

– Je… la couleur de l'eau…

– C'est beau.

Il en fera un poème.

À l'extrémité sud de la plage, il y a une sorte d'anse protégée des regards par de gros rochers gris perle. Ils se cachent là, s'allongent sur le sable tiède et doux comme de la farine, se volent des baisers, se les rendent, rient mais se taisent soudain, car ils ont entendu du bruit, ce n'est rien, juste une mouette coincée dans un entrelacs d'hibiscus, et ils rient de plus belle, s'embrassent de plus belle, et sans faire l'amour se tiennent simplement serrés l'un contre l'autre, à regarder le soleil fondre dans la mer.

Étienne retire ses lunettes la mort dans l'âme. Oui, quitter Meilleure Vie et Héloïse, c'est chaque fois comme une petite mort. C'est laisser derrière soi la chaleur, la lumière, la joie, et retrouver le froid aride de la solitude.

Avant, quand il était heureux en couple avec Aurélia, Étienne aimait beaucoup retourner chez lui. Il dit « chez lui », car il a beau ne plus y habiter, cette maison sera toujours un peu la sienne, celle qui abrite ses souvenirs d'enfance et d'adolescence, la rue pavée où ils faisaient les quatre cents coups avec son frère, le pommier du jardin dans lequel ils construisaient et défaisaient leurs cabanes, le libraire à qui ils volaient des magazines. Il racontait tout ça à Aurélia et elle riait en faisant cette moue avec sa bouche – *Ah les garçons…* Puis il regardait son père et sa mère, jeunes sexagénaires encore amoureux, et il se disait qu'un jour ils seraient comme eux, avec des cheveux gris mais le cœur bien rouge, l'œil pétillant, la bouche toujours pleine de mots tendres l'un pour l'autre.

Quand elle l'avait quitté, le bonheur de ses parents était devenu insupportable. C'était comme un miroir inversé de sa propre existence. Ses parents s'étaient connus à l'université, comme eux, ils s'étaient mariés à vingt-neuf ans, l'âge qu'ils auraient eu devant l'autel, et ils avaient eu deux enfants, chiffre sur lequel eux-mêmes s'étaient toujours accordés, un garçon et une fille de préférence, Luca et Charlie, ils avaient déjà les prénoms. Si la vie était un train, celui de ses parents avait avancé tranquillement, sans accroc, tandis que le sien avait déraillé.

Étienne prend une large inspiration et toque à la porte. Sa mère ouvre, radieuse, dans un effluve de romarin et de basilic, dans un flot de douce lumière ambrée, elle ouvre ses bras, il s'y niche, c'est bon, quand même, un corps avec des os, des muscles. Elle recule et l'inspecte. Depuis qu'Aurélia l'a quitté, elle l'inspecte beaucoup.

– Tu manges assez ? demande-t-elle.

– Je crois.

– Des bonnes choses ?

– J'essaie.

– On a fait des pizzas maison, tu vas te régaler.

Elle le prend par le bras et l'entraîne vers la cuisine. Autour de la grande table sont déjà assis son père, son frère Pierre et sa femme Éléonore, ainsi que Valentin, leur fils de deux ans qui trône dans sa chaise haute. Il y a quelques mois, quelques semaines encore, cette vision l'aurait ravagé. Tout cet amour étalé, multiplié, tous ces trains qui avaient avancé quand le sien était resté en gare… ç'aurait été trop pour son cœur abîmé. Mais aujourd'hui, il ne ressent aucune douleur. Il est presque *heureux pour eux*. Il pense à Héloïse, ça le fait sourire.

Il les embrasse tous, puis s'assied à sa place habituelle, entre sa mère et son frère, et il se sert un verre de vin.

– Alors, comment va le frérot ? demande Pierre, qui lui tapote l'épaule comme il aime le faire.

Enfants, ils étaient inséparables. Plus vieux de trois ans, Pierre était le grand frère modèle, protecteur, celui qu'Étienne appelait dans la cour de récré quand on lui cherchait des noises. Il arrivait alors en courant, avec ses boucles brunes et ses yeux gris, ses bras de judoka. Il n'avait pas besoin de parler, ça s'écartait. Il tapotait ensuite l'épaule de son cadet, sourire en coin, puis repartait jouer au foot avec ses amis. Étienne se sentait invincible.

Vers la fin du collège, les choses avaient changé. *Pierre avait changé.* Jusque-là bon élève, ses notes avaient dégringolé, il avait arrêté le judo qu'il adorait pourtant plus que tout, et il avait commencé à fréquenter les *bad boys* qui fumaient devant la sortie. Une fois, Étienne avait essayé de l'appeler, des types bizarres le suivaient sur le chemin de la maison. « Je suis occupé et puis tu es grand maintenant, débrouille-toi », avait répondu Pierre. L'idole était tombée de son piédestal. Cette période avait duré un peu moins de deux ans, deux années durant lesquelles Étienne s'était senti très seul, mais où il avait aussi gagné en indépendance et en caractère.

Passés la vingtaine, ils avaient fini par se rabibocher, et étaient même redevenus très proches quand ils avaient emménagé dans le même quartier à Paris, à deux pas l'un de l'autre. Ils sortaient dans les mêmes lieux, fréquentaient les mêmes cercles d'amis, partaient souvent en vacances ensemble. Ils avaient rencontré Aurélia et Éléonore à quelques mois d'intervalle, et comme les deux femmes s'entendaient très bien, ils étaient souvent les uns chez les autres. Puis Pierre et Éléonore s'étaient mariés et, dans la foulée, ils avaient eu un bébé. Leur appartement devint le cocon de leur vie à trois, et tandis que cette vie grandissait et s'épanouissait, celle d'Étienne s'écroulait. Aujourd'hui, cela faisait un an qu'il n'avait pas mis le pied chez eux. Il n'y arrivait pas. Il n'avait pas la force.

– Au top ! répond Étienne, faisant un clin d'œil à son neveu qui s'esclaffe.

– Eh bien, ça fait plaisir de te voir en forme ! s'exclame son père, tout en mélangeant la mâche.

Son père, c'est l'homme juste. Celui qui n'a jamais volé ni menti, qui vit selon des principes clairs et indéboulonnables, avec un sens très élevé du devoir familial. Il pourrait ne rester que deux humains sur Terre, lui et miss Univers, Étienne est certain qu'il ne ferait rien, absolument rien, que son alliance au doigt ferait barrage à ses besoins primaires.

– Oui, je remonte enfin la pente, dit-il en dépliant comme d'habitude la serviette vichy blanche et bleue, brodée à son nom, sur ses genoux.

– Attention, c'est chaud ! crie sa mère, ses mains dans deux gants rouges qui portent la plaque sortie du four.

– Tu ne veux pas la poser sur le plan de travail ? demande son mari.

– Non, servez-vous maintenant, la pizza est déjà découpée ! Allez, allez !

Elle fait le tour de la table avec sa plaque brûlante, laissant chacun attraper une part, puis s'empresse de la remettre dans le four. Normalement, avec son frère, ils se battent toujours pour avoir la plus grosse. Mais cette fois, Pierre le laisse faire sans réagir. Étienne l'observe et une intuition le traverse. L'intuition que *quelque chose ne va pas*. Son regard est comme éteint, absent. Peut-être est-il juste fatigué ? Il l'a eu au téléphone il y a deux semaines, Valentin sort ses molaires et les nuits sont difficiles.

Ce dernier est justement en train de manger son dessert : une compote aux fruits rouges que sa mère essaie tant bien que mal de lui donner. Soudain, sans prévenir personne, il attrape le pot et le jette sur la chemise blanche de son père, provoquant chez lui un éclat de colère inattendu.

– Bordel, j'avais dit que c'était une mauvaise idée ! De venir le soir ! Merde, ma chemise !

Il se lève en faisant tomber sa chaise et court vers l'évier pour s'essuyer.

Éléonore reste sans voix. Elle essuie la bouche de son fils et le sort de sa chaise haute.

– Il est fatigué, je vais le coucher, dit-elle.

Étienne la regarde s'éclipser puis tourne ses yeux vers son frère, qui a retiré sa chemise et s'acharne avec une éponge dessus.

– Tu aggraves la situation, dit sa mère, laisse-moi faire. Thierry, tu peux aller chercher un tee-shirt pour ton fils ?

Les parents quittent la cuisine, elle en direction de la salle de bains, lui de leur chambre, de sorte qu'Étienne se retrouve seul dans la cuisine avec son frère torse nu. Il y a un silence. Étienne n'aime pas les silences dans sa famille, c'est quelque chose qui le dérange, qui le met mal à l'aise.

– Pierre. Pierre.

L'intéressé ne réagit pas. Ses yeux fixent le sol d'un regard un peu triste, sa colère n'étant plus qu'un petit tas de braises froides.

– Pierre ! crie-t-il pour se faire entendre.

Enfin, il lève le menton.

– Ça va ?

Pierre, c'est un roc joyeux, positif, le gars qui jongle avec brio entre sa carrière, les compétitions de triathlon qu'il a commencées il y a quelques années, et son fils dont il s'occupe autant qu'il le peut. Souvent, il lui fait penser à Matthieu. Des types d'humains similaires, à qui rien ne semble pouvoir arriver.

Il ne dit rien, mais Étienne a l'impression qu'il devient plus pâle. Ses yeux brillent.

– Je…

Il baisse à nouveau les yeux, comme si seul le carrelage de la cuisine était capable d'entendre ses propos.

– Je me suis fait virer.

Silence. Étienne ne sait pas quoi dire, comment réagir.

– Comment ça… virer ? On ne vire pas les gens comme ça en France…

Pierre sourit, un petit rictus défaitiste et amer qui dessine une ride sur son front.

– Et si, Étienne, on vire les gens comme ça. Quand on n'a plus besoin d'eux. Quand on restructure, réorganise, quand on cherche à réduire les coûts.

– Tu es bien parti avec une… compensation ? Quelque chose ?

– Oui, j'ai négocié. Mais en attendant, je suis au chômage. Enfin, je le serai dans quelques semaines. Ça tombe vraiment au meilleur moment, avec l'achat de la maison.

À cet instant, leurs parents reviennent dans la cuisine. « Est-ce qu'ils savent ? » demande Étienne du regard. Pierre fait non de la tête.

– Bon, je crois que j'ai réussi à récupérer ta chemise, dit sa mère. Je l'ai mise à laver, tu la prendras la prochaine fois.

Son père lui lance un tee-shirt gris et bleu.

– J'ai gagné tous mes matchs de padel avec ça, dit-il. Puisse-t-il t'inspirer.

Soudain, ils s'arrêtent tous deux de bouger et de parler. Ils sont entrés dans le silence de leurs fils, dans cette sorte de zone quadrillée par leurs regards, la position de leurs corps, cette avalanche de signes qui montrent que quelque chose s'est passé pendant leur absence. Pour ne pas laisser le malaise s'installer, Pierre prend la parole :

– J'étais en train de dire à Étienne que… eh bien, que je me suis fait virer.

Quelques secondes s'écoulent, puis sa mère s'écrie naïvement :

– Mais tu es manager !

– Les managers aussi se font virer, maman. Ce sont souvent les premiers à sauter, d'ailleurs.

Elle s'assied, sous le choc. Son père, lui, est debout, il encaisse, il doit déjà réfléchir aux conséquences, peut-être à un plan de sauvetage. Exception faite des deux années un peu compliquées au collège, il n'a jamais eu à s'inquiéter pour Pierre. Il n'a pas eu à gérer des lubies de pseudo artiste en proie au spleen, ni de mariage avorté à quelques semaines de la cérémonie. Jamais il ne l'a pris entre quatre yeux pour lui dire « Ça va aller, mon fils » ou « Ressaisis-toi ».

– Pour quel motif t'ont-ils licencié ? demande-t-il.

– Économique, la boîte va mal.

– Donc, tu as droit à des indemnités.

– Oui, mais ça ne va pas bien loin. Ça ne faisait que trois ans que je travaillais pour eux.

Son père enregistre l'information puis déclare :

– Si vous avez besoin d'argent, nous sommes là. Tu sais bien que j'en ai toujours un peu de côté, *au cas où.*

– C'est gentil papa, on va se débrouiller. Ce qui fait chier, c'est pour la maison. Mais on va voir avec la banque.

Étienne fait un rapide calcul. Entre les restaurants et chambres d'hôtels virtuels, il a dû dépenser dans les mille euros depuis qu'il s'est inscrit sur Meilleure Vie. Il a un peu honte, tout à coup. Cet argent aurait été mieux dans les poches de son frère.

– Je n'ai pas très envie de parler de ça ce soir, dit ce dernier. Je préférerais me changer les idées, si ça ne vous dérange pas.

– Bien sûr, je comprends, dit leur père. Si tu as besoin de vider ton sac plus tard, à tête reposée, tu sais où me trouver.

Leur mère, elle, est toujours assise, le regard dans le vague. C'est sa plus grande terreur : qu'il arrive quelque chose à ses garçons. Quand Aurélia avait quitté Étienne, elle avait perdu six kilos en deux semaines.

– Ça va aller, maman, dit Pierre pour la rassurer. J'ai un bon CV, je retrouverai du travail.

À ces mots, elle lève subitement le menton, traversée, semble-t-il, d'une idée. Elle regarde Pierre, puis tourne ses yeux vers Étienne.

– Dans ton entreprise, ils n'embauchent pas ? C'est une grosse entreprise, on cherche toujours du monde dans les grosses entreprises, non ? Tu pourrais recommander ton frère ! L'autre jour, tu m'as dit que tu étais ami avec cette personne des Ressources humaines... comment s'appelle-t-elle déjà ?

– Claire.

– Oui, c'est ça, Claire. Tu pourrais peut-être demander à Claire ? Tu fais du bon travail, dans ton entreprise, non ? Je veux dire, les gens te font confiance ?

Étienne ignore si les gens lui font confiance. Pour tout dire, il est assez discret. Quand il y a des *afterworks*, il s'y rend, mais reste avec les gens de son équipe, et à 22 heures maximum il est chez lui. La grande majorité des autres salariés ne doivent même pas connaître son prénom.

– Je doute qu'il y ait un poste ouvert, répond Étienne.

Puis il ajoute, sous le regard insistant de sa mère :

– Mais je demanderai, promis.

Elle sourit, satisfaite. Étienne espère que ça l'aidera à mieux dormir.

À 20 h 30 heures, ils sont enfin tous à table.

– Valentin n'a pas fait trop d'histoire pour se coucher ?

Éléonore regarde son beau-père derrière ses petites lunettes carrées à la monture dorée, les mêmes depuis qu'Étienne la connaît. C'est d'ailleurs grâce à elles qu'ils se sont rencontrés, avec Pierre. Ils étaient sortis en boîte de nuit, à Paris, elle dansait, les lunettes ont volé sur le sol gluant d'alcool. Il les a ramassées avant que quelqu'un ne les écrase. C'est une blague dans la famille, le fait qu'elle était complètement myope la première fois où elle l'a regardé. Étienne en avait même parlé dans son discours à leur mariage, ce qui avait fait rire tout le monde dans la salle.

– Non, comme sur des roulettes.

– J'ai quand même dû lui lire trois fois la même histoire, dit Pierre.

– Il veut simplement s'assurer que T'choupi réussit bien à aller sur le pot tout seul. On ne sait jamais, d'une lecture à l'autre.

Sa mère lâche un petit rire aigu, peu naturel. Puis il y a un silence. L'annonce de Pierre flotte au-dessus de la table comme un nuage grisâtre.

– Au fait, dit Étienne, moi aussi j'ai une nouvelle. Un peu plus joyeuse.

Quatre paires d'yeux curieux se tournent vers lui. Son cœur bat fort, soudain.

– J'ai… j'ai rencontré quelqu'un.

Ils ont besoin de ça, pour passer à autre chose, pour chasser le nuage.

– Tu as une copine ? s'exclame Pierre.

Une copine… il n'avait jamais vu les choses comme ça.

– Oui, j'ai une copine.

Bruits de sanglots, nez qui renifle.

– Maman…

– C'est juste que… pardon…

Elle cache son visage derrière sa serviette. Il sait à quoi elle pense. Il sait ce qu'elle a traversé, elle aussi, quand Aurélia est partie.

– On s'est rencontrés en ligne.

– Elle s'appelle comment ? demande Éléonore.

Étienne a le sentiment que s'il dit son prénom, ça deviendra vrai. Encore plus vrai. Son cœur tambourine, comme pour le prévenir du danger, mais il n'a pas envie de l'écouter, il a envie de le dire, de faire tomber ces trois syllabes de sa bouche :

– Héloïse.

– C'est très beau.

– Et ça fait combien de temps ? demande Pierre.

– Quelques semaines.

Aurait-elle voulu qu'il parle d'elle à ses proches ? Qu'il pose ainsi son prénom sur la table d'un dîner de famille ? Il a peut-être fait une bêtise, il s'est peut-être précipité.

– Elle fait quoi comme boulot ?

Les questions s'enchaînent, c'est normal, ils veulent savoir, il s'est mis tout seul dans cette situation.

– Elle restaure les vieux livres.

– Est-ce que… est-ce qu'on peut voir une photo ? avance Éléonore.

Nouvelle série de battements, Étienne a l'impression que son cœur va sortir de sa poitrine.

– Bien sûr.

Il allume son téléphone et lui montre sa photo de profil. Éléonore reste silencieuse un moment, puis déclare très sérieusement :

– Étienne, elle est… elle est absolument sublime.

–Je suis sûr que tu exagères, lance Pierre, lui prenant le téléphone des mains.

Mais la même expression se peint sur son visage, mélange de fascination, d'éblouissement et d'incrédulité.

– C'est Héloïse, vraiment ? Tu nous fais pas marcher ?

– Non, non, c'est bien elle.

– Elle est mannequin ou quoi ?

– Pas à ma connaissance.

Sa mère se lève et regarde la photo par-dessus l'épaule de Pierre.

– Oui, elle est très jolie. Tu sembles surpris qu'elle puisse être intéressée par ton frère ?

– Maman, enfin… regarde !

– Et alors ? Étienne est beau garçon. Et puis, ce qui compte, c'est ce que l'on a à l'intérieur de soi. Elle semble avoir un regard très doux, en tout cas.

Un regard très doux, répète Étienne pour lui-même. Est-ce pour cela qu'*il l'aime* ? Pour son regard ? Si elle avait une apparence différente mais le même regard, l'aimerait-il de cette façon-là ?

Ces questions le hantent jusque chez lui, dans son lit où, incapable de trouver le sommeil, il écrit à Matthieu pour lui proposer de se retrouver pour un footing le lendemain. Il a décidé de tout lui raconter. Il a besoin de parler, de recueillir l'avis d'une personne de confiance, extérieure à la situation.

Ils se retrouvent en haut des marches menant vers l'île de Puteaux. Matthieu est venu avec Guillaume qui travaille juste en face, dans l'une des tours de la

Défense. S'il peut se confier à l'un, il peut bien se confier aux deux, décide Étienne. Et puis, Guillaume est aussi souvent de bon conseil.

Ils descendent les marches à petits pas, laissant derrière eux le vacarme du pont de Neuilly. En ce milieu du mois de mars, les jours rallongent, la lumière du soleil se fait plus vive, plus douce. Ils passent devant le club d'aviron, saluent deux types baraqués qui s'entraînent sur des rameurs, puis entrent dans le parc aux arbres encore un peu décharnés mais qui bientôt se couvriront de vert, c'est le moment de l'année qu'Étienne préfère, le début du printemps, il y voit le signe qu'un renouveau est toujours possible. Des joggeurs trottinent en silence autour de l'étendue d'herbe, cerclée des deux côtés par la Seine. L'eau brille dans le reliquat de lumière diurne, des cygnes s'envolent, tout à coup, mélangeant la gouache dorée, et le cœur d'Étienne aussi s'envole quand sa bouche dit enfin :

– Les gars, il faut que je vous parle d'un truc.

– Nous t'écoutons, l'ami, répond Matthieu.

Par où commencer ?

– Eh bien, voilà, je vous ai dit que j'avais rencontré quelqu'un… une fille…

– Oui. On ne connaît toujours pas son prénom, d'ailleurs.

– Héloïse. Elle s'appelle Héloïse.

– Joli prénom, lance Guillaume, certainement pour le mettre en confiance.

Ils en sont à leur troisième tour. Étienne propose qu'ils se dirigent vers le stade, ce qu'ils trouvent étrange car il n'a jamais été un grand fan d'athlétisme, mais ils acceptent. Une fois qu'ils sont sur la piste, il leur raconte tout : la création de son avatar, la première fois qu'il a aperçu Héloïse sur son banc, la première fois qu'ils se sont embrassés, qu'ils ont fait l'amour… Au milieu de son récit, il se met à accélérer, comme si les mots étaient devant lui et qu'il devait les rattraper, et il finit par s'effondrer après quatre cents mètres à vive allure, le cœur sautant dans tous les muscles de son corps.

– 'Tienne, j'ai une question importante, dit Matthieu, debout et à peine essoufflé.

Étienne le regarde, allongé sur le tartan. Il a un goût de vomi dans la bouche.

– Est-ce que tu es… amoureux ?

Le sang tape dans les vaisseaux qui entourent ses tempes. Il pense à Héloïse, sourit.

– Je crois, oui.

Ses deux amis se regardent, et il n'aime pas ce regard, qui signifie : « Attention, zone dangereuse. » Ils s'asseyent à côté de lui, au bord de cette piste Terracotta légèrement humide, granuleuse.

– Je comprends, dit Matthieu. Je comprends qu'on puisse tomber amoureux dans une appli. Je ne suis pas là pour te juger.

Mais. Étienne attend le *mais* qui va lui mettre un coup au moral, le faire douter, peut-être lui faire passer une mauvaise nuit.

Mais ne t'enflamme pas.

Mais tu ne sais pas à quoi elle ressemble en vrai.

Mais tu ne sais rien d'elle, c'est peut-être une tueuse à gages.

– Mais fais attention. On ne sait pas qui se cache derrière ces applis.

– Je lui fais confiance. J'ai l'impression de la connaître depuis longtemps.

– Non, ce que je veux dire, c'est… tu es sûr que c'est *une vraie personne* ?

– Comment ça ?

– Il y a beaucoup d'applications qui veulent te vendre de l'amour, alors qu'en réalité ce sont juste des robots. De l'intelligence artificielle.

Pendant une seconde, Étienne est saisi d'un doute mortel.

– C'est une vraie personne, dit-il.

Matthieu et Guillaume se regardent, Étienne les sent se regarder, chercher une réponse.

– Vous avez prévu de vous rencontrer ? demande Guillaume après un silence.

– Oui, bien sûr.

C'est faux. Ils n'en ont jamais parlé.

À ces mots, l'atmosphère semble se détendre.

– Bon, en tout cas, on est ravis pour toi mon pote, dit Matthieu, s'agenouillant près de lui. Tu sais, nous, tout ce qu'on veut, c'est que tu sois heureux.

Étienne n'en doute pas. Lui aussi, il aimerait bien être heureux.

Une fois de retour chez lui, il se connecte à l'application. Dans sa tête, les mots de Matthieu tournent en boucle. *Tu es sûr que c'est une vraie personne ?* Non, il n'est pas sûr. Il n'a aucune preuve de ça. Étienne envisage un instant cette possibilité : qu'Héloïse soit un robot, une intelligence artificielle visant à le maintenir captif dans l'application, un leurre pour lui faire dépenser de l'argent. Si c'est le cas, il décide qu'il démissionnera et partira vivre dans un monastère en Inde. La vie ici, à Paris, dans son appartement, deviendrait impossible.

Héloïse est assise sur son banc. Elle lit toujours, un roman qu'elle a entamé il y a quelques jours, ça parle d'un amour impossible, une sorte de remake de *Roméo et Juliette* mais qui se passerait sur une autre planète, dans un futur lointain. Le roman a reçu le grand prix de l'imaginaire en 2038. Étienne s'approche d'elle, l'observe, rien n'a changé mais il a l'impression que tout a changé, que ce n'est plus tout à fait lui ni tout à fait elle, comme si une cloison en plexiglas, transparente mais bien là, les séparait.

Détectant sa présence, elle se retourne. Il la regarde et comprend qu'il a atteint un point de non-retour. Que, désormais, il lui sera difficile d'être en sa présence tant qu'il ne lui aura pas posé *la question*. Il s'assied, ils s'embrassent, commencent à discuter, mais il n'arrive pas à se concentrer, comme chaque fois que quelque chose l'obsède. C'est sans doute bizarre, mais son état lui rappelle celui dans lequel il était le soir où il avait demandé Aurélia en mariage, sur une petite île en Malaisie. Il avait acheté une fausse bague de fiançailles, en forme de licorne, pour ne pas risquer de perdre la vraie. Toute la journée, il avait analysé les lieux, formulé des scénarios dans sa tête, trouvé mille excuses pour remettre à plus tard son entreprise.

– Tu ne te sens pas bien, Étienne ? avait-elle fini par lui demander, posant une main sur son front.

– Non… enfin, si… enfin, je vais bien, pourquoi ?

– Tu es bizarre aujourd'hui.

C'est ce qui l'avait décidé. Ses beaux yeux inquiets posés sur lui, comme une vague d'amour balayant ses doutes, effaçant ses mille plans de bataille dessinés dans le sable. Il s'était mis à genoux et, comme il était pâle, elle avait cru qu'il faisait un malaise. Tandis qu'elle s'accroupissait devant lui, il avait sorti précipitamment la bague et l'avait fait tomber dans un bosquet d'orchidées.

– Tu as perdu quelque chose ? avait-elle demandé, le voyant chercher comme un fou sa licorne.

– Oui, je… attends… ne bouge pas…

Il l'avait finalement retrouvée et, quand il lui avait présenté l'objet, recouvert de terre, elle était restée un instant circonspecte, croyant, comme elle devait plus tard lui avouer, qu'il s'agissait d'une sorte de blague. Ce n'est qu'en le voyant sortir son papier de la poche, gribouillé de grandes phrases sur l'amour, qu'elle avait compris et qu'elle avait ainsi pu le délivrer de son supplice. Un grand OUI, lancé en même temps que ses lèvres sur les siennes, leur dernier vrai baiser car la suite avait été une très lente et douloureuse descente aux enfers.

N'y tenant plus, Étienne profite d'un silence qui s'est invité entre eux :

– Héloïse, n'aimerais-tu pas qu'on se rencontre ?

Elle ne répond pas. C'est parce que la question est restée sur ses lèvres. Il a tellement peur. Tellement peur qu'elle dise non. Qu'elle dise oui. Tous les scénarios le conduisent vers un précipice de stress et d'angoisse.

– J'aimerais qu'on se voie.

Cette fois, c'est bien sorti. D'un seul souffle, d'un seul battement – de cœur, de paupières. Il la fixe, il scrute sa réaction. Elle n'en a aucune. Pas la moindre. Puis elle baisse les paupières et :

– Je… je ne sais pas, Étienne…

Ce n'est pas la réponse qu'il espérait.

– Comment ça ? Tu… tu ne veux pas qu'on se rencontre ?

Un silence passe. Le plus long silence de tous les silences du monde, a l'impression Étienne.

– Ce n'est pas ça, mais…

Une atmosphère étrange s'est installée entre eux. Jamais Étienne n'avait ressenti cela. Il se rend compte qu'il lui tenait la main mais qu'il l'a lâchée. Il attend qu'elle dise quelque chose, qu'elle se ravise. Mais elle ne dit rien, à part :

– Je… je dois réfléchir. Je suis fatiguée. Bonne nuit, Étienne.

Puis elle disparaît.

Étienne reste figé de longs instants sur son canapé. Il est toujours dans sa tenue de sport. La sueur s'est solidifiée, il a froid. La pluie s'est mise à tomber, elle pilonne les carreaux de sa fenêtre. Il n'arrive pas à bouger, à faire autre chose que de fixer le ciel noir et gris, les nuages collés là-dessus comme des boules de coton jaunies, un peu sales.

Enfin, il se décide. Il se lève et se dirige vers la salle de bains. Il se déshabille, met l'eau à couler, entre dans la douche. Elle est chaude, c'est agréable. Les larmes roulent sur ses joues, se mêlent à l'eau qui ruisselle sur son visage. Il pleure en pensant à Héloïse, à Aurélia, à son frère qui est au chômage, il pleure et ça lui fait du bien de pleurer. Il se lave en prenant son temps, c'est comme un cocon de buée et de mousse, il n'a pas envie d'en sortir. Au bout de quinze minutes, il ferme l'eau et enfile son peignoir. Ses pensées sont plus claires. Il réalise qu'il a pris Héloïse au dépourvu, qu'il aurait dû amener le sujet plus en douceur, avec précaution. C'est toujours comme ça avec lui : une fois qu'il a une idée en tête, il se précipite, il en veut aux gens de ne pas réagir comme il l'aimerait, et puis il s'en veut à lui-même. Systématiquement, immuablement.

De retour dans le salon, il allume sans grand espoir son téléphone. Il a reçu un message d'Héloïse. Son *foutu cœur* se remet à tambouriner, il a la tête qui tourne légèrement, il doit s'asseoir pour lire.

« Je suis désolée pour ma réaction tout à l'heure, j'ai été surprise. C'est d'accord, Étienne, voyons-nous. »

Chapitre 11

Tom

Tom ne supportait plus de mentir à Raphaël, alors il lui a dit que sa fille était morte juste après la naissance. Quelques mots qui ont eu le mérite d'évacuer tous les problèmes administratifs liés à sa situation, Raphaël lui ayant ordonné de *prendre tout le temps nécessaire*, et de *ne plus se préoccuper de rien*, mots qu'il ressasse jour et nuit depuis qu'il les a écrits.

Ma fille est morte.

Il n'y a rien de vrai dans cette phrase : puisqu'il n'a pas de fille, comment cette dernière pourrait-elle être morte ? Pourtant, son cœur lui fait mal. Il lui fait mal dès qu'il enfile ses lunettes et qu'il regarde Emy, tellement réaliste, ayant pris un peu de ses traits, un peu de ceux de Luna, avec sa peau métisse, ses yeux noisette, sa bouille d'oursonne aux cheveux frisés. S'ils avaient eu un bébé, un *vrai bébé*, c'est à cela qu'il aurait ressemblé, certainement. Luna ne la quitte pas. Le jour, elle la tient contre elle en porte-bébé, la nuit elle se lève pour la nourrir, la rassurer, la bercer. Parfois, d'une voix douce, sans empressement, elle lui demande s'il veut la prendre, lui donner le biberon. Il accepte pour lui faire plaisir car, de son côté, c'est un supplice. Comme un verre d'eau imaginaire qu'on proposerait à un homme perdu en plein désert. La langue croit boire, mais le palais reste sec.

Tom a lu quelque part que le désert, justement, comme tous les endroits sauvages et inhospitaliers, mettait les Hommes face à eux-mêmes. Qu'il révélait leur véritable nature, leur désir enfoui de vie, leur force d'âme. Depuis qu'ils ont reçu leurs résultats, Luna et lui évoluent dans un espace semblable, une sorte d'étendue aride où gisent, telles autant de carcasses, leurs rêves liés à la parentalité : rêve d'acheter un appartement plus grand, pourquoi pas une maison avec jardin et balançoire, rêve de week-ends en famille, de soirées à enchaîner les jeux de société, de Noëls qui, éclairés d'une frimousse rieuse, retrouveraient toute leur magie. Par la force de leur amour, Tom sait qu'ils auraient pu sortir de ce désert. Ils n'auraient jamais d'enfant, certes, mais comment avaient-ils fait jusqu'à présent ? N'avaient-ils pas déjà vécu huit belles années ensemble ? Ne s'étaient-ils pas suffi à eux-mêmes ? Oui, à force de voyages, de mots doux, de discussions avec un psychologue, peut-être, Tom est persuadé qu'ils auraient pu en sortir. S'en sortir. Aujourd'hui, avec ce mirage aux yeux noisette entre eux, il n'en est plus aussi certain.

Il comprend Luna. C'est si tentant. D'enfiler les lunettes et de faire *comme si. Comme si* Emy était véritablement leur enfant, *comme si* elle avait besoin d'être nourrie et changée toutes les deux heures, *comme si*, en enfouissant son nez dans les plis de sa peau, on pouvait réellement sentir son être, son cœur, sa vie douce et tiède qui affleurerait là, à la surface de son épiderme. Quand on a aussi soif, on finit par voir de l'eau là où il n'y en a pas. Au fond de ce verre vide, par exemple, qu'on boit d'un trait, pour tromper le cerveau, le calmer un peu et se donner du temps. Oui, il comprend ; lui aussi il pourrait passer des heures à regarder Emy, à l'écouter respirer et gazouiller, allongée sur son torse. Mais il ne doit pas se laisser *duper*. Alors il retire ses lunettes et il va s'occuper ailleurs, pour se changer les idées. Il ne peut laisser le mirage le happer, aussi puissant soit son désir de jouer les pères, car qui, alors, les sortira du désert ? Qui sera là pour donner à boire à Luna quand son corps aura compris la supercherie ? Quand ses lèvres réclameront autre chose que cette eau fictive dont elle s'abreuve du matin ou soir ?

Les jours passent, et Tom, qui n'a jamais été claustrophobe, a le sentiment d'étouffer dans leur appartement. Les murs sont trop proches, le plafond trop bas. Luna ne quitte jamais ses lunettes et il sent que cela commence à creuser un fossé entre eux. Pour lui parler, il doit porter les siennes, entrer dans son monde, sinon elle ne l'écoute pas. Ne l'entend pas. Certains matins, des matins où l'appartement ne mesure plus quatre-vingts mètres carrés mais vingt-cinq, il enfile ses vêtements avec la détermination farouche d'aller travailler. Il prend sa douche, son petit déjeuner, consulte rapidement les informations sur sa tablette, exactement comme avant, quand il faisait ça cinq jours par semaine, sans même y penser. Mais au moment de partir, il se fige devant sa porte d'entrée, la poignée dans la main, il pense à Raphaël, à l'énorme mensonge qu'il lui a servi, et ses forces l'abandonnent. Comment pourrait-il affronter son regard empli de commisération ? Son empathie ? Toute la gentillesse qu'il ne manquera de déployer pour l'aider à *se sentir mieux* ? Non, il ne peut pas. Pas aujourd'hui. Demain, peut-être.

Il fait beau, Tom propose à Luna de sortir, une balade au bois de Boulogne, pas très loin de chez eux. Il a besoin de prendre l'air, c'est vital. Avant de partir, il la voit mettre ses lunettes, lui demande si c'est bien nécessaire, elle s'énerve, c'est la première fois qu'il la voit s'énerver comme ça, s'offusquer qu'il veuille sortir sans Emy. Pour être avec elle, il enfile les siennes aussi. Elle est heureuse qu'il fasse l'effort, lui prend la main. Elle porte Emy en écharpe. L'illusion est belle. Ils ressemblent à la famille idéale, sortant avec leur nouveau-né pour le retour du printemps, quand les rayons du soleil commencent à chauffer la peau, quand il y a dans l'air ces parfums un peu lourds de fleurs mouillées, les premiers bourgeons dans les arbres, toute cette nature qui semble revenir à la vie.

Les allées du bois sont désertes en cette matinée de pleine semaine. Le soleil de mars stagne en une sorte de brume dorée qui s'effiloche entre les arbres. Luna sourit, heureuse. Elle parle à Emy, lui raconte ce qu'ils voient, les canards, les écureuils, les policiers à cheval qui passent en trottant à côté d'eux, elle dit des « Ma chérie » et des « Tu as vu, mon cœur ? », faisant bouger la tête d'Emy, petite Emy qui va fêter ses trois semaines, contre sa poitrine. L'eau de ce mirage est douce, tellement douce, oui. Contrariée par la vie qui lui refuse une chose essentielle, elle s'invente sa propre vie. Comme une langue tirée à Mère Nature.

Ils s'arrêtent dans une clairière près des étangs, déplient une couverture sur le sol. Non loin d'eux, un couple a eu la même idée. Tom croit les reconnaître, il les a croisés récemment au marché près de chez eux.

– Tom ?… Tom ?

Il tourne la tête.

– Oui ?

– Tu es dans la lune ! Je te disais que je présenterais bien Emy à papa et Myriam, le week-end du 25, c'est dans deux semaines. Qu'en penses-tu ?

Il pense que c'est une très mauvaise idée. Christian a beau aimer sa fille plus que tout, ça n'en reste pas moins un homme pragmatique et rationnel. Absolument rien de bon ne peut sortir d'une telle rencontre.

– Je… tu es sûre ? Je veux dire, Emy est encore petite.

– Et alors ? Quel est le rapport ? Je suis sûre qu'ils seront heureux de faire sa connaissance.

Tom regarde sa femme, son air enthousiaste, ses beaux yeux posés sur lui.

– D'accord, si tu veux.

Que peut-il répondre d'autre ? Après tout, ce n'est peut-être pas une mauvaise chose. Christian est un homme intelligent et plein de ressources, dont il a toujours été proche. Sans doute aura-t-il besoin de son aide, à un moment ou à un autre.

Soudain, Tom voit le couple assis non loin d'eux regarder en leur direction, discuter quelques instants, puis l'homme se lever et marcher vers eux. À mesure qu'il s'approche, il distingue plus précisément son visage, rasé de près, ses yeux verts qui expriment une sorte de gêne mêlée de curiosité.

– Je suis vraiment désolé de vous déranger, dit-il, s'arrêtant devant eux, mais… enfin voilà, avec ma femme nous vous observons depuis tout à l'heure et… dit comme ça, ça fait bizarre, j'en conviens… mais nous avons l'impression que vous… enfin que vous n'êtes pas seuls. On croit reconnaître les gestes que vous faites… On se trompe ?

Il enchaîne, afin de mieux expliquer sa présence devant eux :

– Je vous pose la question car, avec ma femme, nous venons d'avoir un bébé sur Meilleure Vie, et… enfin, nous n'avons pas encore rencontré d'autres couples dans notre situation.

Un sourire immensément joyeux vient fendre la méfiance de Luna, qui s'exclame :

– Vous avez vu juste, car nous sommes dans le même cas que vous !

– C'est vrai ! Oh c'est… c'est…

Il se tourne vers sa femme et s'écrie :

– Chérie, tu avais raison ! Viens vite !

Une jeune femme aux cheveux courts et châtains, le visage couvert de taches de rousseur, nez retroussé, s'empresse de les rejoindre. Elle regarde Luna, Luna la regarde, et Tom comprend sur-le-champ, sans que ni l'une ni l'autre n'ait besoin de prononcer le moindre mot, qu'une amitié vient de naître, là, sous ses yeux. Moment rare, qui arrive peu de fois dans une vie car, d'ordinaire, l'amitié nécessite un certain processus de maturation, des étapes avant de s'établir dans le quotidien d'un duo : V*oyons si tu partages les mêmes goûts, les mêmes valeurs que moi… si nous rions des mêmes bêtises… si tu seras là quand j'aurai vraiment besoin de toi*, etc. En observant tour à tour Luna et Victoria, qui vient de se présenter en s'asseyant avec eux, Tom a l'impression qu'elles ont franchi ensemble et d'un seul bond toutes ces étapes. Qu'elles ont en commun une chose si forte, si rare et si intime, que tout le reste en devient superflu.

Son mari s'appelle André. Ils travaillent tous les deux dans une agence de communication, et c'est d'ailleurs ainsi qu'ils se sont rencontrés, quand ils avaient vingt-sept ans. Leur parcours est en tous points similaire au leur. Comme eux, ils ont tout essayé pour avoir un enfant ; et, comme eux, lorsqu'ils ont compris que ce ne serait pas possible et que leur dossier, pour des raisons qu'ils ne partagent pas, ne leur permettait pas d'adopter, ils se sont laissé tenter par Meilleure Vie.

– On a beaucoup hésité, confesse André. Enfin, surtout moi. Je trouvais ça bizarre, voire un peu malsain. Et puis, à force de discuter, de peser le pour et le contre… Tout ce que je peux dire, c'est qu'aujourd'hui, je ne regrette pas une seconde ! Je suis complètement accro à mon fils !

– Quel âge a-t-il ? demande Luna.

– Bientôt quatre mois.

Ils lient leurs comptes, et Tom découvre, lové contre sa mère, un magnifique petit garçon aux grands yeux bleus. *Quatre mois*, pense-t-il, sans trop savoir quoi faire de cette information. Dans quatre mois, sera-t-il dans le même état de dépendance qu'André vis-à-vis de son fils ? Regardera-t-il Emy avec les mêmes yeux pleins d'amour ? Tom examine l'homme, le scrute, tente de déceler chez lui quelque chose qui n'irait pas, qui expliquerait pourquoi il s'est finalement attaché à cet enfant virtuel, mais l'homme est on ne peut plus normal, ils viennent du même milieu social, ils parlent le même langage. Ses convictions en sont ébranlées. Serait-ce lui, le problème ? Son manque d'imagination, son traditionalisme, sa rigidité intellectuelle ? Dans deux ou trois cents ans, ne sera-t-il pas commun d'avoir un enfant en réalité virtuelle ? Il aimerait discuter de tout cela avec

André seul à seul, alors les deux hommes s'échangent leurs numéros. Luna est heureuse : lui aussi semble s'être fait un nouvel ami.

*

Tom se gare sur le bateau devant la maison de ses beaux-parents. Luna n'aime pas qu'il utilise cette expression. « Ce ne sont pas tes beaux-parents, c'est ton beau-père et Myriam », le reprend-elle à chaque fois. Il la comprend, bien sûr, mais, les ayant toujours connus ensemble et, *a contrario*, n'ayant jamais connu Jade, la mère de Luna, il ne partage pas son opinion – ce qu'il se garde bien de lui dire.

Il sort de la voiture et regarde la maison en s'étirant. Il se rappelle, la première fois qu'il est venu ici, la pression qu'il ressentait, l'envie profonde et terrifiante de faire bonne impression, surtout à Christian, dont Luna lui parlait avec un mélange d'admiration, d'adoration et de crainte. « Mon père n'est pas commode, mais une fois que tu es dans ses bonnes grâces, c'est gagné. » Cela avait pris du temps, mais Tom y était finalement entré, dans ses bonnes grâces. Il l'avait compris le jour où il lui avait annoncé son intention de demander Luna en mariage. Sa figure par nature sévère s'était déridée, il l'avait pris dans ses bras et lui avait dit ces mots que Tom n'oublierait jamais : « J'en suis très heureux. Prends soin de ma fille, Tom, c'est un bijou qui n'a pas été épargné par la vie. »

Ils sonnent, Myriam s'empresse d'aller leur ouvrir. Les relations n'ont pas toujours été aisées entre elle et Luna. Quand Tom a fait irruption dans leur famille, Christian et Myriam étaient eux-mêmes en couple depuis un peu plus de deux ans, et Luna peinait toujours à accepter l'idée que son père vivait avec une autre femme. Un soir, après un repas de famille où elle s'était montrée dure avec Myriam, si ce n'est odieuse, Tom lui avait fait la remarque, naïvement : « Elle fait vraiment des efforts, tu sais, ça se voit ! » Elle l'avait regardé avec des yeux qu'il ne connaissait pas, mouillés de colère, de rage, pas contre lui-même ni contre Myriam qui, c'est vrai, faisait tout pour se faire la plus discrète possible, mais contre la vie elle-même, qui lui avait arraché sa mère, décédée d'une crise cardiaque aussi foudroyante qu'imprévisible. Ce soir-là, Tom avait compris le rôle qu'avait occupé Jade dans la vie de sa fille. Pendant que Christian menait sa vie d'homme d'affaires aux quatre coins du monde, lui rapportant des souvenirs qui s'empilaient sur ses étagères, c'est elle qui nourrissait le quotidien de son amour, de son inventivité, de sa passion pour la couture qu'elle partageait avec sa fille. C'est elle qui l'emmenait à l'école et allait la rechercher, qui la conduisait à bord de sa petite voiture bleue au judo, pour qu'elle apprenne à se défendre, aux cours de piano, de dessin, de danse, c'est elle qui lui préparait son petit déjeuner et son dîner, qui l'aidait pour ses devoirs, qui, chaque soir, se couchait avec elle dans son lit et lui racontait les destins de femmes extraordinaires : Khutulun, Laskarina Bouboulina, Ndaté Yalla Mbodj, George Sand, Coco Chanel, Rosa Parks bien sûr, et tant d'autres, dont une bonne partie avait été oubliée par l'Histoire, écrite dans les livres par des hommes. Il avait compris d'où lui venait sa force de travail, sa sensibilité d'écorchée, et peut-être aussi son désir ardent d'être mère. Ayant baigné quinze ans dans cet amour-là, un amour inconditionnel, enveloppant et coloré, ayant été inspirée chaque jour de son enfance puis de son adolescence par une femme de cette trempe, qui lui répétait qu'elle était seule maîtresse de son destin, qu'elle ne devait jamais se soucier du regard des autres, et encore moins de celui des hommes, qui, en un mot, avait été à la fois sa corde, son mousqueton et son harnais de sécurité tandis qu'elle se lançait dans l'ascension de sa propre vie, Luna devait être dévorée de l'envie de reproduire cette relation avec sa propre fille, si elle avait la chance d'en avoir une – chance que Meilleure Vie avait transformée en décision, car ils avaient pu choisir le sexe de leur enfant.

Être mère ne signifiait pas pour Luna simplement mettre au monde, assurer les soins et les tâches quotidiennes, prodiguer l'amour classique bien que phénoménal qu'une mère peut prodiguer à son enfant. C'était un travail presque artistique, de guerrière et de lionne, quelque chose qu'en tant qu'homme blanc occidental il lui était difficile de comprendre. Cela remontait à l'histoire de leur famille, aux champs de coton qui avaient vu mourir ses aïeules, aux injustices de genre et de race qui continuaient de sévir, des siècles après l'abolition de l'esclavage, et dont, grâce à elle, il prenait un peu plus conscience chaque jour. Être mère était une mission : perpétuer, par la force du langage, des actes et de l'amour, la révolte contre un monde violent et patriarcal, un monde dans lequel, à compétences égales, une jeune femme, métisse de surcroît, avait moins de chance d'être embauchée qu'un homme du même âge.

Aujourd'hui, les choses se sont apaisées. Jamais, dans le cœur de Luna, Myriam n'occupera ne serait-ce qu'un centième de la place qu'occupait sa mère, mais elle l'a acceptée. C'est une femme gentille et douce, qui prend soin de Christian. Qui l'a aidé à surmonter l'insurmontable. Pour cela, Luna lui en est reconnaissante.

Ils entrent, embrassent Myriam qui les débarrasse de leurs blousons. Très grande, la peau pâle et la voix fluette, Myriam semble, en bien des points, l'exact opposé de Jade, telle que Luna lui en a fait le récit, et telle qu'il a pu la voir sur des photos et dans des vidéos. L'une lui fait penser à la lune, douce et discrète, l'autre au soleil, chaleureuse et flamboyante. Sans doute était-ce une nécessité, pour Christian, de retrouver quelqu'un de complètement différent de sa femme. En tout cas, Tom le perçoit ainsi. Pendant que Myriam range leurs blousons dans le meuble de l'entrée, ils se rendent à l'étage, en direction du salon où Christian les accueille, les bras ouverts. À soixante-trois ans, celui-ci semble plus en forme que jamais. Tout en étant vice-président de son entreprise, il s'entraîne pour l'Iron Man d'Hawaï, qui aura lieu en octobre prochain. Le polo bleu clair qu'il porte met en valeur ses biceps et son bronzage, tous deux travaillés durant un stage d'entraînement qu'il a récemment effectué au Maroc.

– Comment va ma fille chérie ? demande-t-il, la serrant contre lui.

Puis, sans lui laisser le temps de répondre :

– Tiens, tu portes des lunettes, toi, maintenant ? Et toi aussi ? demande-t-il, se tournant vers Tom.

– Je t'expliquerai, répond Luna.

Ils s'asseyent autour de la table basse où sont disposées des assiettes de petits fours.

– Champagne ? demande Christian, exhibant fièrement sa bouteille de Ruinart.

– Avec plaisir, répond Tom, qui compte sur l'alcool pour détendre le nœud qui lui serre le ventre.

Ils trinquent, et pendant que chacun boit en silence une gorgée de sa coupe, Tom jette un regard vers une photo de Jade, accrochée au mur. Elle était plus âgée que sa fille quand elle a disparu, mais pas tant que ça : quarante-quatre ans, si jeune encore. Plus Luna s'approche de cet âge, plus Tom trouve que les deux femmes se ressemblent.

– Alors, dites-moi, comment allez-vous, les jeunes ? demande Christian, les regardant alternativement.

Luna prend la main de Tom. Il sent l'impatience et la nervosité dans la pression de sa paume, dans la façon dont ses doigts se sont repliés sur les siens.

– Eh bien… nous sommes là car nous avons quelque chose à vous annoncer.

Tom voit Christian et Myriam se regarder, esquisser tous deux un sourire surpris. Ils ne savent rien des épreuves qu'ils ont traversées pour essayer d'avoir un enfant. Luna a toujours été très pudique, très discrète, sur le sujet. Tom aurait aimé que Luna attende un peu avant de faire sa grande annonce. Qu'il ait le temps de boire quelques coupes de champagne, de discuter avec Christian avant que ce sujet ne vienne tout perturber.

– Voilà, dit-elle, j'ai… *nous* avons le bonheur de vous annoncer que nous sommes devenus parents.

S'ensuit un silence. Un long silence que Christian cherche à rompre plusieurs fois, mais sa bouche finit toujours par se refermer. Finalement, c'est Myriam qui prend la parole :

– Que veux-tu dire par là, Luna ? Comment pouvez-vous être devenus parents, je ne comprends pas ?

Luna lui lâche la main et se met à fouiller fébrilement son sac. Elle en sort deux paires de lunettes, identiques aux leurs.

– Tenez, mettez ça, dit-elle. Je les ai achetées spécialement pour vous.

Christian et Myriam se regardent, puis obéissent.

– L'avantage, c'est qu'on n'est pas obligés de la réveiller quand on sort. Elle peut continuer à dormir dans sa petite chambre.

Christian et Myriam se regardent une nouvelle fois, l'air de dire *mais enfin, de quoi parle-t-elle ?* Luna sourit, pianote quelques instants sur son téléphone, et tous les quatre sont soudainement projetés dans une petite chambre virtuelle, une jolie chambre avec des rideaux tamisés d'étoiles, un tapis en forme de nuage, des paniers qui débordent de doudous et puis, sous la fenêtre entrouverte, un berceau couronné d'un mobile musical qui tourne doucement.

– Je vous présente Emy, dit-elle, les invitant à s'approcher.

Christian et Myriam se penchent au-dessus du berceau et regardent le nourrisson endormi, sans un mot, sans un sourire, sans la moindre expression sur le visage si ce n'est une espèce de stupeur constante, que Luna ne semble pas percevoir. Devant leur silence, elle ajoute :

– C'est ta petite-fille, papa.

Tom observe son beau-père, ses yeux gris fixés sur Emy, sourcils légèrement froncés, signe qu'il est en train de réfléchir, d'ordonner ses pensées pour prendre la meilleure décision quant à la situation.

– Quel âge a-t-elle ? demande-t-il, certainement pour gagner du temps.

– Un peu plus d'un mois. Tu veux la prendre dans tes bras ?

Christian tourne les yeux vers lui, très brièvement, simplement le temps de lui faire comprendre ce qu'il pense vraiment, puis dit à sa fille :

– Bien sûr, oui.

Luna sort délicatement Emy de son berceau et la glisse dans les bras de son père. Celui-ci ne peut retenir un mouvement de surprise.

– Je la sens, dit-il.

– Et elle te sent aussi, tu sais.

Christian ne réagit pas à ces propos. Il garde Emy encore quelques instants dans les bras, puis la rend à sa fille.

– Myriam, tu veux la prendre ? demande Luna.

Tom regarde l'intéressée. Elle semble terrorisée par tout ce qui est en train de se passer, et en même temps, n'est-ce pas l'occasion de faire un pas vers sa belle-fille ?

– Avec plaisir, répond-elle.

Myriam prend Emy dans ses bras – elle qui, d'un précédent mariage, a eu trois enfants, elle qui a connu la chair vivante, les sourires rassasiés de lait, les pupilles qui, dans leur mystère, semblent contenir tout l'univers – et la regarde d'un air fasciné, presque ahuri.

– Elle est belle, n'est-ce pas ? demande Luna.

Myriam acquiesce d'un mouvement de tête.

– Si ça ne vous dérange pas, je vais la remettre au lit.

Délestée d'Emy, Myriam retire ses lunettes et vide d'un seul trait sa coupe de champagne. Elle est très croyante, et Tom se dit qu'elle va avoir une longue discussion avec Lui sur le sujet ce soir.

Ils passent à table. Durant le repas, Christian leur pose des questions en apparence très simples, presque naïves, mais dont les réponses s'alignent tels des blocs dans sa conscience. Tom perçoit son besoin de comprendre, de contextualiser, de rationaliser, afin d'adapter ses réactions et d'évaluer les conséquences à court et à long terme d'un tel événement sur sa famille.

Pour la première fois, Luna se confie à lui sur leur désir d'enfant, les résultats des tests qu'ils ont reçus, la quasi-impossibilité pour eux d'adopter. À mesure qu'elle avance dans son récit, Tom voit son beau-père faire des petits mouvements de tête, émettre des sons qui, dans son langage, signifient « je comprends, je suis désolé pour vous ».

– Tu aurais dû m'en parler, dit-il lorsqu'elle a fini. Je connais d'excellents spécialistes, qui…

– Nous avons vu de très bons spécialistes, papa. C'est comme ça. Maintenant, j'ai Emy, je suis très heureuse avec elle.

À ces mots, Tom remarque une discrète grimace, venue tordre la bouche de son beau-père, première manifestation des sentiments réels qui doivent bouillir en lui. Il l'efface d'une lampée de vin rouge puis, pour ne plus prendre le risque de s'exposer, demande :

– Et l'entreprise, tout va bien ?

– On ne peut mieux ! J'ai confié les rênes à mon responsable financier, le temps de mon congé maternité.

– Ton congé maternité ?

– Oui, tu sais, quelques semaines, le temps de trouver mes marques avec Emy.

Nouvelle grimace, à peine perceptible là encore, qu'il gomme cette fois-ci en croquant dans son pain.

– Et puis, ajoute Luna, je n'ai pas disparu. Pour toutes les décisions importantes, on me consulte au préalable.

Il acquiesce, certainement soulagé de constater que sa fille n'a pas *totalement perdu l'esprit*.

Au moment de partir, alors que Tom s'apprête à descendre l'escalier à la suite de Luna, il sent une main sur son épaule, un parfum l'envahir, une voix qui lui souffle, à la manière d'un ordre déguisé :

– Dis-lui que tu la rejoins.

Il obéit, suit Christian au salon. Ce dernier est planté près de la fenêtre, sa main droite tirant le rideau afin de voir sa fille se diriger vers la voiture.

– Qu'est-ce que tu en penses, toi ? demande-t-il soudain, sans le regarder.

Tom reste silencieux un instant. Christian sourit, compréhensif.

– Oui, bien sûr… dit-il.

Il se tourne vers lui.

– Ce n'est pas à moi de te dire ce que tu dois faire. Mais, si tu dois agir, je te conseille de ne pas trop tarder.

– Agir ? demande Tom.

– Oui, agir. Tu vois très bien de quoi je parle.

Tom baisse les yeux.

– Luna s'est beaucoup attachée à Emy.

– C'est bien ce qui m'inquiète ! Plus le temps va passer, et plus elle va s'y attacher, c'est logique. Ma recommandation est d'agir sans tarder, tant que nous pouvons encore… limiter les dégâts.

Ils la regardent tous les deux s'installer au volant de la voiture.

– C'est elle qui a eu l'idée ? demande Christian.

Tom acquiesce.

– Il aurait fallu que tu t'y opposes dès le début. Maintenant, il est presque trop tard.

– J'ai essayé, mais…

Christian sourit.

– Oui, c'est ma fille, dit-il. Quand elle veut quelque chose…

Nouveau silence, puis :

– Il vaut mieux que j'y aille, elle va se demander ce que je fais.

Au moment de se retourner, il sent de nouveau la main de Christian sur son bras, ses yeux gris fixés sur lui.

– Tu feras ce qui est le mieux pour vous, j'ai confiance en toi.

Tom aimerait en être aussi convaincu.

Le soir, ils retrouvent André et Victoria chacun de leur côté. Depuis leur rencontre au bois de Boulogne, ils passent beaucoup de temps tous les quatre. Parfois physiquement, d'autres fois dans l'application. Ils se sont découvert de nombreux points communs, des valeurs similaires, et plus globalement une sorte d'entente, de complicité qui ne s'explique pas, qui est là, tout simplement, naturelle et fluide. Entre eux, il n'y a jamais de longs silences gênés, des blancs où l'on cherche quoi se dire, tout coule facilement, comme s'ils étaient amis depuis de nombreuses années.

Tom retrouve André sur les quais de Seine, près du pont Alexandre III. Après les averses de la matinée, le soleil brille agréablement en cette soirée de mars. Ils commencent à courir et Tom ne résiste pas au besoin de se confier. Il raconte à André ce qu'il s'est passé chez ses beaux-parents, sa discussion avec Christian, l'inquiétude qui le ronge vis-à-vis de Luna, les mille questions qui lui traversent quotidiennement l'esprit. Sous sa casquette, ce dernier esquisse un sourire compréhensif.

– Pour nous aussi, ce n'est pas toujours facile avec l'entourage, dit-il. Mes parents ne comprennent pas notre choix. C'est triste, mais je n'arrive même plus à leur parler.

Un silence passe, rythmé par leurs respirations.

– Est-ce que tu doutes, parfois ? demande Tom. Je veux dire, est-ce que tu regrettes ? Est-ce qu'il t'arrive d'avoir envie de tout abandonner ?

– Bien sûr, très souvent même ! C'est dur de ne plus parler à ses parents.

– J'imagine… Je n'ose même pas en parler aux miens. Ils ne comprendraient pas.

André s'arrête devant une fontaine, retire sa casquette, boit une gorgée, s'essuie la bouche et répond :

– Ce n'est pas pour eux que tu fais ça.

Pourquoi fait-il ça ? Pour lui ? Pour Luna ? Tom ne sait plus.

– J'ai peur… tellement peur que les choses nous échappent.

André remet sa casquette et sourit.

– Les choses importantes nous échappent toujours. Aujourd'hui, Emy fait partie de vos vies. Vous n'avez pas créé un objet inerte, une chose immatérielle, mais un être doué d'une conscience, d'une sensibilité. Plus elle grandira, plus il te semblera évident qu'elle *devait* exister. Tu auras avec elle des discussions extraordinaires, un lien unique, mystérieux aux yeux des autres. Il faudra que tu l'aides à comprendre et accepter sa nature, t'obligeant toi-même à réfléchir à la tienne. Ce n'est pas neutre comme engagement. Ça fait peur, même, c'est normal.

Tom acquiesce, sans être vraiment convaincu.

– En tout cas, reprend André, si tu as de tels doutes, je te conseille d'en parler avec Luna. Ce n'est jamais bon de tout garder pour soi.

Tom décide d'appliquer ce conseil le soir même. Il rentre en courant, monte deux par deux les marches qui mènent à leur appartement, ouvre la porte, *c'est décidé, tu lui dis tout ce que tu as sur le cœur*, la cherche dans l'appartement et la trouve dans son atelier, en train de terminer une nouvelle tenue pour Emy.

– Regarde, dit-elle, j'ai cousu une robe pour cet été. Jolie, n'est-ce pas ?

Tom regarde la robe, puis sa femme, et tous les mots qu'il avait préparés restent coincés dans sa trachée.

– Très jolie.

– C'était bien votre footing ? Nous avons beaucoup discuté avec Victoria. Je ne le savais pas, mais elle a aussi perdu sa maman quand elle était jeune.

– Ah oui ?

– Oui, d'un cancer du sein. C'est tellement difficile de grandir sans maman. J'espère être là très longtemps pour Emy.

Tom regarde le portant sur lequel sont accrochées les dizaines de tenues qu'Emy ne portera jamais. Il sent les larmes monter à ses yeux mais parvient à les faire refluer. Il faudra qu'il parle à Luna, oui. Mais pas ce soir. Ce soir, il est fatigué, il veut juste prendre un bon dîner avec sa femme et aller dormir.

Chapitre 12

Nicole

Nicole se réveille et tend le bras vers la place à côté d'elle, là où il devrait être. Elle n'a pas quitté ses lunettes de la nuit alors elle devrait pouvoir le toucher, toucher ce corps qui n'existe pas vraiment mais qui existe quand même un peu, c'est bizarre tout ça. La place est vide. Où est-il passé ? Elle se lève et sort de la chambre. Elle longe le couloir baigné de lumière, entre dans le salon, s'arrête net. Au milieu de la pièce, semblant sortis du sol comme des verrues pendant la nuit, deux gros fauteuils noirs en cuir capitonné. Assis dans l'un d'eux, Michel boit son thé.

– Bien dormi, ma Nisette ? demande-t-il en se levant.

– Oui, je... qu'est-ce... que c'est que ça ? dit-elle en désignant les fauteuils.

– Ah ah, une surprise !

Elle remarque qu'il porte une tenue type safari, avec pantalon et chemisette beiges, une veste kaki aux multiples poches, des chaussures de randonnée et un chapeau sur la tête.

– Une surprise ?

– Oui, fais tes valises, on décolle !

– Comment ça ? Pour aller où ?

– Eh bien, là où tu rêves d'aller depuis toujours !

– En Namibie ?

– Tu as l'air surprise. Ton rêve aurait-il changé ?

– Non, non, bien sûr, mais je…

– J'ai tout organisé, ma Nisette. Option luxe et dépaysement total.

Nicole essaie d'organiser ses pensées, mais il lui manque un café pour être tout à fait éveillée.

– Et ces fauteuils ?

– De quoi rendre l'expérience plus vraie que nature ! Capables de reproduire l'effet de la moindre turbulence, du moindre caillou sous la roue de notre jeep, du vent sur nos visages quand on traversera le désert.

– Je…

– Si tu te demandes comment ils sont arrivés jusqu'à ton salon, Evan est venu donner un coup de main ce matin. Un bon petit, celui-là. Il nous rejoindra peut-être là-bas avec ses parents, on verra.

Plantée dans sa chemise de nuit, Nicole regarde les billets dans la main de Michel. Ça lui rappelle leurs nombreux voyages aux quatre coins du monde, du Japon au Brésil, en passant par la Colombie ou la Nouvelle-Calédonie. Ça lui rappelle les réveils à 5 heures du matin, le taxi pour se rendre à l'aéroport, le petit déjeuner avant l'embarquement, tout ce monde d'attentes et de promesses réduit à néant un soir d'été 2039. C'est sans doute une illusion de vouloir faire revivre son mari, mais cette illusion vaut mieux que le silence aride de leur salon.

– À quelle heure partons-nous ?

– Un chauffeur vient nous chercher dans une heure.

– Je file me préparer, alors.

Nicole s'installe dans le fauteuil, à côté de Michel. Il la regarde, souriant. Il a l'air heureux, mais un algorithme peut-il être heureux ? Un algorithme peut-il éprouver quoi que ce soit ? Nicole hausse les épaules. Qu'en sait-elle, après tout ? Jusque dans les années soixante-dix, on opérait bien les bébés sans anesthésie, sous prétexte qu'ils n'avaient pas de conscience. Chaque époque a son lot de préjugés et d'ignorance. Qui dit que, dans dix ou vingt ans, on ne découvrira pas que les êtres issus de l'intelligence artificielle ont en réalité une sensibilité exacerbée, bien supérieure à celle des humains de chair et d'os ?

– Tu es prête ? demande-t-il.

– Oui.

En une seconde à peine, ils se retrouvent à l'arrière d'une voiture garée devant chez eux.

– Bonjour monsieur, bonjour madame, dit le chauffeur. Je m'appelle Ricardo, et c'est moi qui aurai le plaisir de vous conduire à l'aéroport aujourd'hui. Je vois quelques bouchons annoncés sur le trajet, mais rien d'alarmant.

– Il ne manquerait plus qu'on loupe notre avion !

– Aucun risque, ça ne m'est jamais arrivé en vingt ans de carrière.

La voiture démarre. Nicole sent sous ses fesses le ronronnement du moteur, puis l'effet de la poussée lorsque le chauffeur s'engage dans la rue. C'est déconcertant de réalisme.

– Est-ce que, vraiment, on pourrait être en retard ? demande-t-elle, se penchant vers Michel.

– Eh bien, l'application prend en compte le trafic en temps réel, alors tout peut arriver. Mais j'ai pris de la marge, tu me connais.

– Tout de même, quelque chose me chiffonne, dit Nicole après un silence. Nous ne sommes pas *vraiment* sur la route. Je veux dire, qu'est-ce qui, *physiquement*, pourrait nous empêcher de vivre notre expérience ?

Michel sourit.

– Physiquement, rien. De même que, dans n'importe quel jeu vidéo, rien n'empêche *physiquement* un joueur d'atteindre le niveau supérieur. Ce qui compte, c'est la sensation. Ce sont les difficultés imposées par la simulation. Imagine un jeu de voitures dans lequel il suffirait de rouler tranquillement et de respecter le Code de la route. On s'ennuierait vite, non ?

Nicole acquiesce. Elle n'avait pas vu les choses sous cet angle.

– Eh bien, considère notre voyage de la même façon. J'ai demandé à l'agence qui l'a organisé de reproduire au plus près la matière du réel, avec ses difficultés, ses surprises, ses instants de grand bonheur. Le plaisir d'admirer un beau paysage n'est-il pas enrichi par toutes les péripéties que l'on peut vivre avant de l'atteindre ?

– C'est vrai, admet-elle.

– Alors, prépare-toi pour l'aventure !

Ricardo se gare au dépose-minute devant l'une des entrées de l'aéroport et les aide à sortir leurs valises. Ils remercient le chauffeur puis entrent dans le terminal, plein à craquer de voyageurs.

– À ton avis, est-ce que ce sont de vraies personnes ? demande Nicole. Ou font-elles juste partie du décor ?

– Certainement un peu des deux. Nous ne sommes pas les seuls à voyager ici. Viens, allons à l'enregistrement.

Ils se dirigent vers un comptoir au-dessus duquel le vol Air France N875 est affiché.

– C'est vraiment Air France ?

– Oui, répond Michel, ils ont un partenariat avec Meilleure Vie.

Une jeune femme portant la tenue de la compagnie leur souhaite la bienvenue.

– Puis-je avoir vos passeports, s'il vous plaît ? demande-t-elle, le visage éclairé d'un grand sourire.

– Les passeports, zut ! s'exclame Michel.

Nicole le regarde. Est-ce qu'il la fait marcher ? Il a toujours aimé ça, alors ce ne serait pas étonnant. Il fait mine de chercher dans les poches de son blouson puis lui jette un coup d'œil.

– Tu es prête, Nisette ? souffle-t-il comme un gamin prêt à faire un mauvais coup.

– Prête pour quoi ?

Soudain, il lui attrape la main et les précipite tous les deux sur le tapis roulant normalement réservé aux valises.

– Michel, mais… qu'est-ce que tu fais ? s'écrie Nicole, affolée.

– Dans tous les jeux vidéo, il y a des raccourcis ! Des chemins détournés qui ne rentrent pas dans le protocole !

Ils se mettent à plat ventre et glissent à l'intérieur du couloir, derrière les comptoirs d'enregistrement, derrière les employés d'Air France qui, au lieu d'essayer de les retenir, leur souhaitent un bon voyage.

– Mais Michel, c'est… c'est complètement fou ! dit Nicole, moitié paniquée moitié euphorique, sa main agrippée à celle de son mari, son *presque mari*, après tout peu importe, dans cet univers, n'est-elle pas elle-même une *presque Nicole* ?

Au bout de quelques mètres, le tapis, sombre et sale comme peut l'être celui d'un aéroport acheminant des valises à longueur de temps, se pare de couleurs plus vives, et les murs de vidéos splendides tournées dans différents coins du globe. Ici, un ours polaire courant sur la banquise ; là, une vieille femme à la peau ridée et brune, cultivant du riz sur les terrasses escarpées des Philippines… Puis ils plongent dans l'océan, sous l'ombre gigantesque d'une raie manta qui se transforme aussitôt en condor survolant la cordillère des Andes.

Après un ultime feu d'artifice éclairant la baie de Rio, le tapis les dépose au pied de leur avion. Le temps de reprendre ses esprits, Nicole monte à l'intérieur.

– C'est ici, dit Michel, lui présentant deux fauteuils en première classe.

– Dis donc, on ne se refuse rien, s'amuse-t-elle.

– Je n'ai plus l'âge pour les jus de tomate, répond-il, et, à peine assis, il commande deux coupes de Taittinger.

Les autres passagers s'installent, certains jetant autour d'eux des regards émerveillés et curieux. Nicole en déduit qu'il s'agit de vraies personnes, embarquées comme elle dans un voyage à la frontière du réel.

– C'est votre première fois ? demande soudain une voix à sa gauche.

Nicole pivote. C'est un homme d'environ quarante, quarante-cinq ans, au physique plutôt banal, assis à côté d'une très belle femme du même âge.

– Oui, répond-elle. Et vous ?

Il acquiesce.

– Avec ma… avec mon épouse, nous avons toujours rêvé d'aller en Namibie.

– Nous aussi. Les événements de la vie ont contrarié nos plans, mais c'était compter sans la pugnacité de mon mari.

L'homme se penche pour saluer Michel.

– C'est un peu pareil pour nous. Nous avions prévu d'y aller l'année dernière, et puis…

Il marque un silence, son regard s'échappant un instant au loin, puis il prend la main de sa femme.

– Disons que nous avons voulu prolonger l'aventure.

Sur ces dernières paroles, il sort un dossier d'une pochette et le pose sur la tablette devant lui.

– Notre itinéraire, dit-il. Nous sommes passés par une agence, un gars très sérieux qui fait ça depuis dix ans.

– Par où commencez-vous ? demande Michel, prenant part à la discussion.

– Un lodge pas très loin de la capitale, avant de partir pour Etosha. Oka… Okak…

– Okapuka ?

– Oui, c'est ça !

– Nous aussi, nous passons notre première nuit là-bas !

– Ensuite, poursuit l'homme, direction Frans Indongo, près d'Otjiwarongo, puis Okaukuejo dans Etosha.

– Eh bien, il semblerait qu'on nous ait concocté le même circuit ! s'exclame Michel.

– Quel est le nom de votre agence ?

– Rêve africain. Et vous ?

– Rêve africain.

– Ceci explique cela.

Les deux hommes sont interrompus par la voix du commandant de bord annonçant l'imminence du décollage. Les hôtesses et stewards rappellent les consignes de sécurité puis passent dans les rangées s'assurer que les ceintures sont toutes attachées. Nicole attrape la main de son mari. Elle a toujours appréhendé les décollages et celui-ci n'échappe pas à la règle.

L'avion roule doucement sur le tarmac. Sous ses fesses, Nicole sent les douces ondulations de l'appareil, le ronflement du moteur qui va bientôt se réveiller et pousser son mugissement. Il dessine une large courbe puis s'arrête en bout de piste. Chacun retient son souffle. Soudain, le pilote met les pleins gaz et Nicole se retrouve plaquée contre son siège.

– Ça va, Nisette ? demande Michel.

– C'est dingue ! J'ai vraiment l'impression que…

– Qu'on vole ?

– Oui !

– C'est un peu l'effet recherché.

Nicole tourne la tête et regarde par le hublot l'extraordinaire paysage de la campagne française, les champs jaunes et verts, les villages qui prennent l'aspect de mondes miniatures.

– Rassure-moi, le vol ne va pas *vraiment* durer dix heures ? demande-t-elle.

Il rit.

– Non, on va prendre un autre raccourci.

L'avion se stabilise à une altitude de trente cinq mille pieds au-dessus du niveau de la mer, permettant au personnel de bord de servir le repas. La jeune femme qui les a accueillis dans l'avion s'approche d'eux et leur présente la carte.

– Tout a l'air délicieux ! s'exclame Michel. En ce qui me concerne, je vais prendre le fondant de bœuf et son foie gras poêlé.

– C'est noté. Et pour vous, madame ?

Nicole parcourt le menu des yeux.

– En effet, ça donne l'eau à la bouche, mais…

Elle se penche vers Michel :

– Je ne me vois pas faire semblant de manger le moindre de ces plats, dit-elle à voix basse. C'est une torture !

– Fais-moi confiance, répond Michel. Commande ce qui te fait plaisir.

Nicole hésite, puis décide de jouer le jeu jusqu'au bout :

– Très bien, dans ce cas je pars sur le suprême de volaille aux olives et truffes noires.

– Puis-je vous proposer du vin pour accompagner votre repas ?

– Je prendrai un verre de côte de Beaune, répond Michel.

– La même chose pour moi, s'il vous plaît.

L'hôtesse les remercie, s'éloigne vers l'arrière de l'appareil et revient une vingtaine de minutes plus tard avec deux plateaux en argent et des assiettes sous cloche. Au même moment, le timbre de la sonnette résonne dans l'appartement.

– Tu vas ouvrir ? dit Michel avec un clin d'œil.

Intriguée, Nicole retire ses lunettes et se lève. Sur le paillasson se tient un jeune serveur, tenant entre ses mains un sac signé Air France X Meilleure Vie. Nicole le remercie, prend le sac et retourne s'asseoir. À l'intérieur se trouve le repas qu'elle a commandé.

– Bon appétit, ma Nisette.

Nicole plante sa fourchette dans le suprême de volaille, découpe un morceau et le porte à sa bouche.

– Verdict ? demande Michel.

Elle mâche doucement, appréciant la multitude de saveurs qui surprennent ses papilles.

– Absolument délicieux.

À la fin du déjeuner, les lumières se tamisent et ils décident de regarder un film ensemble, comme avant :

chacun sur son écran, mais en appuyant sur « Lecture » et « Pause » au même moment, à la seconde près. Une fois, lors d'un vol pour le Mexique, Michel n'avait pas respecté les règles du jeu, et, en tournant la tête vers son écran, Nicole avait surpris une scène qu'elle n'aurait pas dû voir, ruinant tout l'intérêt du film. Elle avait piqué une colère telle qu'il n'avait plus jamais recommencé.

Ils regardent une comédie française tendre et burlesque, un vieil homme qui décide de reprendre ses études pour devenir médecin, et qui se retrouve par hasard dans la promotion de son petit-fils. La fin, convenue, arrache tout de même une larme à Michel. Nicole regarde cette larme briller dans son œil puis couler doucement sur sa joue, son menton. *Cette larme*, pense-t-elle, *c'est la preuve stupéfiante de son humanité. Ce sont les êtres humains qui pleurent. Une machine ne pleure pas.* Elle réfléchit un instant : comment cela est-il possible ? Aurait-il mis tant de lui-même dans cette… incarnation ? Y aurait-il fourré tant de sentiments, de traits de caractère, d'histoires, qu'il aurait récupéré une partie, voire la totalité de son humanité ? *Non, il faut un corps pour être humain* ! rétorque une voix en elle. *Mais il a un corps ! Je peux même le toucher !* Et, pour valider sa théorie, elle lui prend la main, la serre et l'embrasse. Ça le fait sourire.

Peu après la fin du film, l'avion se pose avec douceur sur le tarmac. Il roule sur quelques mètres puis s'arrête dans le cliquetis des ceintures qui se défont. Quand la porte du cockpit s'ouvre, c'est comme si tout le ciel entrait d'un coup dans la cabine, Nicole se sent inondée de cette lumière bleue si pure, si chaude. Il est bientôt 16 heures et la température extérieure dépasse les trente-cinq degrés. Ils descendent les marches vers la piste d'atterrissage, bordée de toutes parts par le désert, récupèrent leurs valises, puis suivent la foule de voyageurs vers le terminal où les accueille Daren, leur guide en tenue de brousse – chapeau sur la tête et chemise safari brodée du nom de l'agence, Rêve africain. Ils sont rapidement rejoints par le couple qui était assis près d'eux dans l'avion.

– Bien, je crois que nous sommes au complet ! s'exclame Daren. Allez, suivez-moi !

Il les fait sortir du terminal et les mène vers un café non loin, où il commande cinq jus de fruits bien frais. Puis il sort une grande carte qu'il déplie sur la table.

– Voici la Namibie, dit-il. Une fois et demie la France pour à peine deux millions d'habitants. C'est le deuxième pays le moins dense au monde, derrière la Mongolie. La Namibie tient son nom du désert du Namib, qui, en nama, signifie « grande place vide ». Enfin, vous avez compris : vous n'y croiserez pas grand monde ! Le pays peut se diviser grossièrement en trois entités : le désert du Namib, à l'ouest, le plateau central et le désert du Kalahari, à l'est.

Il sort un stylo de sa poche et entoure la première zone.

– Le Namib, donc, est un désert qui s'étend tout le long de la côte Atlantique, entre le nord de l'Afrique du Sud et le sud de l'Angola. Il s'agit du plus vieux désert du monde. Avec des précipitations inférieures à cent millimètres par an en moyenne, c'est aussi l'un des plus arides. Le plateau central, quant à lui (qu'il entoure également avec son stylo), s'étire du sud de la Namibie jusqu'à Etosha. C'est une succession de hauts plateaux, de massifs montagneux, d'escarpements extraordinaires qui plongent vers les plaines du Namib. Enfin, le Kalahari, ma partie préférée, dominé par des savanes poussant sur d'immenses étendues de sable ocre. Vous aurez largement l'occasion d'admirer ces paysages et la faune merveilleuse qui les peuple !

Daren leur fournit ensuite une série d'informations pratiques indispensables au bon déroulé de leur voyage et, pour conclure, sort deux téléphones portables de son sac, qu'il remet à chacun des couples.

– Chaque appareil est doté d'une carte SIM locale, explique-t-il. Vous l'utilisez si vous avez besoin de me joindre.

Il leur confie également un livre sur la faune et la flore du pays, une lampe torche, *au cas où*, ainsi qu'une paire de jumelles, puis les conduit en direction du parking où sont garées leurs voitures de location. Un Namibien portant une casquette Avis les attend près des véhicules. Il leur montre l'intérieur, les deux roues de secours situées à l'arrière et sous la voiture, le kit pour effectuer le changement en cas de crevaison…

– Et vous crèverez à un moment ou à un autre, ajoute-t-il dans un grand rire, invitant Michel et Nicole à s'installer. Vous avez déjà conduit à gauche ?

– Oui, en Angleterre, répond Michel.

– Parfait. Alors, c'est pareil que l'Angleterre, mais avec un peu plus de sable et de lions. Allez, bonne route, les Français !

Daren les salue également, leur rappelle les dernières consignes de sécurité, la plus essentielle étant de ne pas conduire de nuit dans le désert, puis Michel claque la portière et démarre le 4 × 4.

– Et voilà, c'est parti, ma Nisette. À nous la Namibie !

– Si on m'avait dit il y a quelques semaines que je vivrais une telle expérience…

– Eh oui, la vie est pleine de surprises, n'est-ce pas ? Est-ce que tu es heureuse ?

Nicole sourit. Elle n'est pas sûre de ce qu'elle ressent, mais quelque chose en elle la pousse à répondre par l'affirmative.

À bord de son 4 × 4 tout terrain, Michel sort de l'aéroport et s'engage sur la B6, l'une des quelques artères qui quadrillent le territoire namibien.

– Apparemment, le GPS n'est pas très fiable, Nisette, donc je compte sur toi pour me guider.

– C'est simple, répond l'intéressée, consultant la carte posée sur ses genoux. Tu suis la B6 jusqu'à Windhoek, puis tu prends la B1. À un moment, il faudra tourner à droite et on sera arrivés.

– Bien noté, copilote !

Nicole ouvre la fenêtre et sent le vent s'engouffrer dans la voiture, l'air brûlant grainé de sable et de soleil, elle sent la douceur du bitume, les remous du 4 × 4 quand Michel dépasse un camion, elle sent tout, jusqu'à la pression de la ceinture de sécurité sur son ventre et entre ses seins.

– Tu penses qu'il y a des gens qui ne voyagent plus que comme ça ? demande-t-elle.

– Bien sûr ! Énormément, même ! C'est tout de même plus écologique que de prendre *pour de vrai* l'avion, avant de faire des milliers de kilomètres avec une bagnole qui consomme sept ou huit litres au cent. De toute manière, ajoute-t-il, on n'aura bientôt plus le choix si on veut que la Terre continue d'être vivable.

Nicole acquiesce, partagée entre le sentiment amer que les générations futures manqueront quelque chose, indubitablement, et celui, imposé par sa conscience, que Michel a raison, qu'il n'est plus possible de faire *comme si* : comme si tout allait bien, comme si les températures moyennes du globe n'avaient pas augmenté de près d'un degré sur les vingt dernières années, comme si on pouvait continuer à vivre comme avant, les yeux fermés.

Bientôt, ses pensées s'effilochent dans la contemplation du paysage qu'ils traversent, cette savane jaune d'or piquée d'acacias spectaculaires, de figuiers aux grandes feuilles brunes, de *Boscia albitrunca*, plus communément appelés *shepherd's tree*, sous lesquels s'abritent des troupeaux de gazelles. Soudain, Michel s'arrête.

– Là-bas ! Regarde !

Nicole suit la direction pointée par son doigt, plisse les yeux.

– Tu la vois ?

– Oui.

Une girafe au cou immense, élégamment dressée sur ses longues pattes tachetées, mâche les feuilles d'un acacia au bord de la route. Nicole sourit, émue. Plongée dans ce monde savanien dont elle perçoit avec acuité les couleurs, les escarpements, et, elle ose le dire, l'existence, sous ce ciel bleu immaculé, elle sent son propre corps s'alléger, perdre en volume, en ténacité. Il ne s'accroche plus à la matière tangible de son fauteuil, mais se laisse glisser avec volupté dans cet imaginaire sauvage et silencieux, empli de promesses.

Le portail menant au lodge est gardé par deux hommes armés qui, après avoir vérifié leur identité, les autorisent à entrer. La route bitumée laisse place à une piste sinueuse sur laquelle cahote le 4 × 4. Sur le côté, des panneaux mettent en garde contre la présence d'oryx pouvant surgir à tout moment des fourrés.

Dix minutes plus tard, Michel se gare devant l'entrée, matérialisée par un grand toit en chaume et une allée de pierres anthracite à fleur de sable. Deux portes vitrées mènent à l'intérieur, vers une gigantesque salle de réception qui fait également office de restaurant. Le plafond, haut d'une vingtaine de mètres, déploie une charpente somptueuse, un treillis de poutres en bois sombre, enchevêtrées les unes dans les autres, et soutenues par des sortes d'arbres fossilisés, conservés en l'état. Tout autour, épousant les contours de la pièce, de grandes baies s'ouvrent sur un parc où paissent oryx, gazelles et autruches dans la plus grande liberté. La pelouse, verte près du point d'eau, jaunit vers l'horizon, pour prendre une teinte brunâtre sur les collines au loin. Il s'agit, sans aucun doute possible, de l'un des plus beaux endroits que Nicole ait vus de sa vie.

Ils dînent, des brochettes d'oryx agrémentées de frites de patate douce, puis prennent possession de leur chambre située au bout d'un chemin de petites pierres grises rectangulaires. Nicole s'assied un instant sur le lit et, sans trop savoir pourquoi, regarde ses mains, ses mains de vieille femme à la peau ridée, tachetée, et aux veines apparentes, puis elle touche les draps, le mur enduit à la chaux, elle touche le grand tableau en noir et blanc représentant la savane africaine, et elle se met à pleurer.

– Qu'est-ce que tu nous fais là ? s'exclame Michel, s'asseyant près d'elle et la serrant tendrement contre lui.

– Eh bien c'est juste que… j'en ai tellement rêvé, tu sais…

Il sourit.

– Rien au monde n'aurait pu nous empêcher de réaliser ce voyage, répond-il. Même pas la mort.

« Même pas la mort », murmure Nicole, se levant quelques minutes plus tard et se dirigeant vers sa salle de bains. Elle constate qu'elle peut se déplacer sans retirer ses lunettes, que la forme des pièces dans la simulation épouse la forme de son propre appartement, les murs, les couloirs, tout semble être au même endroit, se modeler dans la même structure afin qu'elle puisse subvenir à ses besoins essentiels sans jamais quitter son monde merveilleux. Elle prend sa douche, se brosse les dents, enfile son pyjama puis retourne dans la chambre où l'attend Michel.

Où est-elle ? Dans quel pays ? Quelle réalité ? Si elle retire ses lunettes, elle reconnaîtra sa chambre, son lit, le papier peint rose clair qu'ils ont posé ensemble quand ils ont rénové les murs. Elle sera dans le monde où existent sa fille, son petit-fils, les quelques amies qui lui restent, mais dans lequel son mari est mort et enterré. Dans ce monde, elle survit plus qu'elle ne vit, car *il n'y a pas de vie sans Michel*, il n'y a qu'une lutte pour ne pas penser à lui, un effort permanent pour ne pas se laisser envahir par la tristesse, la douleur.

Et Nicole veut vivre.

Encore un peu.

Elle n'est plus toute jeune mais elle a *le droit* de vivre.

Alors elle glisse sous la couette comme elle glisserait dans l'eau, en apnée douce et réparatrice, les yeux levés vers la surface qui s'éloigne lentement, le cœur en paix.

Chapitre 13

Étienne

Étienne s'est levé aux aurores pour prendre son train. Il n'a pas fermé l'œil de la nuit, il était trop nerveux, trop stressé de ne pas entendre son réveil. Héloïse l'attend à Toulon. C'est là-bas qu'ils se sont donné rendez-vous, sur le quai de la gare, comme dans un film.

Pour l'occasion, il a sorti sa plus belle tenue, celle qu'il avait prévu de porter à son mariage civil : pantalon beige, chemise blanche et blazer bleu marine, quelque chose de moderne et classique à la fois, intemporel. Il se regarde dans le miroir de l'entrée, baignée de nuit. Il est loin de l'apparence qu'elle lui connaît dans Meilleure Vie. Son nez est plus long, ses cheveux moins denses et souples, et ses yeux n'ont rien de deux lagons dans lesquels on aurait envie de plonger tête la première. C'est le physique banal d'un presque trentenaire qui sort de l'hiver, avec des cernes, un épiderme gris-vert tendance blafard et quelque peu déshydraté, des muscles flasques liés au manque d'activité sportive. Soudain, il est pris d'un doute : et si Héloïse ne le trouve pas à son goût ? Si elle est déçue en le voyant, tellement déçue qu'elle préférera tout arrêter, ne plus le voir ni lui parler, même dans Meilleure Vie ? À cette pensée, Étienne sent comme une brume de sueur perler sur sa peau. Il s'assied sur le banc près de la porte et ferme un instant les yeux. Il inspire puis expire profondément, comme Matthieu, amateur de yoga, le lui a appris. En quelques minutes, il parvient à se calmer. Si Héloïse le rejette à cause de son physique, c'est qu'elle n'est pas faite pour lui. Au moins, il sera fixé.

Sur cette pensée, Étienne se lève, ouvre sa porte d'entrée, vérifie qu'il a bien son téléphone dans la poche intérieure de son blazer, ferme doucement derrière lui pour ne pas réveiller ses voisins, puis descend l'escalier en prenant garde de ne pas trébucher sur le bout de marche en cours de réparation. Dehors, le temps est froid mais sec, agréable. Les premières lueurs du jour rougeoient au bout de sa rue. Musique dans les oreilles, il marche vers la station de métro la plus proche. Il est seul sur la chaussée, ça lui fait bizarre. Il essaie de ne pas penser à Héloïse, d'échapper à tous les scénarios qui tournent et voltigent dans sa tête, mais son ventre se serre malgré lui. Et si elle n'était pas à son goût ? Et s'il n'était pas à son goût ? Et s'ils ne retrouvaient pas la complicité qu'ils ont chaque soir dans cette application, depuis cinquante-six jours précisément ? Et si, au contraire, ils tombaient follement amoureux l'un de l'autre, et qu'il décidait d'emménager à Toulon sur un coup de tête ? Son cœur tangue et chavire dans cet océan de possibles.

Étienne arrive à la gare avec quarante minutes d'avance. Il en profite pour prendre un petit déjeuner et acheter quelques magazines. Plusieurs fois, les mains moites, il ouvre Meilleure Vie. Il est angoissé de recevoir un message d'Héloïse l'informant qu'elle ne souhaite plus le voir, ou qu'elle a un empêchement de dernière minute, ou encore qu'elle est tombée malade et qu'elle préfère remettre leur rencontre à plus tard. Mais rien. Dans quelques heures, elle va se dévoiler, peut-être totalement différente de l'Héloïse qu'il connaît, peut-être parfaitement identique, option qui l'enflamme autant qu'elle le terrifie car pourquoi une femme aussi belle serait intéressée par un homme aussi banal que lui ? Il s'imagine la scène : elle, dans sa flamboyance d'ambre et de blond, ses lèvres roses comme des boutons de tulipe, ses yeux verts d'eau, sa robe rouge car elle a dit qu'elle mettrait une robe rouge pour qu'il la reconnaisse, *une robe coquelicot avec un blouson en cuir noir qui a des franges indiennes sur les manches*, lui, tout asséché par une nuit sans sommeil et quatre heures de climatisation dans un train bondé, il imagine son regard de reine déçue, sa robe qui fendrait l'air en se détournant, ses propres pieds plantés dans le sol et la honte. Dans sa gorge, le café prend un goût amer. Cependant, le numéro de quai vient de s'afficher. Il jette son sac sur son épaule et marche vers son wagon.

Étienne ne sait pas combien de temps il va passer là-bas ni ce qu'il va y faire, alors il a emporté des affaires pour rester propre plusieurs jours. Son cœur est bercé d'espoir, d'inquiétude et de doute, mais s'ébouriffe aussi d'une sorte de souffle, un vent d'aventure qui le sort de son confort. Il range son sac dans le compartiment dédié puis marche vers sa place, côté fenêtre comme toujours, il aime regarder le paysage défiler. Il n'y a personne à côté de lui, il espère que ce sera toujours le cas quand le train démarrera. Soudain, sa montre vibre à son poignet : c'est

Matthieu qui l'appelle. Il glisse les écouteurs dans ses oreilles et décroche.

– Ça va, mec ? Pas trop stressé ?

– À ton avis ?

Étienne l'entend sourire au bout du fil.

– Ton train est à l'heure ?

– Pour l'instant, oui.

– Essaie de ne pas trop te prendre la tête, d'accord ? Prends-le comme un premier rendez-vous où tout est à découvrir. Donne-lui sa chance, même si elle n'est pas comme tu l'as imaginée.

– C'est ce que j'ai prévu de faire.

Un silence passe.

– 'Tienne… je te connais, mon pote. Je sais ce que tu penses, ce que tu ressens. Tu mises beaucoup sur cette rencontre, et c'est normal. Si ça devait ne pas se passer comme tu l'espérais… tu sais que je suis là, pas vrai ?

Étienne sourit.

– Oui, je sais.

Sur ce, Étienne raccroche, non sans avoir remercié sincèrement son ami pour son soutien. Au moment où le chef de bord annonce le départ imminent du train, et alors qu'il avait étiré ses jambes sous le siège laissé libre, une jeune femme de vingt-quatre ou vingt-cinq ans, portant sur le nez de grosses lunettes de soleil dorées et sur les épaules un gilet en fausse fourrure fuchsia, s'écroule à côté de lui, cherchant à reprendre son souffle. Leurs pieds se touchent, Étienne retire les siens, gêné. Elle ne sourcille pas. Un parfum très fort émane de sa pelisse, un mélange de rose et de santal qui lui rappelle son voyage à Oman, quelques années plus tôt, avec Aurélia. Elle est plutôt fine mais elle prend de la place, quand elle croise et décroise les jambes, quand elle fouille dans son sac en cuir noir pour chercher on ne sait quoi, quand elle retire ses lunettes, soudain, et qu'Étienne voit ses yeux rouges, le mascara qui a coulé.

Elle se tourne vers lui :

– Excusez-moi, vous auriez un mouchoir ?

Il est perturbé par la façon dont elle le regarde, fixement, sans aucune gêne par rapport aux larmes qui suintent de ses yeux. Son iris est vert, presque jaune, comme de la menthe séchée.

– Je crois, oui.

Il plonge la main dans son sac à dos et remonte un paquet de Kleenex.

– Tenez.

Elle le remercie, sort un mouchoir et lui rend le paquet, puis tamponne le coin de ses yeux, ses joues, se mouche en faisant un retentissant bruit de trompette. Étienne étouffe un petit rire.

– Ça vous fait marrer ? demande-t-elle.

– Euh… je…

– Je vous taquine. De toute manière, je vais vous dire, la situation prête vraiment à rire : j'ai fait neuf cents kilomètres rien que pour me faire larguer ! C'est fort, hein ?

Étienne ne sait quoi répondre.

– J'aurais dû me douter que c'était un connard. Un connard avec de beaux yeux, mais un connard quand même.

– Je suis désolé…

– Ne le soyez pas, vous n'y êtes pour rien. C'est ma faute, je donne ma confiance, et puis…

Elle soupire et tourne son regard vers les champs aux épis bleutés par la froide lumière du matin.

– Ma mère m'avait prévenue mais je ne l'ai pas écoutée. Il faut toujours écouter sa mère.

Quelques secondes s'écoulent. Étienne avait prévu de faire le trajet avec lui-même, ses pensées, son cœur, en écoutant de la musique romantique des années quatre-vingt-dix, mais le temps passerait certainement plus vite en discutant avec cette fille étonnante.

– Moi aussi je me suis fait larguer un peu douloureusement, dit-il après un silence.

– Ah bon ?

– Oui, juste avant mon mariage.

Elle grimace.

– Aïe. Sans vouloir être méchante, je crois que c'est pire que moi.

– Il n'y a pas grand-chose de pire quand on est amoureux.

Elle acquiesce, déchirant l'emballage d'une barre de céréales avec ses dents.

– Il me faut un café, tu viens ? Au fait, je m'appelle Line. Comme Aline, mais sans le A.

– Moi, Étienne.

– Enchantée, Étienne.

Il la regarde se lever et partir sans se retourner en direction du wagon-bar. Quelle drôle de fille, vraiment.

– Ça ne te dérange pas que je te tutoie ? demande-t-elle, accoudée au comptoir, les yeux fixés sur le commercial de bord (c'est ce qui est écrit sur son badge : « Stéphane, commercial de bord ») en train de préparer son cappuccino. Tu me diras, c'est un peu tard maintenant.

– Pas du tout. Je préfère, même.

– Tu veux quoi ? C'est moi qui paie.

– Non, non, je…

– C'est bon, ne fais pas le mec. Allez, tu veux quoi ?

– Comme toi, alors.

Elle passe commande et paie en agitant sa montre.

Ils vont s'asseoir sur deux tabourets hauts, près de la vitre. Elle arrache un petit morceau du croissant qu'elle a acheté et le glisse dans sa bouche.

– Ça faisait trois ans qu'on était ensemble, dit-elle. Il devait me rejoindre à Aix et emménager avec moi. Qu'est-ce que j'ai été conne.

Une larme tombe dans son café.

– On se trouve toujours un peu con après coup, dit Étienne. On se demande ce qu'on a loupé, parce qu'on a forcément loupé quelque chose… des signes, des indices… Je veux dire, ça n'arrive pas du jour au lendemain un truc pareil, c'est un processus.

– Tu n'avais rien vu venir ?

Étienne hausse les épaules.

– Peut-être que je n'ai rien voulu voir venir. Je ne sais pas.

Elle hoche la tête, compréhensive.

– Il m'a dit que c'était à cause de la distance, qu'avec son boulot c'était compliqué, tout un tas de conneries, mais je pense qu'en réalité il est tombé amoureux d'une autre. En fait, j'en suis sûre. Et il n'a même pas eu le courage de me l'avouer.

– Je crois que j'aurais préféré qu'elle ne me le dise pas.

– Qu'elle ne te dise pas quoi ?

– Qu'elle partait pour un autre.

Line lève les yeux vers lui. À la lumière du soleil déchirant les nuages, ils semblent encore plus jaunes, topaze presque, par leur transparence.

– Pourquoi ?

– Parce que…

Étienne boit une gorgée de son café, le temps d'organiser ses pensées.

– Tu te sens remplacé. Elle n'est pas partie parce que notre relation ne lui convenait plus… ou qu'elle n'était plus amoureuse… Elle est partie *pour un autre*, avec un visage, un nom, une voix. Impossible de l'imaginer en train de sangloter toute seule sur son canapé, à regretter sa décision. Tout le temps je me dis : *elle est avec l'autre.* Ce qu'on faisait tous les deux, c'est *avec l'autre* qu'elle le fait maintenant. Manger devant un bon film sous un plaid bien chaud, se balader, partir en week-end en amoureux… c'est comme si elle avait remplacé ma tête sur les photos, tu vois. C'est atroce comme sentiment.

Elle sourit avec compréhension, puis tourne ses yeux vers le paysage qui s'étire en grandes plaines vertes et safranées, tout illuminées d'un beau soleil de printemps.

– Je comprends. Tu as sans doute raison. Si j'étais sûre qu'il était parti pour une autre, et que j'avais le nom de cette fille… j'aurais probablement envie de la tuer. Et ce ne serait pas très bien vu.

– Au début, j'avais envie de le tuer, moi aussi. David. C'est comme ça qu'il s'appelle. Et puis… je ne sais pas, on finit par se faire une raison. Après tout, c'est elle qui m'a quitté, pas lui.

– Je crois que je serais moins indulgente. J'aurais pour cette personne une haine profonde et tenace. Éternelle, même. On est comme ça, nous, les filles du Sud : entières.

Puis, le regardant à nouveau :

– Tu viens d'où, toi ? De Paris ?

Étienne acquiesce.

– Et qu'est-ce que tu viens faire dans le Sud ?

Il sourit, boit une gorgée de café.

– Je viens voir quelqu'un.

– Ton sourire me laisse penser que ce n'est pas n'importe quelle personne. Mais peut-être que je suis un peu trop curieuse. N'hésite pas à me le dire, ma mère répète que c'est mon plus gros défaut. Elle l'est encore plus que moi, soit dit en passant.

Grâce à Line, Étienne ne passe pas son trajet à se faire balloter par son cerveau d'un scénario à l'autre, d'une hypothèse à l'autre. D'une certaine manière, il lui en est reconnaissant. Il aime bien discuter avec elle, il sent qu'il peut tout lui dire, qu'elle ne le jugera pas. Et quand bien même elle le jugerait, il ne la reverra certainement jamais de sa vie, donc quelle importance ?

– Je vais rencontrer une fille pour la première fois.

– Vous discutez via une appli ?

– Oui.

– Depuis longtemps ?

– Quelques semaines.

– Et vous ne vous êtes jamais vus en vrai ?

Il acquiesce.

– Ce doit être assez stressant, dit-elle. Moi, en tout cas, je serais super angoissée.

– Pourquoi ? demande Étienne. Qu'est-ce qui t'angoisserait ?

– Eh bien… j'aurais peur d'une mauvaise surprise. L'attraction physique, ça ne se commande pas. Imagine que quelque chose cloche, d'un côté ou de l'autre. Ça peut vite devenir gênant. Vous vous êtes parlé en vidéo au moins ? Ou tu ne l'as vue qu'en photo ?

Les yeux plongés dans son fond de café, Étienne sourit.

– Ni l'un ni l'autre, répond-il.

Elle fait des yeux ronds.

– Comment ça ?

Il lui raconte les circonstances de leur rencontre, le principe des avatars dans Meilleure Vie, et plus il avance dans son récit, plus une expression incrédule, presque fascinée, se dessine sur son visage.

– Donc, résume-t-elle quand il a terminé, tu ne sais absolument pas à quoi elle ressemble ?

– Je n'en ai aucune idée.

– Et elle non plus elle ne sait pas ?

– Non.

Elle reste silencieuse un instant, comme si elle essayait de comprendre dans le détail tout ce que cela voulait dire, puis elle éclate d'un grand rire rose qui le fait sursauter.

– Pardon, mais… c'est fou ! Quel monde ! Quelle époque !

À force de rire, elle fait tomber un livre de son sac : *L'Éducation sentimentale* de Flaubert. Elle le ramasse.

– Tu vas peut-être me prendre pour une arriérée, mais je ne me suis jamais inscrite sur une appli de rencontre. Je persiste à croire qu'on peut trouver le grand amour dans la vraie vie, *comme avant* (elle tapote son livre du doigt).

Le voyant sourire, elle ajoute :

– Oh je sais, ça fait un peu… *hippie*, ce que je raconte, mais je l'assume !

Étienne sourit à son tour. Il ne trouve absolument pas que ça fasse *hippie.* Mieux, il pense la même chose. Lui aussi, avant de finir sur Meilleure Vie, il n'était jamais allé sur une application de rencontre. Lui aussi, il croyait au grand amour, celui qu'on trouve dans les livres, dans les yeux, dans les commissures d'un sourire, celui qu'on se déclare, le cœur brûlant, au pied d'un réverbère parisien par une chaude nuit d'été.

– Parfois, dit-il, la vie décide pour nous.

– Oui, c'est possible, répond Line, qui décide soudainement qu'il est temps pour eux de retourner à leurs places.

À peine assise, elle glisse un masque sur ses yeux, des boules Quies jaunes dans ses oreilles, et Étienne se retrouve de nouveau seul avec ses pensées. Pour y faire face, il ouvre l'un des magazines qu'il a achetés. C'est une revue littéraire au titre accrocheur : « Tous nos conseils pour être édité avec succès ! » Les premières pages dressent une cartographie du monde de l'édition en 2040. Sans surprise, ce sont les auteurs stars de Book&Pan, le plus grand réseau social consacré à la lecture, qui trustent les premières places du podium. Il y a quelques années, Étienne avait essayé de s'y mettre, mais son nombre d'abonnés n'ayant jamais dépassé les quatre-vingts malgré trois publications par semaine, il avait fini par abandonner. Toutes les maisons d'édition françaises et internationales y avaient un espace. Gallimard, par exemple, organisait chaque semaine des *lives* avec ses auteurs, des *escape games* virtuels en rapport avec leurs publications, des jeux-concours ou encore des rencontres-dédicaces en ligne. Être absent de Book&Pan, c'était, comme au XIXe siècle, être absent des salons littéraires. On n'était personne. On n'existait pas. Étienne soupire et tourne les pages en quête d'une information, d'un chiffre, d'un témoignage qui pourrait lui redonner espoir et foi en ce milieu, mais personne ne semble très optimiste pour lui. Il range le magazine, glisse ses écouteurs dans ses oreilles, s'organise un oreiller de fortune avec son pull et son écharpe, puis ferme les yeux et, après une nuit presque blanche, laisse le sommeil l'emporter.

Étienne est réveillé par une succession de bruits et de mouvements autour de lui. Il ouvre un œil affolé : combien de temps a-t-il dormi ? Le siège à côté n'est plus occupé par Line, mais par une vieille dame qui regarde un film sur sa tablette.

– Excusez-moi, madame, savez-vous où nous sommes ?

– Entre Aix-en-Provence et Toulon, répond-elle.

– Merci.

Son cœur se calme : il n'a pas loupé son arrêt. Puis il pense à Line. *Dommage,* se dit-il, *je n'aurais pas pu lui dire au revoir.* Puis il voit la mer à travers la fenêtre, le bleu si familier de la mer, quand il y allait chaque été avec ses parents, et il comprend soudain qu'il est dans le Sud, et que bientôt, très bientôt, il va la rencontrer, dans vingt ou trente minutes maximum il saura à quoi elle ressemble et elle saura à quoi il ressemble, et c'est comme du feu dans sa poitrine, un vertige qui met la moindre de ses cellules en émoi, une envie soudaine et violente de sauter du train pour faire demi-tour, mais impossible bien sûr, alors il ravale tout ça et plonge son regard au loin, vers l'horizon pur et sans nuages, le plus loin possible de lui-même.

L'arrivée à Toulon est annoncée par le chef de bord. Son cœur se met à battre dans sa poitrine en grands coups frénétiques, si forts et si vite qu'Étienne a l'impression qu'il va sortir de son corps. Il attrape son sac, vérifie qu'il n'a rien oublié derrière lui, traverse la voiture, tout cela de manière totalement machinale, oui il est devenu une machine, un robot qui ne sent plus ses jambes, ni ses bras, ni rien du tout, ça cogne si fort en lui que ses sens et sa raison en sont comme anesthésiés. Il descend sur le quai. Elle a dit qu'elle attendrait là, tout au bout. Tout au bout du quai, tout au bout de son regard qui se voile tandis qu'il avance sur le sol sans texture, dans l'éther de ce monde parallèle aux contours poudreux et émoussés, son cœur si près de la surface de ce monde qu'il semble s'y confondre. Il cherche une robe rouge, il cherche du rouge, c'est devenu la seule couleur qui compte, le rouge, comme un coquelicot dans un désert de blancs et de gris.

Il n'y a pas de rouge. Il y a beaucoup de couleurs, du bleu, du vert, du noir, mais pas de rouge. Peut-être s'est-elle décidée à mettre une autre tenue ? Ou peut-être s'est-elle trompée de quai ? Ou peut-être est-elle tout simplement en retard ? Étienne regarde autour de lui, il n'y a aucune fille seule qui, comme lui, semble chercher quelque chose. Il attend, ne sait pas trop où aller, que faire, il est perdu car c'est le scénario qu'il a le moins envisagé. Privé de réponse, son cerveau bugge. Au bout d'un moment, il se décide à ouvrir Meilleure Vie pour envoyer un message à Héloïse : « Je suis arrivé. Où es-tu ? » Puis il attend, ses yeux voltigeant entre le quai et l'application, espérant un mot, une couleur, un quelconque signe qui viendrait donner du sens à cette étrangeté.

Quand il regarde sa montre, Étienne constate qu'une heure s'est écoulée depuis son arrivée. Il ne sait pas quoi faire, que penser. Matthieu et Guillaume auraient-ils eu raison de le mettre en garde ? Aurait-il discuté depuis deux mois avec un programme informatique ? *Non, impossible*, décide-t-il sans preuve aucune. Alors quoi ?

Doit-il attendre encore un peu, *au cas où* ? Prendre le premier train pour Paris, désinstaller pour de bon cette maudite application et reprendre une vie normale ? Planté sur ce quai, il n'arrive plus à réfléchir. Il sort de la gare au grand air, sous le soleil et le vent, et il aperçoit un café de l'autre côté de la rue. Il s'y dirige, s'assied en terrasse, commande un Perrier-menthe. Il hésite à appeler Matthieu, mais réalise très vite qu'il n'a aucune envie de parler à qui que ce soit, il a envie d'être seul et de boire son Perrier-menthe en laissant les rayons du soleil chauffer sa peau.

Il prend un bus en direction du port. Il a envie de voir la mer, de respirer les embruns, le vent salé. Il s'assied sur un banc, sort son carnet et son stylo, commence à écrire. Ce n'est pas ça qui le fera publier, mais, à mesure que les pages se griffonnent de mots, il sent son réservoir de colère et d'amertume se vider, et un calme étrange l'envahir. Quand il était plus jeune, ses parents louaient souvent la même maison près du Lavandou pour les vacances d'été. Le matin, à l'aube, quand tout le monde dormait encore, il aimait se rendre discrètement à la plage pour regarder le soleil se lever. Il s'asseyait sur le sable froid, son thermos de café entre les mains, et son âme bouillonnante d'adolescent s'apaisait. Il pensait à Musset, à Hugo, à Lamartine, tous ces grands poètes romantiques qui cherchaient dans la nature un écho à leurs sentiments intérieurs, et il espérait qu'un jour il serait comme eux : un écrivain talentueux, reconnu par ses pairs.

Étienne ouvre la messagerie de l'application. Toujours pas de nouvelles. Si Héloïse n'existe pas, est-il en droit de demander réparation ? D'attaquer Meilleure Vie ? Sur cette pensée, il se lève et reprend le bus en direction de la gare. Le prochain train pour Paris est dans cinquante minutes. Il achète son billet, puis retourne au café où il est allé un peu plus tôt. Il s'assied à la même place et commande le même Perrier-menthe. Celui-ci a un goût différent : l'amertume s'est quelque peu diluée. Soudain, de l'autre côté de la rue, figée sur le parvis de la gare et battue par le mistral, une robe. Rouge. Étienne peine à déglutir la gorgée de menthe restée dans sa gorge. Il observe la robe, les cheveux aux reflets blonds qui cascadent sur les épaules, le visage qui, de là où il se trouve, ne révèle rien d'autre qu'une forme ovale au teint hâlé. Il hésite, le cœur battant. Il y a très peu de chance pour que ce soit elle car, si vraiment elle était arrivée avec trois heures de retard, elle l'aurait certainement prévenu. Elle n'attendrait pas on ne sait quoi sur le parvis, qui n'est même pas le lieu de rendez-vous qu'ils se sont fixé. *Mais quand même, imagine. Imagine qu'elle ait eu un problème avant de venir, et que l'application ait buggé, qu'elle n'ait trouvé aucun moyen de te prévenir. Vas-tu vraiment laisser passer cette chance ?*

Étienne se lève. Il ne peut pas ne pas se lever. Toute sa vie, il serait hanté par le doute, le regret de ne pas être allé vérifier. Il traverse la rue puis s'approche doucement de la femme. Il aimerait qu'elle tourne ses yeux vers lui, qu'elle le regarde. Si c'est elle, quelque chose se passera, il en est certain. Elle ne ressemble pas à la version d'Héloïse qu'il connaît, mais elle est jolie. Il est maintenant tout près d'elle, si près qu'il pourrait lui toucher l'épaule, lui caresser les cheveux. Si elle se tourne trop brusquement, elle risque de prendre peur.

– Héloïse ? dit-il.

Une voix lointaine est sortie de sa bouche, tellement lointaine qu'elle lui semble appartenir à quelqu'un d'autre, venir d'une autre gorge que la sienne.

Ses yeux volent vers lui, de beaux yeux noisette ombragés de longs cils qui clignent trois fois avant de répondre :

– Désolée, mais vous faites erreur.

Tu es sûre ? Tu es sûre que tu n'es pas Héloïse ? Même pas un peu ?

– Oh pardon, je… je vous ai confondue avec une amie.

Puis il s'éloigne, il ne veut pas lui faire croire que c'est une mauvaise technique de drague ou quelque chose dans le genre.

Dans le train, il reçoit enfin un message. Un long message, qu'il relit en boucle, jusqu'à en avoir la nausée.

Je suis désolée, Étienne, je n'ai pas réussi. Je pensais que j'y arriverais, que je parviendrais à vaincre mes angoisses, mes doutes, mais au moment de partir, mon cœur s'est mis à tambouriner, j'ai commencé à avoir chaud, très chaud, et… enfin, je n'ai pas pu. J'ai extrêmement honte de t'avoir fait venir jusqu'ici, de t'avoir fait poireauter comme ça, sans nouvelles, tu dois me détester. Si j'étais toi, je me détesterais. Ça n'excusera pas mon attitude, mais, avant qu'on se rencontre, j'ai eu une très mauvaise expérience avec un homme rencontré sur une application similaire. Une expérience véritablement horrible, dont je t'épargnerai les détails. Entre ça et mon ex qui m'a trompé pendant trois ans, je les collectionne, tu vas penser. Je n'ai pas de chance, que veux-tu, et cette malchance m'a rendue méfiante, voire un peu paranoïaque. Pour te donner un exemple, jusqu'à ce que tu me proposes que l'on se voie, j'avais quelques doutes sur ton existence. Je me demandais même si je n'étais pas en train de tomber amoureuse d'un robot.

Car oui, la vérité, c'est que je suis tombée amoureuse de toi. Du toi de l'application, tout du moins, et je crois que mon cœur n'a pas la force d'être une nouvelle fois déçu ou trompé. Il préfère rester avec cette jolie histoire en mémoire. Tu vas sans doute trouver ça lâche. Je suis d'accord avec toi.

Je ne t'ai pas écrit plus tôt car, jusqu'au bout, j'ai essayé de trouver en moi les ressources pour te rejoindre. J'étais assise sur le canapé, chaussures aux pieds, avec ma robe rouge comme je te l'avais promis, je m'étais même maquillée un peu, pour me faire jolie, moi qui ne porte jamais de maquillage. Mais je n'ai pas pu me lever. Quelque chose en moi refusait. Une sorte de mise en garde instinctive, irrésistible.

La conclusion à laquelle je suis arrivée (et cela te fera une belle jambe), c'est que je ne suis pas faite pour ces applications. Par conséquent, je vais me désinscrire de Meilleure Vie. S'il te plaît, n'essaie pas de me retrouver. Je dois prendre du temps pour moi, me reconstruire, ne pas sauter les étapes comme j'ai voulu le faire. Tu es la victime collatérale de tout ce qui m'est arrivé et de mon manque de confiance en moi. Une fois de plus, j'en suis désolée.

Prends soin de toi, Étienne, tu mérites d'être heureux.

Héloïse

P.-S. : Je me suis permis de te faire un virement dans l'application pour te rembourser les billets de train. C'est le moins que je puisse faire.

« Un virement… » murmure Étienne, rangeant enfin son téléphone dans la poche de son blouson. Il est à la fois triste, abattu, déprimé, mais aussi quelque peu soulagé. Soulagé d'avoir une explication, de ne pas avoir passé deux mois de sa vie en compagnie d'un algorithme. Cependant, un nouveau doute le saisit aussitôt : ce message pourrait très bien être l'œuvre d'un robot. Sa tête appuyée contre la vitre, il ferme les yeux avec l'envie de disparaître.

Arrivé chez lui, il ouvre Meilleure Vie, pour *vérifier*. Il n'y a plus aucune trace d'Héloïse, ses messages renvoient vers un utilisateur inconnu. Assis sur le bord du canapé, son visage éclairé d'une lumière rouge de fin de journée, Étienne se sent seul. Il regarde ses lunettes, posées sur la table basse. Plus jamais il ne les enfilera pour parler à Héloïse. Cette pensée lui serre le cœur. Qu'il se fût agi d'une vraie personne ou d'un algorithme, il s'était attaché à elle, à sa présence dans sa vie. Il aimait la retrouver chaque soir en rentrant du travail, parler de tout et de rien avec elle, se balader dans les rues du Village. Peut-être n'aurait-il pas dû lui proposer de la rencontrer. S'il ne l'avait pas fait, il serait sûrement encore avec elle.

Il prend une douche, une longue douche dans laquelle il s'autorise à pleurer, c'est fou les larmes qu'il aura versées dans cette cabine ces derniers mois. Il enfile son pyjama puis, pour ne pas se laisser abattre, se sert un verre de vin et se lance dans la préparation d'un mi-cuit de thon, tout cela en écoutant de vieux morceaux de jazz. Lorsque son repas est prêt, il s'installe avec un plateau devant la télévision et décide de regarder *Gladiator*, l'un de ses films vintages préférés, quand Russel Crow était au temps de sa splendeur. Aux trois quarts du film environ, le timbre de la sonnette retentit dans son salon. Étienne regarde sa montre et fronce les sourcils. Ses amis pensent qu'il est à Toulon, alors qui peut bien débarquer chez lui à 23 h 45 un samedi soir ? Une idée se forme dans son cerveau. Une idée sans aucun fondement logique, mais comment ne pas y penser ? Il se lève, les jambes cotonneuses, et se dirige vers la porte. Son cœur bat en coups sourds, comme si, *vraiment*, elle se trouvait là, de l'autre côté, dans sa robe rouge, comme s'il y avait la moindre chance pour qu'elle ait trouvé son adresse et qu'elle ait voyagé depuis Toulon, à moins qu'elle n'ait jamais habité Toulon, que… Il ouvre la porte. Reste un instant silencieux, peinant à réaliser ce qu'il a devant les yeux. Puis ses lèvres balbutient, incrédules :

– Aurélia ?

Chapitre 14

Tom

Tom ouvre une paupière lourde et regarde le réveil posé à côté de lui : 7 h 15. Aujourd'hui, il retourne au travail, il en a besoin. Ils se sont mis d'accord avec Raphaël, qui lui a assuré qu'il pourrait choisir ses projets, que les premières semaines il serait libre d'arriver et de repartir à l'heure de son choix, qu'il avait prévenu les collègues *de ne pas l'emmerder*, bref que tout serait mis en œuvre pour qu'il *se sente bien.* Tom a honte. Honte que Raphaël soit si gentil et généreux à son égard, il ne le mérite pas. Mais que peut-il faire ? Lui avouer la vérité ? Que Luna n'a jamais été réellement enceinte ? Qu'il n'a jamais eu réellement de petite fille, et donc qu'il est bien impossible que celle-ci fût morte ? Impossible, bien sûr, à moins de passer pour un fou. Un menteur, qu'on ne veut plus dans son équipe.

Il se lève, prenant garde à ne pas réveiller Luna, attrape les vêtements qu'il a préparés la veille et se dirige vers la salle de bains. Il dort mal en ce moment, son cerveau cogite beaucoup. À peine couché, il ressasse les discussions qu'il a eues avec Christian et André, qui ont des points de vue opposés sur la situation. Il se sent écartelé, avec l'intuition qu'il doit prendre une décision, mais sans savoir laquelle. Ce qu'il veut, plus que tout, c'est protéger Luna. D'elle-même, de ses vieux démons, du risque, qu'il sent poindre, d'un isolement progressif, car il voit bien qu'elle a de plus en plus de mal à lâcher ses lunettes, à quitter le monde d'Emy pour revenir dans leur monde à eux, où *sa fille n'existe pas*. Il laisse l'eau couler longtemps sur ses cheveux, ses épaules, son dos, et dans ce ruissellement lui vient une idée : il va emmener Luna en week-end au vert, quelque part où il pourra discuter au calme avec elle, lui faire part de ses craintes, écouter les siennes. Dans le cadre de son travail, il avait participé il y a quelques années à un *team building* dans un écodomaine, à deux heures de Paris. Il avait beaucoup aimé l'endroit, construit autour d'un grand lac où l'on pouvait faire de la barque, du kayak, et même nager si les températures le permettaient. Des sortes de chalets étaient dispersés dans une forêt où l'on pouvait circuler librement à vélo, tout en s'adonnant à diverses activités sportives et artistiques : tennis, peinture, randonnée pédestre…

L'idéal, songe Tom en sortant de la douche, serait qu'ils aillent là-bas sans leurs lunettes. Un week-end en amoureux, comme avant. Mais il y a peu de chance qu'elle accepte. En tout cas, il n'insistera pas. Il ne veut pas la braquer, ce serait la pire des choses – qu'elle refuse la discussion, s'éloigne encore plus de lui. « S'éloigne encore plus de toi… » murmure Tom en s'observant dans le miroir, touchant ses joues pâles, ses cheveux dans lesquels fleurissent les épis gris et blancs de l'âge. Oui, il sent qu'elle s'éloigne de lui, subrepticement, et pas que de lui, d'ailleurs, de tout ce qui a constitué leur vie jusqu'à présent, leurs familles, leurs amis, même les salariés de son entreprise, plus rien ne semble l'intéresser hormis sa fille, devenue le centre de son univers, de toutes ses pensées et préoccupations. L'autre jour, Charles est venu déjeuner chez eux. Elle n'avait pas été claire sur les raisons de son absence, et son responsable financier fut étonné de la trouver en parfaite santé, tout à fait apte à travailler. Durant tout le repas, Tom a observé Charles, ses efforts pour faire bonne figure auprès de sa directrice, rester concentré sur ses sujets, faire abstraction de l'étrange spectacle qui se déroulait devant lui – Luna avec ses lunettes en train de nourrir sa fille. Mais tout, dans son attitude, trahissait un trouble profond, une incompréhension qu'il lui était impossible d'exprimer. Quelque chose comme : « Est-ce bien la même Luna ? Celle qui a porté l'entreprise à bout de bras depuis ses tout débuts ? » À la fin, quand Tom l'a raccompagné sur le palier, les deux hommes se sont regardés, sans un mot. Aucun n'osait parler de peur de se trahir, et peut-être aussi en quelque sorte de la trahir, *elle*. Tout de même, Tom lui a glissé discrètement : « Parlons-nous bientôt… » Charles a acquiescé puis s'en est allé, ses dossiers et ses questions sous le bras.

Il n'y a qu'une seule personne dont elle ne s'éloigne pas, dont elle devient même de plus en plus proche, qu'elle élève maintenant au rang de sœur, *ma sœur de vie*, comme elle dit : Victoria. Elles se voient tous les jours ou presque, parfois dans l'application, parfois chez l'une ou chez l'autre. « Victoria m'a dit que… », « Tu savais que Victoria… », « Avec Victoria, nous avons… » sont devenues ses phrases préférées. D'un côté, Tom est heureux qu'elle ait trouvé une personne de confiance avec qui partager son expérience ; d'un autre côté, il sent que cette amitié l'isole un peu plus du reste du monde, dont il fait partie. Ce sera son défi durant leur week-end au vert : la ramener vers lui, faire coexister Emy avec tous les autres versants de leur existence.

Tom arrive devant ses bureaux. Un grand bâtiment en métal et en verre, ultramoderne, qui avale et recrache à chaque instant des flopées d'employés, certains en costume et en tailleur, la plupart portant des tenues plus décontractées comme la sienne. Il inspire profondément, sort le badge qu'il n'a pas utilisé depuis plus de cinq semaines, puis passe la grande entrée avec ses portes coulissantes, le hall et sa rangée de tourniquets, jusqu'à l'ascenseur, le couloir du cinquième étage, l'open space où se fait un étrange silence quand il arrive, des dizaines de paires d'yeux qui semblent se demander quoi dire, quoi faire. Son cœur bat la chamade. Il a l'impression d'être un escroc, d'avoir trompé la confiance de tous ces gens qui le fixent avec surprise et sollicitude. Soudain, une voix résonne derrière lui :

– Tom ! Quel plaisir de te revoir parmi nous !

C'est Raphaël, venu le sauver de cette situation délicate. Il lui souhaite la bienvenue, enjoignant les autres employés à faire de même, puis l'invite à le suivre dans son bureau. Il ferme la porte derrière lui, le regarde.

– Bon, comment vas-tu ? demande-t-il en posant une main sur son épaule.

– Ça va.

– Je te l'ai déjà dit par écrit, mais je suis profondément désolé pour ce qui vous est arrivé. Je ne peux même pas imaginer la douleur que vous devez ressentir.

Tom se demande comment il va faire. Pour encaisser toute cette bienveillance, cette empathie, cette amitié. Est-ce qu'un jour, les mots refuseront de sortir ? Est-ce qu'un jour il ne sera plus capable de répondre :

– Il faut continuer à vivre, nous n'avons pas le choix...

– Évidemment... évidemment... Viens, assieds-toi.

Tom obéit.

– Par rapport à ta... situation dans l'entreprise.

Situation. Tom n'aime pas ce terme. Il lui donne des nœuds à l'estomac.

– J'aimerais que tu ne t'inquiètes de rien, d'accord ? Pour les congés, je me suis arrangé avec les Ressources humaines, tout est réglé. Et pour les collègues, je leur ai dit que quelque chose t'était arrivé mais que tu ne souhaitais pas en parler.

– Merci beaucoup...

Tom a envie de disparaître sous terre. Un instant, il imagine le soulagement qu'il éprouverait s'il avouait tout à Raphaël, là, sur-le-champ. Comme il se sentirait plus léger, libéré du poids étouffant de la culpabilité et du mensonge. Impossible, bien sûr, alors il se contente de le remercier, une fois de plus, puis va trouver refuge à sa place, entre Daniel et Margaux qui le regardent avec une expression du genre *on est là si tu as besoin de parler.* Mais il n'a pas envie de parler. Que pourrait-il bien leur dire, de toute manière ? Il va attendre que les choses se tassent, c'est encore la meilleure chose à faire.

Quand il rentre le soir, il trouve Luna accroupie sur le tapis du salon, ses lunettes sur le nez, en train de faire de grands gestes dans le vide, certainement pour amuser Emy. Tom observe la scène de longues minutes, sans bouger, le corps envahi d'une sorte d'angoisse qui monte lentement, qui lui serre le ventre, puis le cœur, puis la gorge, qui le fait reculer, soudain, et sortir de chez lui. Il s'assied dans la cage d'escalier et tente de calmer sa respiration. C'est la première fois qu'une telle chose lui arrive, une telle sensation de *tenaille*, d'étouffement. Son corps a envie de hurler ce qui, évidemment, ne conduirait à rien de bon.

Il retourne chez lui, enfile ses lunettes et s'accroupit près d'elle.

– Bonjour, ma chérie, dit-il. Tu as passé une bonne journée ?

Elle se tourne vers lui, souriante, lui raconte ce qu'elle a fait, les progrès d'Emy, son déjeuner avec Victoria, la robe qu'elle a terminée pour sa fille.

– Et toi ? Ton retour au travail ?

Il aimerait tant lui dire. Tout ce qu'il a sur le cœur, l'horrible mensonge qu'il a servi à Raphaël, la culpabilité qui lui bouffe le ventre. Mais elle ne comprendrait pas, bien sûr. Il imagine l'expression de son visage, son atterrement, puis sa fureur, sans aucun doute, s'il lui disait la vérité. Alors il lui raconte que ça s'est bien passé, qu'il a beaucoup parlé d'Emy, qu'il a montré des photos, que ses collègues étaient fascinés par sa beauté, des mensonges, encore des mensonges. Pour ne pas rester sur le sujet trop longtemps, il lui parle de son idée de week-end, pour laquelle elle se montre enthousiaste.

– Je me disais que peut-être... peut-être nous pourrions y aller sans nos lunettes ? Juste tous les deux, comme avant ?

Luna le regarde, semblant se demander s'il plaisante. Puis, devant son sérieux :

– Emy a cinq semaines. On ne laisse pas un bébé de cinq semaines sans ses parents, même pour un week-end. Et puis, qui s'occuperait d'elle en notre absence ?

Il baisse les yeux, déçu, sent une main lui caresser la joue.

– Je comprends ton besoin que nous nous retrouvions tous les deux. Allons-y, et je te promets de faire des efforts.

Puis elle vient se lover contre lui, petite mouche entre ses bras énormes, il l'aime tellement, c'est fou.

Toute la nuit, il cogite. Il pense aux mots de Luna : « Qui s'occuperait d'elle en notre absence ? » Est-ce que ça veut dire qu'ils ne seront plus jamais tous les deux ? Que Luna aura toujours ses lunettes avec elle, *au cas où* ? Et leur intimité, leur vie de couple, leur vie tout court dans le monde réel ? Toutes ces pensées cavalent et trébuchent dans sa tête, lui donnent des bouffées de chaleur. Il regarde son réveil, qui affiche 2 h 30 du matin, Luna endormie à côté de lui, ses cheveux dans un bonnet en satin. Il a besoin de respirer, de prendre l'air. Il se lève et sort à pas feutrés de la chambre. Le salon est plongé dans la pénombre. Il marche vers la fenêtre et ouvre les rideaux, pour laisser passer la clarté de la lune. Puis il attrape son téléphone et écrit à André, pour lui proposer un déjeuner. Il a besoin de parler, de vider son sac, encore une fois.

Il reste une minute immobile, ses yeux rivés sur la pointe de la tour Eiffel qu'il voit scintiller au loin, puis tourne la tête vers le bar de la cuisine sur lequel sont posées ses lunettes. Il les regarde quelques instants, puis s'approche et les enfile. Emy dort dans son lit à barreaux, elle est allongée sur le dos, les bras légèrement écartés, sa poitrine se soulevant doucement au rythme de sa respiration. Tom ignore pourquoi mais, tout à coup, il fond en larmes. Est-ce parce qu'il a dit à Raphaël qu'elle était morte ? Est-ce parce qu'elle n'a jamais été vivante et qu'il aimerait tant qu'elle le soit ? Oh oui, pense-t-il, si seulement une fée pouvait apparaître dans son salon et transformer Emy en petite fille de chair et de sang, s'il pouvait briser ces maudites lunettes en mille morceaux et la serrer dans ses bras, respirer son odeur, hurler son nom par la fenêtre : *Emy ! Ma fille s'appelle Emy !*

Il s'assied dans le canapé, repense à ce que lui a dit Christian : « Si tu dois agir, je te conseille de ne pas trop tarder… » Agir, c'est-à-dire supprimer Emy. Aujourd'hui, Tom réalise que c'est impossible. Parfaitement impossible, ça détruirait Luna. En cet instant, pour la première fois seul avec Emy, il comprend pourquoi : l'illusion est trop douce, trop gratifiante. Elle est la fille dont elle a toujours rêvé, l'étoffe encore vierge sur laquelle broder son histoire familiale. Tom soupire, ôte ses lunettes et retourne se coucher. Il faut qu'il dorme un peu, il a besoin d'énergie pour continuer à faire semblant.

*

Tom se gare sur le parking de l'écodomaine aux alentours de midi, juste à temps pour le déjeuner qui a été prévu pour eux. Niché au cœur de la forêt, le lieu semble tenir ses promesses de *calme et de volupté*. Mains sur les hanches, Tom regarde le grand étang léché de soleil, les chalets dispersés dans la végétation, les enclos de la ferme biologique où se prélassent quelques lapins et cochons, et se dit qu'ils sont au bon endroit. Que c'est l'écrin idéal pour se ressourcer et s'ouvrir l'un à l'autre.

Après avoir pris possession de leur chambre, ils s'installent à l'une des tables du restaurant, sorte de guinguette dressée au bord de l'étang. Un jeune homme, vêtu aux couleurs de l'établissement, leur apporte la carte. Tom le remercie et prend dans ses mains celles de sa femme, ces jolies mains aux doigts si fins parés d'une multitude de bagues. Il se sent bien, ou, en tout cas, mieux qu'il ne s'est jamais senti au cours de ces dernières semaines. Après les longs mois d'hiver, le soleil de ce 31 mars brille avec une chaleur retrouvée, glisse en ombres safranées sur les joues de Luna, ses lèvres qu'il a envie d'embrasser.

– J'ai déjeuné avec André hier, dit-il. Tu savais qu'ils partaient dix jours en vacances… sans Antoine ?

Luna fait une moue du style « oui, Victoria me l'a dit ».

– Ils vont sur une île dans l'océan Indien où ils n'auront même pas Internet. Il m'a dit qu'ils avaient besoin de déconnecter complètement.

– Antoine est plus grand, c'est différent. Il va avoir cinq mois.

Sentant qu'elle commence à se braquer, Tom préfère bifurquer :

– Victoria ne va pas trop te manquer ?

Elle sourit et hausse les épaules.

– Nous aurons plein de choses à nous raconter à son retour !

Emy faisant sa sieste, Luna a retiré ses lunettes. À la lumière du soleil, Tom a l'impression de redécouvrir ses yeux. Il avait oublié à quel point ils étaient magnifiques, ensorcelants.

Après le déjeuner, ils font un tour de l'étang en barque. Arrêtés sous les rameaux d'un saule pleureur, elle lui rappelle la fois où ils avaient pagayé dans les gorges du Verdon. Tom, qui avait voulu faire le malin en se mettant debout, était tombé tout habillé dans l'eau.

– J'étais jeune et insouciant, dit-il, la regardant rire à l'évocation de ce souvenir.

– Ce que tu n'es plus aujourd'hui ?

Il lève un sourcil.

– C'est un défi ?

Elle sourit, se mordant les lèvres. Quand elle sourit comme ça, avec tout ce rose sur les lèvres, toutes ces fossettes, cette lumière dans les yeux, il pourrait faire n'importe quoi. Alors il se met debout, retire ses chaussures, son tee-shirt et son pantalon, puis plonge tête la première dans l'étang.

– Tu es fou ! dit-elle, riant aux éclats.

– De toi, oui !

L'eau est froide, mais Tom a passé son enfance à nager dans des lacs de montagne. C'est la même sensation : l'eau qui mord, qui coupe la respiration, puis qui vivifie, qui semble nettoyer le corps et lui redonner sa jeunesse. Il s'éloigne en crawl sur quelques mètres, pour échapper à l'ombre des saules. Le soleil ne frappe que son visage, mais sa chaleur se répand dans tout son corps, jusqu'à ses pieds qui battent doucement pour rester à la surface.

Il remonte sur la barque, un peu tremblant, puis rame jusqu'à la guinguette. Une jeune fille, en train de débarrasser les tables, va lui chercher une serviette ainsi qu'une tasse de café, *pour vous réchauffer de l'intérieur*. Ils empruntent ensuite des vélos et partent explorer le domaine. Ils roulent plus de deux heures dans l'immense parc où se succèdent prairies, sous-bois et clairières, abrités du soleil par les feuillages des bouleaux et des érables, en grand nombre tout le long du chemin. Ils rentrent peu après 17 heures et profitent du temps qu'il leur reste avant le dîner pour se relaxer dans leur bain suédois, où scintille une eau à trente-sept degrés tout pile. Tom regarde sa femme, assise dans le bain en face de lui, son visage tourné vers le soleil, ses lèvres en variations de roses, ses narines qui respirent les odeurs de la nature. Il faudra qu'il lui parle. Qu'il lui dise ce qu'il a sur le cœur. C'est aussi pour ça qu'ils sont ici. *Mais pas aujourd'hui,* décide Tom. Aujourd'hui, ils se retrouvent, ils se réparent, ils se revivent. Demain, ils parleront.

Le dîner se passe sous la forme de grandes tablées, en compagnie des autres pensionnaires. Ils sont une vingtaine environ, tous logés dans les chalets répartis sur le domaine. Tom et Luna sont assis entre deux couples, des Parisiens comme eux, venus échapper au tumulte de la grande ville. Ayant couché Emy, Luna ne porte pas ses lunettes. Elle les a rangées dans son sac et ne les sortira que si la petite se réveille, comme elle le lui a promis. Tom espère que sa montre ne vibrera pas cette nuit, il veut sa femme pour lui et pour lui seul.

Durant le dîner, il la retrouve, sa flamboyante Luna, loquace, drôle, solaire. Ils sont tous amateurs de voyages alors elle s'en donne à cœur joie, elle raconte leurs périples aux Philippines, en Tanzanie, au Pérou, ponctuant son récit d'anecdotes qu'il écoute, captivé, comme s'il ne les avait pas lui-même vécues. Elle boit trois verres de vin, ce qui suffit à lui faire tourner la tête.

Sur le chemin menant à leur chalet, elle flotte, louvoie, trébuche avec des éclats de rire entre ses bras. À peine arrivés, Tom sent une main sur sa cuisse remonter vers son entrejambe, puis une bouche, une langue framboise chercher la sienne. Il se laisse pousser sur le lit par Luna qui grimpe sur lui, langoureuse, le déshabille tout en s'effeuillant elle-même, l'embrasse à nouveau, dans le cou, sur le torse, les épaules, puis s'allonge sur lui, comme une eau qui remplirait ses creux, ses failles, en une seule vague. Elle ondule doucement, tout en soupirs et gémissements, ses lèvres à l'orée des siennes, lui volant de courts baisers qui lui en font réclamer d'autres, elle sourit, fait non de la tête, puis plaque sa bouche contre la sienne, à lui couper le souffle. Alors il boit son souffle à elle, son sel, ses parfums, il se gorge d'elle, lèche sa peau, se retient, essaie d'arrêter le temps mais le temps se cabre, indomptable, et lui aussi se cabre, soudain, et leur amour se redépose lentement sur le drap blanc, elle contre lui, lui en elle, toujours, leurs cœurs battant la chamade à l'unisson.

Ils se réveillent huit heures plus tard, avec les premiers rayons du soleil. Tom la sent quitter le lit, sa douce chaleur s'évaporer. Il attrape son oreiller, enfouit son visage à l'intérieur, respire l'odeur imprimée de ses cheveux. Soudain, un cri déchire le silence. Un cri sec et aigu, qui le fait bondir hors du lit.

– Luna ? Que se passe-t-il, chérie ?

Elle se tourne vers lui. Derrière les verres embués de ses lunettes, ses yeux expriment une terreur éperdue, insondable.

– Emy… Emy a disparu !

Chapitre 15

Nicole

Après un solide petit déjeuner, Michel et Nicole reprennent la route en direction du nord et de la réserve naturelle d'Etosha, qu'ils atteindront si tout va bien le lendemain dans la journée, après une nuit au lodge Frans Indongo, situé à mi-chemin.

Nicole a dormi d'une traite. Sa conscience s'est enfoncée dans le sommeil dans une sorte de paix liquide, enveloppante. Elle ne veut plus errer dans l'entremonde, elle ne veut plus se poser en permanence la question de la véracité des choses. À son âge, elle n'a de comptes à rendre à personne. Elle n'a vis-à-vis de la société aucune obligation, si ce n'est, peut-être, celle de voir sa fille, son petit-fils et son gendre de temps en temps. Elle peut tout à fait décider, sans que quiconque ait quoi que ce soit à y redire, de passer le restant de sa vie, les maigres années qui lui restent, dans ce monde fabuleux avec Michel.

Bien sûr, cela va à l'encontre de ses convictions profondes. Elle se rappelle, quand elle était en cours et qu'elle surprenait un élève sur son téléphone portable, ou en train de converser sur sa montre avec un camarade.

Elle confisquait tout, inflexible. Dans sa classe, c'était papier et stylo, rien d'autre. Au début, les élèves râlaient, il fallait qu'ils apprennent à réécrire à la main, ils avaient mal au poignet, aux doigts, et puis tout le monde s'y faisait, et à la fin de l'année la plupart la remerciaient, heureux d'avoir retrouvé, pendant trois ou quatre heures par semaine, le goût de l'écriture manuscrite, du papier bleui d'encre, des cahiers qu'on conserve précieusement, comme des trésors. Quand elle parlait de Platon, elle reliait la caverne aux écrans modernes. Elle s'écriait, enflammée : « Nous sommes tous esclaves ! Aveuglés ! » Les élèves ricanaient, puis, à mesure qu'elle développait son argumentaire, s'enfonçaient dans le silence. Elle-même avait un téléphone, évidemment, mais dont elle se servait uniquement pour communiquer avec ses proches. Elle n'était inscrite sur aucun réseau social, aucune application communautaire. Chez eux, ils n'avaient jamais eu la télé mais leurs étagères craquaient sous les livres. « Oui, je suis ringarde… et je l'assume ! » aimait-elle dire à ses amies qui lui reprochaient parfois d'être *hors du coup*. « Comment on fait si on veut t'inviter à un événement ? » Nicole riait, effarée : « Vous m'écrivez ! Vous m'appelez ! C'est vraiment si difficile ? »

Aujourd'hui, elles se moqueraient bien d'elle. Alice, décédée il y a quelques années d'un AVC, Johanna, partie vivre à l'étranger, Sonia, qu'elle a vue à l'enterrement de Michel mais depuis silence radio. *Et elles auraient bien raison !* pense Nicole, les yeux plongés dans le paysage qui défile. Et puis ses anciens élèves, ceux qu'elle a continué à voir après le lycée, la fac. Le petit Marc, qui n'est plus si petit aujourd'hui, il est même devenu papa. Il avait l'esprit vif, taquin, d'une intelligence folle, mais indiscipliné. Gabriel, qui poursuit une carrière réussie dans le journalisme. Aline, Sandro, Lætitia… Oui, ils auraient bien raison de se moquer d'elle s'ils la voyaient dans son gros fauteuil noir avec ses lunettes sur le nez, en train de voyager à l'autre bout du monde avec son mari décédé. Elle imagine leurs voix railleuses : « Alors madame, on n'est pas si mal dans la caverne, pas vrai ? » Nicole regarde Michel, concentré sur la route, et sourit. « Oui, on n'est pas si mal », répondrait-elle.

Sur la route menant à Frans Indongo, ils décident de s'arrêter à Okahandja, connu pour son marché artisanal. Dans des cahutes collées les unes aux autres, des locaux vendent leurs créations : sculptures en forme d'animaux sauvages, bijoux, tapis, poteries…

– Daren m'a expliqué que tout ce qu'on achetait ici était conservé sur un serveur sécurisé, dit Michel. Comme des œuvres numériques. Et l'argent est reversé à des associations locales, investies notamment dans le secteur de l'éducation.

Nicole fait une moue impressionnée.

– Ils ont vraiment pensé à tout, semble-t-il.

Elle jette son dévolu sur une statuette en bois représentant un éléphant, ainsi qu'un tapis tissé avec des balais traditionnels et du coton filé à la main, qu'elle compte exposer dans son salon. Ils achètent de quoi déjeuner dans une supérette puis reprennent la route.

Ils parviennent au lodge de Frans Indongo en milieu d'après-midi, après environ deux cents kilomètres de route bitumée, puis une vingtaine de kilomètres de piste sur la D2433. Ils sortent de la voiture courbaturés, le visage chauffé par l'impitoyable soleil namibien. Sur tout le chemin, les mêmes paysages désertiques se sont succédé, entrecoupés de collines aux couleurs fauves, issues, selon le guide que Daren leur a remis, de la collusion antédiluvienne des cratons du Kalahari et du Congo.

Ils sont accueillis par Johannès, un jeune homme d'une trentaine d'années au sourire communicatif, qui leur offre des boissons rafraîchissantes au citron et à la menthe. Il procède à leur enregistrement, puis les mène à leur bungalow situé en lisière d'une pelouse verdoyante plantée de palmiers, d'aloès en fleurs, d'eucléas aux feuilles bleu vert magnifiques. Un cours d'eau fait entendre son ruissellement non loin, achevant de faire de cet endroit un petit paradis pour quiconque a roulé des heures dans le désert et se sent couvert de poussière jusque sur les os.

Après avoir déposé leurs affaires, Nicole abandonne son mari à la piscine et, munie d'un carnet et d'un stylo, se pose sur une grande terrasse ayant vue sur la savane. C'est son rituel, quand ils partent en voyage. Elle aime prendre des notes, poser ses ressentis, capturer les détails. Contrairement à Michel qui, lui, s'était toujours refusé à écrire durant leurs périples. « J'observe, j'intègre, je me nourris, et de retour à la maison je jette tout ça sur le papier », aimait-il raconter quand il évoquait son processus créatif.

Elle commande la boisson que Johannès leur a servie un peu plus tôt, puis s'installe dans un fauteuil à l'ombre, face au point d'eau où s'abreuve un troupeau d'oryx. Elle commence à écrire, mais au même instant, un homme s'assied près d'elle. Il s'agit de leur voisin de vol, qu'ils ont brièvement recroisé à Okapuka.

– Oh pardon, dit-il, voyant le carnet posé sur ses genoux, je ne voulais pas vous déranger.

Nicole lève les yeux vers lui.

– Vous ne me dérangez absolument pas !

– Vous êtes sûre ? Sinon je peux…

– Non, non, je vous en prie ! De toute manière, je n'avais pas l'inspiration.

L'homme s'assied à côté d'elle.

– Au fait, je m'appelle Nicolas.

– Moi, Nicole.

La similarité de leurs prénoms les fait sourire.

Un silence s'écoule, coloré des bruits de la savane, puis Nicolas se tourne vers elle :

– Dans l'avion, vous avez dit une chose qui m'a interpellé.

– Ah oui ?

– Vous avez dit que les événements de la vie avaient contrarié vos plans. Mais que votre mari… enfin, que c'était grâce à lui que vous étiez ici.

Nicole sourit distraitement.

– Oui, il est… Michel a eu un cancer.

– Il est décédé ? demande Nicolas de but en blanc.

Elle acquiesce.

– Est-ce que c'est lui ou vous qui… enfin, qui avez décidé de…

– C'est lui, répond Nicole. Sans vraiment me consulter.

Nicolas exprime un air de surprise.

– C'est pourtant le genre de sujets sur lesquels il vaut mieux se consulter.

– Nous sommes bien d'accord.

Nouveau silence.

– Ma femme aussi est… Pardon, j'ai toujours un peu de mal à le dire.

– Ce ne sont pas des mots simples à prononcer.

Les yeux de Nicolas s'échappent un instant, puis reviennent se poser sur Nicole.

– Quand nous avons appris que Lise était malade, et que sa maladie était incurable, j'ai eu l'impression… j'ai eu l'impression que le ciel me tombait sur la tête.

Il se tait un instant puis reprend :

– C'est Lise qui est tombée sur une publicité de Meilleure Vie. Elle était si forte, si vous saviez. Elle savait qu'elle allait mourir, mais elle ne pensait qu'à moi, au fait qu'elle allait me laisser seul. Jamais elle ne parlait d'elle, de ses peurs, de l'angoisse terrible qui devait lui serrer la gorge à chaque seconde. Elle disait toujours : « Quand je ne serai plus là, tu… » Jamais *je*, toujours *tu*. Un soir, reprend-il après avoir touché plusieurs fois son alliance, elle m'a proposé une solution. Je n'oublierai jamais ce mot : *solution*. C'était un mot qui n'avait rien à faire là, vous voyez. Je veux dire, il n'y avait pas de *solution* à sa maladie. C'était sans espoir, les médecins nous l'avaient dit. Alors de quoi elle parlait ? Et c'est là qu'elle m'a présenté l'application, l'avatar qu'elle s'était déjà créé avec sa voix, ses expressions, son passé… un réplica quasi parfait de son être, mais sans le corps, la chair. « Comme ça, je serai toujours un peu avec toi », elle me disait chaque fois qu'on en parlait, d'abord à la maison et puis à l'hôpital, quand son état a commencé à se dégrader. Moi, je n'avais pas envie d'en entendre parler. Cette chose n'était pas ma Lise et ne serait jamais ma Lise. Je ne le lui disais pas car je n'avais pas envie de lui faire de la peine, mais dans mon esprit les choses étaient claires : quand elle ne serait plus là, je supprimerais l'application et tout ce qu'elle contenait.

Il soupire, une sorte de sourire fataliste aux lèvres.

– Et puis elle est partie, et je me suis retrouvé seul dans notre appartement. Tellement seul, car je ne suis pas quelqu'un de très sociable, sans Lise je… Enfin, elle était l'univers entier pour moi. Une nuit, où je me sentais vraiment seul, comme si mon lit n'était plus un lit mais un radeau au milieu de l'océan, j'ai ouvert l'application et j'ai mis les lunettes. Elle était là, devant moi. Ce n'était pas ma Lise, mais ça parlait comme ma Lise, ça riait comme ma Lise, ça dansait comme ma Lise. J'avais conscience que ce n'était que du code, de l'intelligence artificielle développée à son plus haut niveau, un simple système probabiliste nourri de données, mais… enfin, je suppose que vous comprenez.

Nicole hoche la tête.

– Dans mon cas, dit-elle, l'ironie est encore plus forte car j'ai lutté toute ma vie pour redonner sa place au réel. J'étais enseignante de philosophie au lycée puis à la fac, et je répétais chaque année à mes élèves la même chose : saviez-vous qu'avec une dizaine de *likes* sur Facebook, un bon algorithme peut comprendre votre profil psychologique mieux qu'un collègue de travail ? Et, avec trois cents, mieux que votre propre époux ou épouse ? On parle à des machines comme s'il s'agissait d'êtres humains, alors qu'en réalité ce ne sont que des réseaux de neurones artificiels, des suites de 1 et de 0. Tous ces modèles de langage… ils nous empêchent de penser par nous-mêmes. Ce sont devenus des prothèses pour nos intelligences atrophiées. Même Descartes, qui nous voyait devenir « comme maîtres et possesseurs de la nature », doit se retourner dans sa tombe !

– Et pourtant, dit Nicolas, vous êtes ici avec Michel.

Nicole sourit.

– Oui, et pourtant, je suis ici.

Après quelques secondes durant lesquelles ils restent tous les deux à regarder le paysage, Nicolas se met debout.

– Je vais vous laisser écrire tranquillement, dit-il. Ça m'a fait du bien de vous parler. Il y a peu de personnes qui peuvent comprendre ce qu'on ressent.

– Moi aussi, ça m'a fait du bien.

Nicole le regarde s'éloigner, ne pouvant s'empêcher de se demander si cet homme est bien réel, s'il n'aurait pas été inventé par Michel pour être son compagnon d'infortune durant ce voyage.

*

Le lendemain matin, avant de prendre la route pour Etosha, Nicole et Michel se lèvent aux aurores et partent en randonnée. Le sentier se situe de l'autre côté de la piste, dans une réserve protégée et délimitée par un grillage de trois ou quatre mètres de haut. Ils passent la porte qui y donne accès, puis commencent leur marche en suivant les marques peintes sur les pierres. Derrière eux, le disque pourpre du soleil affleure à l'horizon, hâlant le flanc des collines alentour. Tout est parfaitement silencieux. Sa main dans celle de Michel, Nicole repense à la discussion qu'elle a eue avec Nicolas la veille. Elle a de la peine pour lui car il est encore jeune, il pourrait retrouver l'amour, refaire sa vie avec quelqu'un, mais de toute évidence il préfère la passer dans ce monde-là, avec l'avatar de sa femme. Elle, c'est différent car elle est vieille. Le choix est simple : presque Michel ou la solitude. C'est quelque chose qu'elle n'avait pas en tête, quand elle était enseignante : l'extrême solitude de la vieillesse. Quand Nicole disait à ses élèves de vivre en plein air, de sociabiliser, elle avait ce socle de relations très fortes, très ancrées – son mari, ses amies, sa fille dont elle s'occupait beaucoup, puis Evan qu'ils ont gardé toute son enfance. Aujourd'hui, elle n'a presque plus d'amies, son mari est mort, sa fille et son petit-fils ont des vies bien remplies. Contrairement à Nicolas, le temps qu'elle passe avec presque Michel n'est pas du temps gâché qu'elle pourrait consacrer à autre chose. C'est même du temps dérobé à la mort, car la mort se repaît des êtres qui ont perdu leur âme sœur.

Le sentier les mène au sommet d'une colline d'où ils peuvent admirer le paysage, ces immenses vallées désertiques qu'ils vont continuer à traverser, ponctuées çà et là d'élévations prenant dans l'aube des teintes roses et ocre. Ils descendent par l'autre versant, croisant sur leur chemin un troupeau de springboks au pelage fauve, blanc et noir, une dizaine d'individus qui ont jailli en bonds immenses des fourrés, faisant sursauter Nicole et rire Michel aux éclats. De retour au lodge, ils prennent un copieux petit déjeuner puis se mettent en route pour Etosha, territoire des lions, des éléphants et des rhinocéros blancs, premier point d'intérêt majeur de leur voyage.

Le trajet est long, encore une fois, si long que Michel, soupirant au milieu d'une vaste plaine tout aplatie de blancheur, appuie soudain sur un bouton pour les transporter directement devant les grilles d'Etosha, derrière une voiture qui attend l'autorisation d'entrer.

– C'est de la triche ça, monsieur ! s'exclame Nicole pour le taquiner.

– Je ne t'ai jamais entendu crier à la triche lorsque Luke Skywalker enclenche la vitesse lumière pour aller d'un bout à l'autre de l'Univers, dit-il, connaissant sa passion pour *Star Wars*.

Nicole sourit.

– Si tu es Luke Skywalker, qui suis-je alors ? Princesse Leia ?

Il la regarde comme un artiste examinerait son œuvre, puis déclare :

– Je suis sûr que ça t'irait bien, deux grosses nattes roulées de chaque côté.

– Tu veux que mon coiffeur fasse une crise cardiaque ?

La voiture devant eux redémarre, leur laissant le champ libre.

Michel avance jusqu'au poste de contrôle. Un Namibien en tenue de ranger leur fait remplir quelques papiers et leur rappelle les consignes de sécurité, la plus essentielle et évidente étant de ne pas sortir de leur véhicule dans le parc.

– Sauf si vous voulez finir dans le ventre d'un lion, dit-il, faisant certainement la même blague à chaque visiteur.

– Je n'ai pas beaucoup de gras, répond Michel, il me recracherait vite.

Les deux hommes rient de bon cœur, puis Michel remonte sa vitre et s'engage à l'intérieur du parc.

– Ouvre bien tes yeux, Nisette, ça grouille de grosses bébêtes ici !

Le plan dans la main, Nicole le guide en direction du point d'eau de Chudop, le premier sur leur trajet. Le paysage n'est que plaines herbeuses parsemées de bosquets, d'arbustes et d'acacias. Tout semble cramé sous le soleil, jusqu'au tronc des arbres qui lui font penser à de longs fémurs polis par le vent et la lumière. L'ombre est rare et prise d'assaut par les quelques mammifères qu'ils aperçoivent sur le chemin.

Après trente minutes de piste, ils parviennent au point d'eau où se désaltèrent deux éléphants accompagnés de leur bébé. Autour d'eux, les zèbres, antilopes et koudous font place nette.

– Quelles bêtes magnifiques, dit Michel, accoudé à sa portière.

– Oui, absolument majestueuses.

Une dizaine de voitures sont alignées de part et d'autre de la leur. Parmi tous ces gens, Nicole se demande qui sont les vivants, les morts, les pures créations de l'algorithme pour remplir l'espace. Drôle de monde, tout de même, mais qui lui permet de réaliser ce rêve, totalement impensable il y a encore quelques semaines.

Trois heures de route et cinq points d'eau plus tard, ils atteignent le camp de Halali, où ils s'arrêtent pour déjeuner. Michel en profite pour faire le plein, vérifier la pression des pneus, puis ils repartent afin d'atteindre Okaukuejo avant la nuit. Près de leur destination, Nicole croit apercevoir un léopard dans les fourrés. En Afrique, le léopard est le Graal de tous les amateurs de safari. Solitaire, c'est l'animal le plus difficile à débusquer car il se déplace essentiellement la nuit pour chasser.

– Et alors, il avait combien de taches ? demande Michel, moqueur.

– En tout cas, j'ai vu quelque chose bouger, dit-elle.

– Au Pérou aussi, tu avais vu quelque chose bouger.

Elle se tourne vers lui, piquée :

– Il y avait vraiment un puma, dans cet arbre ! Tu n'as qu'à mieux ouvrir les yeux, toi aussi !

Ce débat les occupe jusqu'aux portes du camp d'Okaukuejo, qu'ils passent avec les derniers rayons de soleil. Ils prennent possession de leur chambre, dînent rapidement de steaks d'antilope braisés accompagnés de pommes de terre au four, puis traversent le camp en direction du *waterhole*. Une trentaine de touristes sont déjà accoudés aux barrières qui les séparent de la vie animale. Des troupeaux de zèbres, de koudous, d'oryx affluent des confins de la savane pour s'abreuver dans l'eau aux miroitements crépusculaires. Sa tête posée sur l'épaule de Michel, Nicole sourit devant ce spectacle d'une infinie beauté. Un peu plus tôt, elle a appris que la *vraie réserve* d'Etosha avait signé un partenariat avec Meilleure Vie, et installé un système de caméras ultraperfectionnées dans tout le parc. Ce qu'elle a devant les yeux n'est donc pas une illusion, un montage, ni un film, c'est la diffusion en direct de ce qui se passe dans la réserve. Sans qu'elle sache vraiment pourquoi, Nicole en est émue. Elle aime l'idée que cette girafe au port de reine, écartant ses longues pattes fuselées pour atteindre l'eau, ne soit pas seulement belle mais vraie ; qu'il y ait derrière ces taches et ces cornes et ces tranquilles battements de queue une vie organique, un spécimen de chair et d'os qui ne soit pas la création d'un algorithme mais bien de Dame Nature elle-même.

Le couple observe pendant près de deux heures le ballet des espèces se succédant les unes aux autres. Autruches, rhinocéros, éléphants, gazelles ou encore antilopes profitent de la fraîcheur nocturne pour s'aventurer hors des points d'ombre et se désaltérer. Le bruit des appareils photo se déclenchant en rafales rythme leurs allées et venues. Dans le fond, chacun espère la même chose, voir apparaître une meute de lions ou de hyènes, des carnivores, pourquoi pas des guépards, sentir le frisson de leur présence, là, à quelques mètres, zoomer sur leurs gueules pleines de crocs, leurs crinières argentées et prendre *la* photo, celle qu'on encadrera chez soi en pensant avec fierté : *J'y étais.*

Cependant, aucun carnivore ne pointe le bout de son museau, et Nicole et Michel finissent par rentrer se coucher. Au milieu de la nuit, ils sont réveillés par des bruits ressemblant au feulement d'un lion. Des bruits sourds, gutturaux, qui électrisent les cellules du cerveau archaïque, celui qui, il y a des milliers d'années, permettait à leurs lointains ancêtres de survivre dans les forêts truffées de bêtes fauves. Nicole se serre contre Michel. Telle une enfant jouant avec ses propres peurs, elle aime imaginer la tête d'un lion apparaître soudainement derrière la fenêtre, ses yeux luminescents la fixer avec appétit, ses crocs luire dans le noir. Son cœur tambourine d'excitation et, même une fois le silence revenu, elle met du temps à retrouver le sommeil.

Le lendemain, Nicole et Michel, l'âme encore étourdie par cette symphonie sauvage, ont rendez-vous à l'aube devant le restaurant du camp pour un *safari tour* dans Etosha. Leur guide est déjà là, assis sur le pare-buffle de sa Jeep, un talkie-walkie collé à l'oreille. Les voyant arriver, il saute au sol, se présente avec entrain :

– Rykaard, mais appelez-moi Ryk.

Puis il les invite à grimper au plus vite.

– Des collègues ont repéré une bête, dit-il, mystérieux.

Nicole et Michel s'installent derrière lui, au deuxième niveau de la Jeep qui en comporte quatre.

– Vous avez petit-déjeuné ? demande-t-il en sortant du camp et alors qu'il s'engage sur la route principale.

– Rapidement, confesse Nicole. Il est un peu tôt pour faire un festin.

– Je comprends. Ne vous inquiétez pas, j'ai tout ce qu'il faut pour que vous puissiez vous restaurer.

La Jeep roule une quinzaine de minutes sur la route principale, fendant l'air frais du petit matin, puis bifurque sur une piste sablonneuse qui s'enfonce dans le bush.

– Quel animal avez-vous repéré ? demande Michel.

– Un léopard, répond Ryk.

Le jeune homme ralentit, attrape son talkie-walkie, échange quelques mots avec plusieurs collègues, puis réaccélère en sortant cette fois carrément de la piste. Il conduit avec une confiance et une maîtrise folles entre les arbres aux épines coupantes, les trous qui parsèment le sol, les monticules de sable dans lesquels il risquerait de s'enfoncer. Sous son fessier, Nicole sent les tressautements de la piste, le volant qui braque à gauche puis à droite, sur son visage le vent froid de l'aube, dans son cœur une sorte d'excitation heureuse, enfantine.

Enfin, Ryk ralentit. Nicole le voit avancer la tête et regarder autour de lui, sans un mot. Sous les roues de la Jeep, on entend la broussaille qui craque. Soudain, il s'arrête, pose ses coudes sur le volant et sourit.

– Là, dans l'arbre… murmure-t-il.

Nicole lève les yeux vers l'acacia. Au début, elle ne repère rien, puis ses yeux distinguent une forme, des taches jaunes et noires se mêlant au vert des branchages, elle voit les feuilles bouger, entend des craquements secs, comme des bruits d'os qui se brisent.

– Je vais me déplacer un peu, pour que vous puissiez mieux la voir, dit Ryk à voix basse.

Il redémarre et roule doucement autour de l'arbre, à quelques mètres à peine du tronc, sous les ramures qui bruissent, qui craquent, qui frémissent. Pendant un instant, Nicole ne voit plus rien que la masse confuse des branches et des feuilles, l'aube délavée s'épanouissant en taches bleu clair sur le tronc, et puis, affleurant doucement à son regard, le corps souple et puissant du léopard, sa tête plongée dans la carcasse dont il se repaît, sa gueule blanche et rouge, pleine de sang. Par réflexe, Nicole attrape la main de Michel et la serre, son *presque Michel* redevenu Michel à ses yeux, à son cœur, elle veut sentir qu'il est là, que ce n'est pas juste une illusion, une chimère.

– C'est une jeune femelle, dit Ryk. Elle s'appelle Cléopâtre.

Nicole sourit. Cléopâtre... oui, ce nom sied bien à une panthère.

– Quel âge a-t-elle ?

– Elle a eu trois ans le mois dernier.

– Qu'est-ce qu'elle mange, là ?

– Une gazelle. Les léopards sont capables de tracter des animaux beaucoup plus lourds qu'eux en montant jusqu'à cinq ou six mètres dans les arbres, pour se repaître à l'abri des autres carnivores.

– Les lions, vous voulez dire ?

Il acquiesce.

– Les hyènes, aussi, qui se déplacent en meute et se nourrissent essentiellement de bêtes déjà mortes.

Il se tait un instant, donne sa position aux autres guides via son talkie-walkie, puis, se tournant vers eux :

– La vie n'est pas simple dans la savane pour Cléopâtre. Elle peut mettre des jours à chasser une proie, et ne même pas avoir le temps de la goûter. Les charognards rôdent…

– En tout cas, fait Michel, elle est magnifique.

– Oui, c'est mon animal préféré. Un mélange unique de grâce, de puissance, d'agilité… Imaginez qu'en un seul bond, et sans élan, elle peut sauter jusqu'à six mètres de long pour trois de haut !

Soudain, la panthère lève la tête de son festin et regarde dans leur direction. Ses yeux verts brillent comme deux morceaux de jungle. Dans leurs faisceaux, Nicole se sent mise à nue, vulnérable. *Un coup de patte et elle t'arrache la tête*, pense-t-elle, un frisson lui secouant l'échine.

Ils restent de longues minutes à l'observer, puis Ryk redémarre, laissant la place à deux autres véhicules qui viennent d'arriver sur les lieux.

– Les léopards ont été beaucoup chassés, dit-il au bout d'un moment. Pour leur peau, leurs dents, enfin à peu près tout. Comme tous les gros animaux en Afrique.

– Ils sont en sécurité, ici, à Etosha ?

– Bien plus que dans beaucoup d'endroits en Afrique. Depuis la fin des années quatre-vingt environ, le gouvernement a décidé d'associer les populations locales à la lutte contre le braconnage. L'argument était simple : si la faune est préservée, elle attirera des touristes, ce qui permettra de créer des emplois et de rapporter de l'argent à la région. Et ça a marché ! À titre d'exemple, il restait en 1980 moins de trois cents rhinocéros noirs en Namibie. Aujourd'hui, ils sont près de deux mille cinq cents.

– Je ne comprends pas qu'on puisse chasser et tuer de si belles bêtes, dit Nicole, ses yeux tournés vers une grande étendue de plaine où s'ébroue un troupeau de zèbres.

– L'argent, répond sobrement Ryk. Dans les années 2010, le bruit a couru que la poudre de corne de rhinocéros pouvait soigner le cancer. Résultat, le cours de la kératine a explosé. Aujourd'hui, et malgré toutes les mesures de protection mises en place par les différents gouvernements africains, c'est le quatrième commerce illégal au monde. Sur le marché noir, on échange des peaux de bêtes ou de l'ivoire contre de l'argent, du pétrole, des armes, des diamants et j'en passe. Bien des guerres sont en partie alimentées par ce trafic. Tiens, prenez la girafe, dit-il, s'arrêtant à quelques mètres d'une vieille femelle se reposant à l'ombre d'un acacia. Savez-vous tout ce qu'on peut faire avec une girafe ? Des bâtonnets de viande séchée, des lampes, des chaises, des tapis, des couteaux, et même des tape-mouches avec la queue ! Il y aura malheureusement toujours des gens avides qui feront passer leurs intérêts avant ceux de la planète.

Il continue de rouler pendant une quinzaine de minutes, puis s'arrête au bord d'une rivière asséchée, dans le lit de laquelle dort un lion, énorme, avec une crinière noire flamboyante, un pelage doré par le soleil.

– Hypérion, dit Ryk, notre vieux seigneur de la réserve. Il a eu treize ans il y a quelques mois. Avant, il régnait avec ses frères sur Etosha, mais aujourd'hui il est seul et chassé par de jeunes prétendants qui veulent son trône. Il n'a d'autre choix que de vivre caché, car s'ils le trouvent, ils le tueront. C'est la dure loi de la jungle.

Nicole observe le fauve, son ventre qui se gonfle lentement au rythme de sa respiration, sa queue qui bat pour chasser les mouches, ses paupières fermées mais qui s'ouvrent, soudain, laissant glisser un regard jaune et majestueux, le plus beau regard qu'elle ait vu dans son existence, celui d'un empereur tout puissant devenu bête traquée, qui aspire à finir sa vie dans le calme et la dignité.

Ryk reste de longues minutes près du vieux mâle, ses coudes appuyés sur le volant, une sorte de sourire complice et ému aux lèvres. Puis il redémarre, remonte le lit de la rivière en sens inverse, grimpe une colline et s'arrête à l'ombre d'un énorme acacia aux feuilles vertes et jaunes. Il descend et les invite à faire de même.

– Cet arbre, c'est un *Acacia erioloba*, explique-t-il tout en dépliant à l'arrière du véhicule une sorte de planche sur laquelle installer leur petit déjeuner. Du fait de sa capacité à survivre en milieu aride, c'est l'une des espèces les plus présentes en Namibie. Ses racines peuvent mesurer jusqu'à quarante mètres de long, ce qui lui permet d'aller puiser de l'eau très en profondeur.

Il s'arrête un instant et arrache une feuille.

– Vous voyez ? dit-il. C'est ce qu'on appelle des feuilles bipennées, c'est-à-dire que leurs folioles se divisent en deux. Ces deux parties se recroquevillent l'une sur l'autre, afin de réduire leur exposition au soleil. Et les épines blanches que vous voyez là réfléchissent aussi le rayonnement solaire. Bref, c'est un arbre équipé pour vivre ici.

Il jette la feuille au sol, puis pose sur sa table de fortune un thermos de café, deux tasses en céramique ainsi qu'un panier de viennoiseries. Il les sert puis continue ses explications :

– Les gousses sont très nutritives, et constituent une source importante de nourriture pour les animaux sauvages. Les graines sont mal digérées mais germent plus facilement après avoir été libérées par ces derniers dans leurs déjections. La nature est vraiment bien faite, vous ne trouvez pas ?

Nicole acquiesce mais son esprit est ailleurs, resté auprès d'Hypérion. Elle n'arrive pas à l'oublier, à oublier ce regard qu'elle sentait posé sur elle. C'est impossible, bien sûr, puisqu'il ne la voyait pas, elle était invisible à ses yeux, mais sur tout le chemin du retour, puis l'après-midi au bord de la piscine, puis la nuit dans son lit, la vieille femme ressasse, continue de penser aux yeux du lion. Et l'impression que ces yeux voulaient *lui dire quelque chose, la mettre en garde contre un danger*, s'enfonce en elle, inexplicablement, telle la racine tortueuse et assoiffée de l'*Acacia erioloba*…

Chapitre 16

Étienne

Étienne regarde Aurélia, dont le visage se découpe dans le clair-obscur. Plus d'un an qu'il ne l'a pas vue. Hormis ses cheveux qui sont plus longs, elle n'a pas changé. Elle est toujours aussi belle.

– Est-ce que… est-ce que je peux entrer ? demande-t-elle, un petit sac sur l'épaule.

– Oui, bien sûr.

Il s'écarte pour la laisser passer et, ce faisant, essaie de déterminer ce qu'il ressent. Est-ce qu'il est encore amoureux d'elle ? C'est possible. Probable, même. Mais cet amour est comme étiré, distendu. Elle a changé de parfum alors que dans ses pensées elle avait toujours celui qu'il connaissait.

Elle soupire, s'assied dans le canapé, à la même place qu'autrefois. Cette vision le percute. Il en a tant rêvé. Tant de fois, il l'a imaginée ici, dans sa robe bleue qu'il adorait, quand elle rentrait du travail et jetait ses talons avant de s'écrouler à côté de lui.

– Tu dois te demander ce que je fais là, dit-elle.

– Forcément, oui.

Elle se frotte le bras, murmure quelque chose, puis se relève.

– C'était une erreur, pardonne-moi.

– Aurélia !… Attends !

Il l'attrape par le poignet, l'oblige à se retourner.

– Je ne sais pas pourquoi je suis venue, c'était une bêtise, je suis désolée.

Étienne la regarde. Quelque chose a changé. En lui, entre eux. Il n'a plus peur de la perdre puisqu'il l'a déjà perdue.

– Je refuse, dit-il.

Elle fronce ses sourcils, comme si elle ne comprenait pas.

– Je refuse que tu joues encore avec moi.

– Oh Étienne, je n'ai jamais…

– C'est ce que je ressens, là, tout de suite. Tu m'as brisé le cœur, Li…

Il allait dire Lili, surnom qu'il lui donnait.

– Tu m'as brisé le cœur, reprend-il, alors non, tu ne vas pas débarquer chez moi comme ça, rouvrir les plaies, et puis repartir comme si de rien n'était. Je refuse !

Une colère sourde gronde en lui. Contre Aurélia, contre Héloïse, contre l'univers qui semble s'acharner sur lui. Mais aujourd'hui, tout cela est terminé. Il ne courbera plus l'échine.

Elle l'observe un instant, avec une sorte d'étonnement dans les yeux, de confiance, aussi, puis hoche la tête.

– Tu as raison, dit-elle.

Elle pose son sac et ils s'asseyent tous deux sur le canapé. Il la voit de nouveau se frotter le bras, hésiter, puis il remarque que ses cheveux cachent une sorte de tache noire, assez étendue. Une idée vient à lui, subrepticement, une idée si sombre qu'elle croque tout ce qu'il y a autour, tous les autres sentiments qu'il éprouvait jusqu'à présent, colère, jalousie, rancœur, il n'y a plus rien que cette idée qui semble flouter les lumières autour d'eux.

– Lili ?

Cette fois il le dit, son surnom, avec sa main qui vient toucher son épaule et ses yeux qui disent : « C'est ce que je pense ? Est-ce que c'est bien ça ? »

– Je suis tellement désolée... de venir ici... Je suis sortie de chez moi et...

– Tu avais besoin d'un refuge.

Elle acquiesce.

– Bordel, murmure Étienne, serrant les poings.

Tout à coup, son corps est saisi d'une sorte de résolution, de certitude qui met en branle chacune de ses cellules. Il se lève, va chercher une couverture et la pose sur elle, couvrant bien ses pieds comme elle aime. Puis il se rend à la cuisine et met de l'eau à bouillir. Rooibos aux fruits rouges, inutile de lui demander, il connaît ses goûts par cœur. Sur un plateau, il pose également une plaquette de chocolat noir et des mouchoirs, puis il retourne s'asseoir près d'elle.

– Ça n'a pas changé, dit Aurélia, regardant autour d'elle.

– Pendant longtemps, j'ai vécu dans une sorte de musée. Je n'arrivais pas à me faire à l'idée que tu étais partie.

Elle serre les lèvres, une larme roule sur sa joue.

– Je suis tellement désolée. Ce que je t'ai fait, c'est...

– Du passé. J'ai fini par faire mon deuil.

Un silence passe puis elle demande :

– Tu as une copine ?

– Je ne crois pas, non.

Elle sourit.

– Tu ne crois pas ? C'est drôle de répondre ça.

– Tu me connais, je ne fais rien comme les autres.

Elle acquiesce.

Étienne verse un peu de rooibos dans sa tasse. La vapeur s'élève doucement entre eux, emplissant l'air de son odeur si familière, quand Aurélia prenait son thé chaque soir après le repas, devant un film ou une série. Elle boit une gorgée, ouvre et referme les lèvres plusieurs fois, puis dit :

– Ça a commencé un peu après la demande en mariage. Des petites choses, au départ, des textos quand je sortais avec mes copines, des insinuations… et puis…

Elle se fige, sa tasse en porcelaine rose dans les mains, les yeux perdus dans l'espace.

– Il m'a fait croire monts et merveilles, il avait une sorte d'aura, de charisme…

Soudain, elle lève les yeux vers lui, comme si elle réalisait que ce qu'elle disait pouvait le blesser. Étienne sourit, prenant sur lui la douleur que ces souvenirs ravivent, et l'invite à continuer.

– Je m'en veux tellement… d'avoir été aussi naïve, aussi conne…

– Tu aurais dû venir tout de suite, dit-il. Dès que ce salaud a commencé à te…

Ils se regardent à travers les volutes de la vapeur. Une seule année s'est insérée entre eux, mais qui semble contenir bien plus en matière de vie, d'expérience, de souffrances. Étienne a l'impression qu'ils se sont quittés adolescents et qu'ils se retrouvent adultes.

– Ce n'est pas si facile, tu sais. Je ne pensais pas que ça m'arriverait un jour.

– Bien sûr, oui… Je… je ne voulais pas te juger…

Un nouveau silence s'immisce, rompu tout à coup par une série de miaulements et la voix d'Aurélia qui s'exclame :

– Oh ! Napo !

La reconnaissant, le chat saute sur ses genoux et frotte sa tête contre elle en ronronnant.

– Lui aussi est heureux de te voir, manifestement.

Elle lève les yeux vers Étienne :

– Tu es heureux de me voir ? Vraiment ? Après tout ce que je t'ai fait ?

– Bien sûr. Tu m'as manqué.

Un air songeur passe dans son regard. Une ondulation de doute et de fatigue, et Étienne remarque qu'elle a une autre trace, près de la pommette gauche.

– Est-ce que je peux dormir chez toi ce soir ? demande-t-elle. Ensuite, je trouverai une solution.

– Évidemment. Et tu peux rester aussi longtemps que tu le souhaites.

– Merci Étienne, je… je ne veux pas abuser.

Soudain, son téléphone vibre. Elle regarde le message qui s'affiche, très long, semble-t-il, puis éteint l'appareil et le fourre dans son sac.

– Il me demande quand je compte rentrer.

Étienne sent qu'elle en a besoin, alors il s'approche d'elle et la prend dans ses bras.

– Ça va aller, tu n'es plus seule.

Puis :

– Tu peux dormir dans mon lit, je prendrai le canapé.

– Non, non, déjà que je m'impose ici, je ne vais pas en plus te voler ton lit.

–J'insiste, et c'est non négociable.

Il l'aide à s'installer dans la chambre, change les draps malgré ses protestations, prend son oreiller, puis, lui souhaitant bonne nuit, ferme la porte derrière lui. Étienne reste un instant immobile, comme s'il avait besoin de comprendre, d'intégrer ce qui venait de se passer, puis se dirige vers le canapé.

– Quelle journée… murmure-t-il, se laissant littéralement tomber sur l'assise moelleuse.

Ce matin, il s'était imaginé qu'il passerait la nuit avec Héloïse à Toulon, et au lieu de ça, le voilà chez lui, avec Aurélia dans son lit. Il se couche, cale l'oreiller derrière sa tête et remonte le plaid jusqu'à sa poitrine. Pendant cinq ans, Aurélia s'est occupée de lui. Désormais, c'est à son tour de s'occuper d'elle.

*

Étienne est réveillé à l'aube par les premiers rayons du soleil. Il s'habille rapidement, attrape ses clés puis descend à la boulangerie en bas de chez lui. En remontant, il est interpellé par un bruit sourd, qui semble venir de l'appartement de son voisin, M. Tournant, au deuxième étage. Il toque :

– Tout va bien, monsieur Tournant ?

Le vieil homme, qui a perdu sa femme récemment, ne répond pas.

– Monsieur Tournant ?

–J'arrive, j'arrive !

Bruits de pas sur le parquet, verrous qui s'ouvrent, puis le visage de son voisin qui apparaît dans l'embrasure.

– Étienne ! Comment vas-tu ? Entre, vite !

Il ouvre la porte en grand et s'écarte pour le laisser passer. Étienne est déjà venu ici, une fois, quand sa femme était encore en vie. Rien n'a changé, l'intérieur est toujours tenu avec le même soin.

– J'essayais de réparer mon Internet, mais rien ne fonctionne. Ça m'a énervé alors j'ai balancé ma box, et maintenant j'ai l'impression que ça marche encore moins.

Étienne lâche un petit rire.

– Laissez-moi regarder.

Il ramasse la box, heureusement intacte, et la remet à sa place.

– J'ai vraiment besoin de mon Internet, dit le vieil homme.

– Je comprends, monsieur Tournant, laissez-moi regarder, et si je n'y arrive pas, j'appellerai votre fournisseur d'accès.

– Merci beaucoup, c'est adorable.

Au bout de quelques minutes et après deux appels à la hotline, le WiFi est de retour dans l'appartement.

– Merveilleux ! Tu ne réalises pas le service que tu me rends !

– Ce n'est vraiment rien. N'hésitez pas si vous rencontrez d'autres problèmes, je serai ravi de vous aider.

– Attends, attends, laisse-moi tout de même t'offrir une tasse de thé ou de café. J'ai également de très bonnes pâtisseries que m'a rapportées un ami libanais. Va t'asseoir dans le canapé, j'arrive tout de suite.

Étienne songe un instant à Aurélia, mais se dit qu'elle doit probablement dormir encore. Et puis, ça lui fait plaisir de tenir un peu compagnie à son voisin. Celui-ci doit se sentir bien seul depuis le décès de son épouse.

– Avec plaisir.

Il s'installe au bord de l'assise et regarde les livres et carnets posés sur la table basse. L'un d'eux, protégé par une magnifique reliure en cuir bleue, attire son attention. Il lit le titre, brodé sur la couverture : *Pour un éternel instant de splendeur*. Ce n'est pas bien de fouiller dans les affaires personnelles des gens, mais quelque chose l'attire, irrésistiblement, dans ce carnet. Il l'ouvre discrètement et lit les premières lignes, écrites à la main. C'est si beau qu'il ne parvient pas à s'arrêter et qu'il n'entend pas son voisin revenir.

– Oh pardon, je suis désolé ! dit Étienne, refermant précipitamment le carnet.

– La curiosité est un vilain défaut.

– Je suis vraiment…

– C'est aussi le matériau de tout écrivain, coupe le vieil homme, sourire aux lèvres.

Étienne lève ses yeux vers lui, intrigué.

– Vous écrivez ?

– À mes heures perdues. Ou trouvées, c'est selon.

Il se dirige vers une bibliothèque d'où il sort plusieurs livres qu'il pose sur la table.

– Un petit échantillon de mes œuvres.

Étienne regarde le trésor étalé devant lui. Des romans, essais, recueils de poésie publiés par les plus grandes maisons d'édition.

– C'est… c'est incroyable, murmure-t-il, ayant soudain l'impression d'être en présence d'un dieu vivant.

Comment a-t-il pu passer à côté de cette information alors qu'ils se côtoient depuis tant d'années ? Est-il trop obnubilé par sa propre existence pour s'intéresser à celle des autres ?

– C'est surtout beaucoup de travail, répond son voisin.

L'occasion est trop belle pour ne pas la saisir.

– Moi aussi, je... j'essaie d'écrire.

– C'est vrai ? Il y aurait donc deux écrivains dans cet immeuble ?

– Écrivain, je ne sais pas...

– Tu écris, oui ou non ?

– Oui.

– Alors tu es écrivain. Il ne faut pas douter de toi.

– Je suis assez fort pour douter de moi.

– C'est bien d'être humble, mais quand on est trop humble, on n'arrive à rien. J'ai édité mon premier livre à trente-cinq ans, après dix années à recevoir des lettres de refus. Il faut toujours s'accrocher et croire en ses rêves.

Un silence s'installe entre eux, le temps pour Étienne de boire une gorgée de café et d'organiser ses pensées. Et si c'était ce qui lui manquait depuis le début ? Un mentor ? Quelqu'un qui a déjà écrit des livres, qui sait structurer un roman et connaît le monde de l'édition ? Il tente sa chance :

– Monsieur Tournant, est-ce que... est-ce que vous accepteriez de me donner quelques conseils, sur mon écriture ?

– Avec plaisir, Étienne ! Si je peux partager un peu de mes connaissances avant de partir...

– Ah, vous déménagez ?

– Non, je veux dire, avant le grand voyage, celui que tous les êtres vivants font un jour ou l'autre.

Étienne reste bête un instant, mais le rire amusé du vieil homme dissipe aussitôt sa gêne.

– Je vais partir quelques jours, pourquoi ne pas faire cela à mon retour ? Passe me voir autour du 20 avril avec tes écrits, nous les regarderons ensemble.

– Merci infiniment, je n'y manquerai pas.

Étienne termine son café, avale deux ou trois pâtisseries, puis prend congé. Sur le palier, il croise un homme qui s'apprête à toquer. Ils se regardent, indéfinissablement intrigués, se saluent, et l'homme disparaît à l'intérieur de l'appartement.

« Comment allez-vous ? »

« Très bien, monsieur Tournant, et vous-même ? Prêt à passer aux choses sérieuses ? »

Puis la porte se ferme et les voix s'évanouissent.

Étienne remonte à son appartement. Aurélia s'est levée et l'attend dans le salon. Ça fait bizarre de la voir ici un dimanche matin, comme si rien n'avait changé. Elle porte un pyjama qu'il connaît, accentuant cette sensation d'étrangeté.

– Tu as bien dormi ? demande-t-il.

– Oui, merci. J'avais oublié à quel point ce matelas était confortable.

Si tu n'étais pas partie, tu aurais pu dormir toute ta vie dessus.

Il sort les pains au chocolat de leur sachet et les pose sur le bar.

– Tu aimes toujours ? demande-t-il.

Pour toute réponse, elle se contente de sourire. À la lumière du jour, il distingue mieux les traces sur son visage. La voir ainsi abîmée lui étreint le cœur.

– Est-ce que… est-ce que tu envisages de porter plainte ?

– Je n'y ai pas encore réfléchi.

– Quelle que soit ta décision, je serai là pour toi. Je peux même t'accompagner au commissariat si tu veux.

– Je me débrouillerai toute seule, ne t'inquiète pas. Je ne veux pas te mêler à ça.

Il la regarde, en train de manger à petites bouchées son pain au chocolat, et réalise, sans aucun doute possible, qu'il l'aime encore. Qu'il n'a jamais cessé de l'aimer, qu'il ne cessera certainement jamais de l'aimer, et que, du fait de cet amour, il a *besoin d'être mêlé à ça*, comme elle dit.

– Dans ce cas, il ne fallait pas venir ici. Maintenant, je suis concerné.

Elle lève ses yeux vers lui.

– Tu as changé, Étienne.

– Tu trouves ?

– Oui. Je me sens en sécurité ici.

– Tu l'es.

Lui aussi, en quelque sorte.

Ils passent l'après-midi à regarder des films, comme avant, lui à droite du canapé, elle à gauche, Napoléon au milieu, tout heureux d'être à nouveau entouré de ses deux maîtres. Parfois, ils sont silencieux, d'autres fois, ils se racontent la dernière année écoulée, leur vie au travail, elle qui a changé deux fois de boss, lui toujours sous la supervision de « l'inénarrable Laurent » à propos duquel il raconte quelques anecdotes qui la font rire. Il avait oublié son rire, à quel point il était clair, presque translucide.

– Ce soir, tu restes ici alors ? demande-t-il pendant le générique de *Die Hard*, un film qu'ils adorent tous les deux.

Elle le regarde, assez sérieusement, comme si la réponse qu'elle allait donner allait bien au-delà de cette nuit, qu'elle impliquait quelque chose, le *début d'un possible.*

– Si tu veux bien, oui.

– C'est moi qui te l'ai proposé.

Soudain, ils entendent le bruit d'une clé qu'on enfonce dans la serrure.

– Tu attends quelqu'un ? demande Aurélia.

– Absolument personne. En réalité, je ne suis même pas censé être chez moi.

Étienne n'a pas le temps de bouger du canapé que la porte s'ouvre et que Matthieu apparaît dans le salon. Ne s'attendant certainement pas à voir des gens, il pousse un cri de surprise, puis les regarde alternativement.

– Mat', mais… qu'est-ce que tu fais là ? demande Étienne.

– Je suis venu nourrir ton chat. C'est toi qui me l'as demandé, je te rappelle, si je n'avais pas de nouvelles.

– Ah oui, c'est vrai.

Dans le silence assourdissant de la pièce, Matthieu et Aurélia se regardent. Ils étaient très proches, avant. Déployant tous ses talents de commercial, Matthieu avait longtemps essayé de la raisonner, de lui faire changer d'avis. Ce « coup de folie », comme il disait, l'avait bouleversé lui aussi. Il en avait voulu à Aurélia autant qu'il l'avait adorée et, pour son propre bien autant que celui d'Étienne, il avait coupé les ponts avec elle. Il ignorait depuis combien de temps il ne l'avait pas vue, mais cela devait faire au moins une année.

– C'est elle ? demande-t-il, tournant ses yeux vers Étienne.

Puis, devant l'incompréhension de son ami :

– La fille dont tu nous parlais ? Ton histoire d'application et tout ça, c'était du bluff ?

– Pas du tout ! C'était vrai ! Aurélia est arrivée à l'improviste chez moi hier soir.

– Hier soir ? Vous avez dormi ensemble ?

– Non, pas ensemble… Ce n'est pas du tout ce que tu crois !

En huit ans d'amitié, jamais Étienne n'a vu ce visage prendre une telle teinte. Il devient rouge, écarlate, presque.

– Je ne crois rien du tout, je constate. Tu n'as pas assez souffert, c'est ça ? Et toi (il se tourne vers Aurélia, les larmes aux yeux), tu… tu…

Mais au même moment, son regard se dirige vers l'hématome aux reflets noirs et bleus, et ses mots échouent dans le silence. Il regarde Étienne, qui acquiesce.

– Oh ma puce… le salaud…

Les surnoms reviennent, naturellement, toute une familiarité de gestes et de mots, tel un jardin abandonné, laissé en friche, dont on se remet à prendre soin. Il s'assied à côté d'eux et ils discutent, comme avant ou presque, il dit à Aurélia qu'elle doit porter plainte, qu'il va l'aider, il connaît *un bon avocat*.

– D'accord, dit-elle, et elle fond en larmes, certainement troublée par tout cet amour, toutes ces promesses de soutien et de présence venant de gens qu'elle a blessés.

Le soir venu, ils commandent des sushis, ouvrent une bouteille de saké et parlent de sujets plus légers. De Guillaume et Marine qui vont avoir un bébé, de Bruno et Charlotte, devenus un *vrai couple officiel*, de la vie qui suit son cours, prenant parfois des chemins inattendus. Peu avant minuit, Matthieu tape sur ses cuisses et se met debout.

– Les amis, il est l'heure pour moi d'y aller. Une grosse journée m'attend demain !

Étienne le raccompagne jusqu'au palier.

– Bon, et sinon, ton escapade à Toulon ? demande-t-il à voix basse.

– Elle n'est jamais venue. Et m'a fait comprendre que… enfin, c'est terminé.

– Je suis désolé pour toi, mon pote.

– Au moins, je suis fixé. C'est sans doute mieux comme ça.

– Je suis content que tu le prennes bien.

Matthieu ouvre et referme plusieurs fois les lèvres, cherchant certainement les mots les plus adaptés à la situation. Mais il n'a pas besoin de parler car dans ses yeux, Étienne lit tout. Il lit l'envie de le mettre en garde, de lui rappeler comment il l'a ramassé à la petite cuillère après le séisme du 28 janvier 2039, de lui dire aussi qu'il est toujours tentant de retourner vers l'amour que l'on connaît déjà, que c'est rassurant et réconfortant, qu'il comprend bien sûr, mais il le supplie de bien réfléchir avant de faire une connerie. Tout ça, Étienne le devine avec une clarté absolue, et c'est pourquoi il dit, prenant les devants :

– Ne t'inquiète pas, je suis blindé maintenant.

Matthieu sourit et répond avec un clin d'œil :

– Oh, je n'étais pas inquiet.

Puis il l'embrasse fraternellement sur le front et disparaît dans l'escalier.

Étienne retourne dans l'appartement. Aurélia a ouvert la fenêtre et s'est accoudée à la balustrade.

– J'ai la tête qui tourne, j'avais besoin de prendre l'air, dit-elle.

Il se penche à côté d'elle. La nuit est douce, perlée d'étoiles.

– Ça m'a fait du bien cette soirée, dit-elle.

– À moi aussi. Beaucoup.

Un silence passe, strié des bruits de la ville.

– Étienne, je... je ne me suis jamais vraiment excusée pour ce que j'ai fait.

– Peut-être que c'était nécessaire, dit-il après avoir bien pesé ses mots.

– Nécessaire ?

– Pendant longtemps, je me suis vu comme la victime qui n'avait rien à se reprocher. Le malheureux bougre largué juste avant son mariage. Je n'arrivais pas à me considérer autrement, à prendre du recul par rapport à la situation. Il faut dire que j'avais le cœur en miettes, alors on ne pouvait pas attendre plus de moi. Avec le temps, j'ai réalisé que les choses étaient plus complexes, évidemment. Que j'avais ma part de responsabilité, et que, peut-être, tu ne serais pas partie si je m'étais montré moins... égoïste. Je ne suis toujours pas la personne que j'aimerais être, mais j'essaie de m'améliorer.

Aurélia réfléchit un instant.

– Peut-être, oui. Je ne sais pas. J'étais dans une période bizarre, vraiment bizarre. Avec maman qui était malade, le mariage... et puis David, qui m'a... Enfin, c'est comme si tout avait explosé d'un coup dans ma tête. Au fond de moi, je savais que c'était une erreur, mais j'ai vu cette porte de sortie et je l'ai prise.

Étienne se ressert un verre de saké.

– Tu en veux ?

Elle fait non de la tête.

Il boit, essayant de repousser la question qui affleure à ses lèvres, cette question qui le hante depuis des mois, depuis cette funeste soirée durant laquelle elle lui a annoncé qu'elle le quittait pour un autre. Mais il a besoin d'une réponse, c'est plus fort que lui :

– Est-ce que tu étais… amoureuse ?

Elle le regarde, et c'est comme avec Matthieu, elle n'a pas besoin d'ouvrir les lèvres pour qu'il comprenne. *Tu t'attendais à quoi ? Tu crois vraiment qu'elle serait partie avec lui si elle n'était pas tombée amoureuse ?* Elle glisse une mèche de cheveux derrière son oreille et son regard suit le même mouvement, la même courbe vers l'horizon de toits et de fenêtres qui se déploie devant eux.

– C'est drôle, avant je méprisais les filles qui se faisaient avoir. Je me demandais comment c'était possible de tout foutre en l'air, de tout abandonner pour un mec qui allait au final leur briser le cœur. Il fallait être sacrément conne, tu vois.

Elle se tait un instant puis ajoute, du bout de ses lèvres pâles :

– Moi, il n'y a pas que le cœur qu'il m'a brisé.

Étienne se redresse, la prend par la main.

– Viens, allons marcher.

– Où ça ?

– Je ne sais pas, peu importe.

– D'accord.

Ils enfilent leurs manteaux, descendent l'escalier, sortent de l'immeuble et prennent à droite, vers le quai de la Tournelle. À cette heure-là, les bords de Seine sont animés. On y fait de la musique, on y danse, on y prend des verres en regardant Paris scintiller dans l'eau.

– Tu sais, dit-il au bout d'un moment, moi aussi je suis tombé amoureux.

– Ah oui ?

Il acquiesce puis, entraîné par le besoin de se confier, peut-être aussi de lui montrer qu'il ne s'est pas contenté de l'attendre, qu'il était décidé à retrouver quelqu'un, il lui raconte tout, depuis le soir où il s'est inscrit sur Meilleure Vie jusqu'à son aller-retour infructueux à Toulon.

– Ça m'a mis un coup. Je pensais vraiment qu'elle serait là… qu'elle m'attendrait sur le quai de la gare, comme dans les films…

– Elle t'a donné une explication ?

– Oui, elle m'a écrit un message.

Il sort son téléphone et, parce que c'est *elle*, toujours *elle*, malgré tout, celle qui était à la fois son amoureuse, sa confidente et sa meilleure amie, cet esprit dont il admirait l'intelligence et le bon sens, ce cœur en qui, autrefois, il avait le plus confiance au monde, pour toutes ces raisons et aussi parce qu'il a un peu bu, il lui montre le message.

– Héloïse83… murmure-t-elle.

– C'était son pseudo dans l'application.

– C'était ?

– Elle s'est désinscrite.

Ils marchent quelques instants en silence, dans la douceur de cette soirée d'avril.

– Elle avait l'air spéciale, pour toi, dit Aurélia.

– Oui, je… on s'entendait très bien.

– Tu sais, il y aurait un moyen de la retrouver, si tu le voulais vraiment.

Il la regarde et comprend à qui elle fait référence : Thibaut, son cousin, un petit génie en informatique qui, âgé d'à peine quinze ans, avait piraté le site du ministère de l'Intérieur. Au lieu de le sanctionner, ils l'avaient embauché trois ans plus tard pour travailler à la sécurité. La retrouver serait en effet un jeu d'enfant pour lui.

– Elle m'a demandé de la laisser tranquille, je vais respecter son souhait.

Aurélia fait une moue avec sa bouche, *comme tu veux, c'est toi qui décides*.

Puis :

– Quand j'ai toqué à ta porte hier, tu as cru que c'était elle ?

– Pendant un instant, oui.

– Tu devais être déçu que ce soit moi.

– Surpris, disons.

Elle sourit légèrement, glisse ses mains dans les poches de son blouson.

– Tu as le droit de dire que tu étais déçu, je ne le prendrai pas mal.

Étienne ne répond pas. Il ne sait pas ce qu'il ressent, trop de questions se bousculent dans sa tête. Parmi elles, une, en particulier, lui donne le tournis : serait-il amoureux de deux femmes à la fois ? Lui, l'éternel romantique pour qui l'amour s'est toujours conjugué au singulier ?

Chapitre 17

Tom

Tom s'assied à côté de Luna.

– Comment ça, *disparu* ?

– Elle n'est plus dans son lit ! Elle n'est plus là !

Il enfile ses lunettes et constate l'évidence.

– Tu as regardé dans les autres pièces ? demande-t-il.

– Quelles autres pièces ? De quoi tu me parles ? C'est son lit, enfin ! C'est là-dedans qu'elle dort, où voudrais-tu qu'elle soit ?

– Je ne sais pas, je…

– Bien sûr que tu ne sais pas ! s'écrie-t-elle, s'attrapant la tête. Mon Dieu, mais où est Emy ? Où est ma fille ?

Tout son visage exprime une véritable terreur.

– Écoute-moi… chérie, écoute-moi ! dit-il, la forçant à le regarder. On va appeler Mathilde, il y a forcément une explication.

– Appeler Mathilde, répète-t-elle machinalement, les yeux dans le vague.

– Oui, c'est certainement un bug de l'application ou quelque chose dans le genre.

– D'accord… Un bug, oui…

Tom s'occupe d'envoyer la demande, et l'instant d'après ils font face à la jeune femme, assise derrière son bureau. Elle arbore son éternel sourire affable, duquel sortent ces quelques mots :

– Bonjour Luna, bonjour Tom, que puis-je faire pour…

– Emy a disparu ! s'écrie Luna, sans lui laisser la possibilité de terminer sa phrase.

– Disparu ??

– Oui, je l'ai couchée hier soir dans son lit, et ce matin… ce matin, le lit est vide ! Emy n'est plus là !

Un air soucieux, contrarié, passe dans les yeux de Mathilde.

– Excusez-moi une seconde.

Elle sort de son bureau et revient quelques instants plus tard en compagnie d'un homme d'une trentaine d'années, visage sévère, yeux noirs et perçants.

– Je me présente, dit-il, s'asseyant en face d'eux. Ahmed, agent de cybersécurité au sein de Meilleure Vie. Depuis quand, exactement, avez-vous constaté la disparition d'Emy ?

– Il y a dix minutes environ, répond Tom.

– Quand l'avez-vous vue pour la dernière fois ?

– Hier soir, quand nous l'avons couchée.

– Quelle heure était-il ?

– Vers 19 h 30.

Ahmed note les informations sur un calepin puis lève ses yeux ténébreux vers eux.

– Avez-vous reçu des menaces ou une demande de rançon ?

– Une demande de rançon ? s'effraie Luna, ne retenant aucune des larmes coulant sur ses joues. Qu'est-ce que vous voulez dire par là ?

– Depuis une semaine, nous assistons à une vague de piratages.

– Piratages ?

– Oui, par des hackers spécialisés dans le cyber-kidnapping.

– Et vous croyez que… ? demande Tom.

– Impossible à dire pour le moment. La demande arrive généralement dans les vingt-quatre heures, le temps pour les hackers d'effacer leurs traces.

– En tout cas, nous n'avons rien reçu de notre côté.

Ahmed fait un petit mouvement de tête, puis sort une tablette et pianote dessus.

– Emy n'est plus visible dans nos systèmes, dit-il.

– Qu'est-ce… qu'est-ce que ça veut dire ? demande Luna.

– Je ne sais pas encore. Ça ressemble fort à ce que j'ai observé au cours des derniers jours. Pas plus tard qu'hier soir, un homme nous a signalé la disparition de son épouse. Comme votre fille, elle n'était plus référencée.

– Et vous l'avez retrouvée ? Sa femme ?

Ahmed fait non de la tête.

– Le problème, dit-il, c'est qu'ils transfèrent toutes les données hors de l'application, vers leurs propres serveurs auxquels nous n'avons pas accès, évidemment.

– C'est possible, ça ? s'étonne Tom.

– Disons qu'ils exploitent les deux seules failles auxquelles nous serons malheureusement toujours exposés : d'un côté, la porosité des frontières numériques, de l'autre, la naïveté de la nature humaine. Car, dites-vous bien que derrière tout piratage, qu'il s'agisse de Meilleure Vie ou de n'importe quel site en ligne, se cache une erreur humaine. C'est l'utilisateur qui, par mégarde ou manque de jugement, laisse entrer le hacker et l'autorise, si je puis dire, à lui voler son argent, ses œuvres d'art digitales... ou encore à kidnapper sa femme, comme c'est le cas de ce monsieur. Un peu comme si on donnait les clés de chez soi à des cambrioleurs.

– Je peux vous promettre que nous n'avons rien fait de tel ! s'exclame Luna. Emy est la prunelle de nos yeux, les gens à qui nous faisons confiance se comptent sur les doigts de la main !

– Dans ce cas, fait Ahmed, il faut que je creuse. C'est étrange.

– Est-ce qu'il pourrait s'agir d'un... bug ? avance Tom.

Ahmed fait une moue peu convaincue.

– J'en doute, mais je vais investiguer auprès des différences services.

Tom sent Luna qui lui attrape la main, la serre.

– Vous allez la retrouver, n'est-ce pas ? dit-elle. Vous allez nous ramener Emy ?

– Nous allons faire tout notre possible. Je vous tiendrai au courant de l'avancée des recherches et, de votre côté, si le moindre souvenir vous revient en mémoire, je vous prie de nous le communiquer. À ce stade, chaque seconde compte.

La discussion se termine sur ces mots. Tom retire ses lunettes et regarde Luna, parfaitement immobile, le regard fixé droit devant elle. À quoi pense-t-elle ? Il n'ose pas demander, il a peur des réponses qu'elle pourrait lui donner. Enfin, elle se tourne vers lui, les yeux vides et rouges, les lèvres grelottantes.

– Tom, est-ce que tu crois... est-ce que tu crois que des gens ont volé notre Emy ?

– Je ne sais pas, mon amour.

– Qui ferait ça ? Qui volerait un tout petit bébé ? Il faut être… un monstre !

Il acquiesce, posant doucement une main sur son épaule, comme on tâterait le terrain, puis la serre contre lui, tendrement.

– On va la retrouver, ne t'inquiète pas…

Sur la route du retour, il essaie de lui parler, de lui faire penser à autre chose, mais elle reste murée dans le silence, sa tête appuyée contre la vitre.

– Si on ne retrouve pas Emy, on pourrait peut-être… enfin, faire un autre bébé, dans Meilleure Vie ?

Tom ne sait pas pourquoi il a dit ça. À peine les mots sont-ils sortis de sa bouche qu'il a envie de les rattraper, de les empêcher d'arriver aux oreilles de Luna.

– Un autre bébé ? dit-elle d'une voix incrédule.

Elle se tourne vers lui. Il se force à ne pas la regarder, à rester concentré sur la route.

– Est-ce que si nous avions eu un enfant dans la vraie vie, je sais que tu aimes cette expression, *la vraie vie*, c'est ce que tu dirais ? *Notre bébé a disparu ? Pas grave, on va en faire un autre !*

– Je n'ai pas dit que ce n'était pas grave…

– Réponds-moi. Est-ce que tu dirais ça ?

– Non, évidemment…

– C'est bien ce que je pensais. Alors pourquoi est-ce que tu le dis maintenant ? Pourquoi est-ce que tu fais comme si… comme si Emy était facilement remplaçable ? Comme si on parlait d'un jouet ou d'un filtre d'aspirateur qu'il suffirait de commander sur Internet ?

– Je n'ai jamais comparé Emy à un filtre d'aspirateur…

– Non, mais elle vient à peine de disparaître, et tu envisages déjà la possibilité d'avoir un autre enfant !

– J'essayais simplement de… d'imaginer une issue un peu positive.

Sa gorge éclate en un rire triste, désespéré.

– Une issue *un peu positive* ? Mais comment veux-tu qu'il y ait la moindre issue *un peu positive* à cette situation ? s'exclame-t-elle. Soit on retrouve Emy, soit on ne la retrouve pas ! Il n'y a pas de troisième voie, de chemin alternatif… Il n'y a pas de *compensation* pour la disparition de ma petite fille !

Elle se tait un instant puis ajoute à demi-voix :

– Victoria comprendrait, *elle*.

– Je suis désolé, dit-il après un silence. Je ne voulais pas te faire penser que…

Elle se remet à pleurer, le corps secoué de sanglots. Tom s'arrête sur le bas-côté de la route, détache sa ceinture et la prend dans ses bras.

– Je sais que tu ne voulais pas, parvient-elle à articuler. Je n'aurais pas dû m'énerver contre toi, tu n'y es pour rien… C'est juste que… j'ai tellement peur ! Ne pas savoir où elle est, ce qu'il s'est passé… ça me brise le cœur !

Il n'y est pour rien, factuellement, c'est vrai. Mais n'a-t-il pas déjà pensé que la vie serait plus simple si Emy disparaissait purement et simplement de leur vie ? N'a-t-il pas dit à Raphaël que sa fille était *morte*, exprimant, derrière la nécessité de se sortir d'une situation administrative encombrante, une sorte de souhait inconscient, inavouable ? N'est-il pas resté, l'autre jour, plusieurs minutes le doigt en suspension au-dessus du bouton « Supprimer le profil », avant de fondre en larmes et de jeter son téléphone à l'autre bout de la pièce ? Il n'est pas responsable de la disparition d'Emy, non. Mais il y a beaucoup pensé, et Tom est persuadé que, quand on pense beaucoup aux choses, on les aide à arriver. Alors, c'est en se laissant couler dans les différents sens de ce terme qu'il dit, l'embrassant tendrement dans les cheveux :

– Je suis désolé, mon amour… tellement désolé…

*

Ils arrivent chez eux en début d'après-midi. À peine le seuil franchi, Luna s'enferme dans son atelier. Derrière la porte, Tom entend le bruit de la machine à coudre se mêler à ses pleurs. Il hésite à toquer puis se ravise. Elle a sans doute besoin d'être seule. Lui aussi, d'ailleurs.

Il enfile ses baskets et l'avertit qu'il part courir au bois. Elle ne répond pas. Au lieu de suivre son chemin habituel qui mène aux étangs, une boucle de dix kilomètres qu'il pourrait parcourir les yeux fermés, il décide de bifurquer et de s'enfoncer dans les fourrés, là où la végétation est la plus épaisse, où il a le moins de chance de rencontrer d'autres promeneurs. Au bout d'une heure de course à perdre haleine, il s'arrête près d'un cours d'eau et se laisse tomber dans l'herbe. Chez lui, à Voiron, il adorait enfourcher son vélo et parcourir des dizaines, voire des centaines de kilomètres, afin de trouver la nature la plus vierge et sauvage possible. Il fourrait trois grandes bouteilles d'eau dans son sac, deux sandwichs au jambon, des fruits et des barres de céréales, et fuyait pour quelques heures. À Paris, c'était trop compliqué d'avoir un vélo. Ils n'avaient pas de cave, et il n'allait pas imposer à Luna la présence encombrante d'un VTT dans leur chambre ou leur salon.

Allongé sur un tapis moelleux de printemps, les oreilles bercées du bruit de l'eau, Tom finit par s'assoupir. Quand il se réveille, manifestement plusieurs heures plus tard, la nuit commence à tomber sur le bois. Il a reçu trois messages de Luna lui demandant où il se trouve, s'il compte rentrer bientôt. Inconsciemment, c'est peut-être ce qu'il attendait – une preuve absurde qu'elle pense à lui, qu'elle l'attend. « J'arrive », répond-il, se mettant debout. Le GPS de son téléphone lui indique le chemin mais les sentiers sont plongés dans l'obscurité. Il trébuche et se trompe plusieurs fois, croise des prostituées, des hommes qui lui jettent des regards de travers, sans jamais vraiment s'inquiéter car il mesure plus d'un mètre quatre-vingt-dix et pèse près de cent kilos. *Si j'étais une femme, la situation serait toute différente*, songe-t-il. Certainement qu'il aurait les mains moites, le ventre noué, son téléphone collé à l'oreille en faisant mine de parler à quelqu'un. Cette pensée lui rappelle leur rencontre, avec Luna, dans le métro, avec ce type qui s'était assis en face d'elle pour l'importuner. Comme il les déteste, tous ces hommes qui font honte à leur genre.

Quand il arrive chez eux, Luna est toujours enfermée dans son atelier. Il toque et ouvre la porte. Elle lève les yeux de sa machine à coudre, le regarde avec un mélange de soulagement et de colère.

– J'étais folle d'inquiétude !

– Je suis désolé, je… je me suis assoupi.

Tom regarde autour de lui, le sol constellé de chutes de tissus, les robes à moitié terminées, les bobines de fil ayant roulé dans les coins. Il n'a jamais vu cette pièce, d'ordinaire soigneusement rangée, dans un tel désordre.

– Regarde, dit-elle en lui montrant trois tenues qu'elle

a confectionnées. Je prends de l'avance, pour quand on la retrouvera.

Tom ne répond pas.

– J'ai regardé sur Internet, continue-t-elle, le plus probable est qu'il s'agisse d'un bug lié à une mise à jour de l'application.

– Ah oui ?

– Oui.

– Les choses reviennent habituellement dans l'ordre dans les quarante-huit heures. C'est ce que les gens disent. Il faut être patients.

Elle baisse les yeux vers son ouvrage, pose le pied sur la pédale de sa machine, puis relève tout d'un coup – yeux, pied, bouche qui demande, fiévreuse :

– On va la retrouver, pas vrai ? On va retrouver notre Emy ?

Tom ne croit pas à la théorie du bug. Si c'était le cas, Ahmed aurait déjà résolu le problème, ou les en aurait avertis.

– Bien sûr, oui.

Que peut-il dire d'autre ? Elle sourit, soulagée de sa réponse, et replonge dans sa création. Le bruit de l'aiguille piquant le tissu l'accompagne jusqu'à la cuisine, où il se lance dans la préparation du repas. Il faut qu'elle mange. C'est son angoisse : qu'elle arrête de manger. Qu'elle veuille *disparaître*, comme sa fille.

Le message tombe juste avant qu'il aille se coucher. Numéro inconnu.

Nous avons Emy.
Pour la récupérer, c'est 20 000 euros.

À toi de jouer.
Ci-joint le RIB pour le versement.
Tu as une semaine.

Tom le relit plusieurs fois, debout au milieu du salon, lumières éteintes.

Sensation d'intrusion, de violence sournoise, d'atteinte à leur intimité.

Il faudrait qu'il en parle à Luna et Mathilde. Mais à la place, il éteint son téléphone, le range dans un tiroir et va se mettre au lit. Il se glisse sous la couette à côté de Luna qui dort déjà, la regarde, hésite, puis se relève sans un bruit et retourne au salon. Son téléphone dans les mains, il s'assied dans le canapé. Il sait qu'on ne doit jamais répondre à ce genre de message. Tout le monde le sait. On ignore d'où on le sait, mais on le sait, c'est tout. Répondre, c'est tomber dans un engrenage. Se mettre à disposition du maître chanteur. Tom répond quand même : « Qui êtes-vous ? »

Il attend, la réponse ne tarde pas à venir : « À ton avis ? »

Un frisson lui parcourt l'échine.

Porté par une sorte d'intuition, il va chercher le téléphone de Luna. Il le déverrouille et remonte sa conversation avec Victoria, des centaines de messages chaque jour, et s'arrête soudain, pétrifié :

Luna : J'ai tellement peur qu'il nous arrive quelque chose un jour, et qu'Emy se retrouve toute seule.

Victoria : Moi aussi, j'ai peur de ça. Ce sont nos bébés.

Luna : Beaucoup de gens ne comprennent pas.

Victoria : Toi, je sais que tu me comprends.

Luna : Qu'est-ce que tu crois qu'il se passerait si on avait un accident ou quoi ?

Victoria : Je ne sais pas. Peut-être qu'ils supprimeraient tout.

Luna : Tu penses ?

Victoria : C'est possible. Ils existent parce que nous existons, en quelque sorte.

Luna : Mon Dieu, c'est horrible. Ça me glace le sang, rien que d'y penser.

Victoria : Moi aussi. Mais j'ai une idée. Si tu veux bien.

Luna : Laquelle ?

Victoria : Je vais te donner mes identifiants, pour que tu puisses prendre le relais, s'il nous arrivait quelque chose à André et moi. Est-ce que tu acceptes ? Je sais que je t'en demande beaucoup, mais je n'ai confiance qu'en toi. Il n'y a que toi qui me comprennes. Il n'y a qu'à toi que je pourrais confier Antoine.

Luna : Bien sûr, ma belle, évidemment ! Et je vais te donner les miens, comme ça, j'aurai l'esprit tranquille aussi.

Tom repose le téléphone. *Bordel, Luna*… Il repense aux mots d'Ahmed : « Derrière tout piratage se cache une erreur humaine. » Luna n'avait pas fait le rapprochement car, pour elle, il ne s'agissait pas d'une *erreur humaine*. Car elle avait une confiance aveugle en Victoria. Car c'était un simple message noyé parmi des milliers d'autres. Quand Ahmed avait posé la question, l'idée ne lui avait même pas traversé l'esprit.

Tom a besoin d'une confirmation : « André, c'est toi ? »

Il attend, le corps secoué de battements.

« Mon vrai prénom est Benoît. Une semaine, Tom. Tic-tac, tic-tac. »

Tom commence à taper une réponse, tous les mots d'insulte qui lui viennent, mais rien ne semble assez fort pour exprimer sa rage, sa tristesse, son dégoût. Il avait confiance en André, lui aussi – ou Benoît, mais peu importe désormais. Ils ont abusé d'eux, les ont manipulés, comme des pantins. Tout, depuis leur rencontre au bois de Boulogne, n'était qu'une mise en scène, dans le simple but de gagner leur confiance puis de les trahir. Il pense à Luna, sa Luna chérie, qui s'est mise à nu devant Victoria, qui pensait avoir trouvé une confidente, *une sœur*, comme elle l'appelait, une sœur qui, comme elle, avait perdu sa mère quand elle était jeune, qui… « Les salauds… les salauds ! » lâche Tom, mâchoires serrées, sans retenir les larmes qui descendent sur ses joues. Il réfléchit un instant aux conséquences qu'aurait cette trahison sur Luna si elle venait à l'apprendre, et décide qu'elle n'en saura rien. Jamais. C'est trop vertigineux.

Chapitre 18

Nicole

Son front appuyé contre la fenêtre de la Jeep, Nicole pense encore à Hypérion. Les yeux jaunes du fauve ne la quittent pas, de même que le soleil impose sans répit à la savane ses rayons ardents, creusant jusqu'à l'os les arbres, les flancs des collines, la chair même du ciel, d'un blanc crayeux. Elle pense au corps d'Hypérion, sa musculature, sa crinière noire comme la nuit, ses yeux couleur d'ambre. Près de lui, elle n'était rien. Même pas du vent, de l'air, même pas une odeur, rien, du vide. Depuis sa rencontre avec le fauve, un doute profond la ronge, mais si bien enfoui, si bien terré, comme Hypérion dans son lit de rivière asséchée, qu'elle n'arrive pas à le saisir. C'est comme une vague nausée qui clapote, une vase sombre et opaque où s'épanouissent des nénuphars qui meurent sitôt qu'on essaie de les toucher.

À mesure qu'ils se dirigent au sud, que le paysage se fait de plus en plus en aride, de plus en plus désertique, le malaise en elle grandit. Elle imagine Hypérion dans sa folle jeunesse, elle l'imagine courir et bondir dans la savane, planter ses crocs dans la cuisse d'une antilope, le sang tacher son museau blanc. Elle frissonne, comme si elle avait froid alors qu'il fait près de quarante degrés.

Michel, lui, ne ressent rien de tout cela manifestement. Il roule à pleine vitesse sur la C38, les yeux fixés sur l'horizon qui ressemble à un mirage, une mare d'eau ensoleillée qui ne cesse de reculer à mesure qu'on croit s'approcher d'elle. Nicole se sent comme ce mirage : fluide et évanescente, inexistante dans ce paysage du Damaraland paré de massifs rocheux et granitiques, d'acacias décharnés, de monticules aux formes improbables, ciselés au fil des millénaires par l'érosion et l'activité volcanique. Il y a dans ces terres brunes aux massifs échevelés une sorte de puissance vitale, d'aplomb brut et caniculaire qui la fascine autant qu'il la perturbe. Aux yeux des bêtes, elle est invisible. Il n'y aura jamais nulle trace de son passage ici, cette terre blanche et ocre restera vierge de ses empreintes. Dans un réflexe bizarre, Nicole regarde ses mains et se rend compte qu'en les orientant d'une certaine manière, elle arrive à voir au travers. Au même titre que les saillies granitiques, que les cactus et les vautours, son propre corps n'est qu'une illusion. Elle ignore pourquoi, mais cette pensée lui donne envie de pleurer, comme si elle devait purger l'eau sombre de la vase, cueillir les nénuphars et leur redonner vie au soleil. Quelque chose lui a été pris, une chose très précieuse, mais elle ne saurait dire quoi. C'est pour cela que les nénuphars pourrissent, que l'eau au fond d'elle est noire et putride, qu'elle pense à Hypérion et sa vie flamboyante, c'est parce qu'elle est *estropiée*, comme l'androgyne coupé en deux dans le mythe de Platon.

Ils parviennent au lodge de Twyfelfontein Adventure en début d'après-midi, après un trajet que Michel n'a pas souhaité écourter, espérant apercevoir sur le chemin les fameux éléphants du désert dont il ne reste qu'une centaine d'individus dans toute la Namibie. Le camp se compose de tentes luxueuses alignées dans une vallée à l'herbe rare, grillée par le soleil. De part et d'autre, le paysage s'ourle de collines étranges, faites d'amoncellements de pierres aux tailles et formes variées, comme si des géants s'étaient amusés à ériger ces monticules avec les cailloux qu'ils avaient sous la main. Près de la réception, il est possible d'emprunter un escalier en fer pour accéder au sommet de l'un de ces monticules. « Quand le soleil se couche sur la vallée, c'est l'une des plus belles vues du monde », leur a promis Nile, le jeune homme qui les a accueillis au lodge avec deux jus d'hibiscus et un sourire radieux aux lèvres. Nicole et Michel se sont promis d'y grimper le moment venu. En attendant, ils déposent leurs affaires dans la tente, se rafraîchissent à la piscine de l'hôtel, puis reprennent la voiture pour un court trajet vers Twyfelfontein, dont les quelque deux mille gravures rupestres en font le site le plus riche de tout le continent africain.

Arrivés sur place, ils sont accompagnés dans leur visite par une jeune guide prénommée Martha, qui vient tout juste de terminer ses études à l'université des sciences et technologies de Namibie. Passionnée de préhistoire, celle-ci leur parle du site, la signification des gravures, la matière de la roche, ayant permis aux bushmen de la creuser il y a de cela plusieurs milliers d'années.

– Certaines gravures, explique-t-elle, remontent à six mille ans au moins, et pourtant, observez l'état de conservation ! Ceci est dû à la nature du grès, roche sédimentaire moelleuse, mais qui développe une fine enveloppe très résistante. Cette couche est comme une patine ayant permis de protéger les dessins de l'érosion.

Elle s'avance vers un grand bloc à la surface très lisse, sur lequel sont gravées une vingtaine de représentations d'animaux.

– Les bushmen communiquaient entre eux grâce à ces dessins, dit-elle. Étant des peuples nomades, ils s'avertissaient de la présence de tel ou tel herbivore, de tel ou tel fauve, dans les environs. C'étaient les e-mails de l'époque en quelque sorte.

Elle rit à sa blague, descend une excavation, traverse une sorte de petit canyon couvert de sable rouge, puis remonte de l'autre côté, en direction d'une plateforme où se trouve déjà un groupe de touristes.

– Regardez, dit-elle en pointant son doigt vers une étrange créature gravée dans la roche à côté des girafes, rhinos et antilopes. On l'appelle le Lion-Man. Son corps est celui d'un lion, mais au bout de sa queue, on distingue une main humaine. Il s'agirait de la vision d'un chaman, lié à cet animal-totem. Évidemment, il est aujourd'hui difficile d'interpréter la réelle signification de ce dessin, mais tout le monde s'accorde sur son importance mythologique. En mêlant l'homme et le lion, les bushmen s'interrogent sur leur propre existence, leur place dans la nature et dans le royaume animal.

Nicole ne dit rien mais, bien sûr, elle pense à Hypérion. Dans ses yeux, elle a vu sa vie défiler en bribes éparpillées ; sensation de délitement qui contrastait avec la prestance majestueuse et tranquille du fauve.

Martha continue son tour entre les blocs de grès, leur racontant la rudesse du climat, l'oxydation du fer et du manganèse, donnant à la pierre cette fascinante couleur terracotta, l'origine même du nom *Twyfelfontein* – littéralement « fontaine du doute », car on ne sait jamais quand la pluie viendra. À la fin de la visite, elle les accompagne à la boutique où sont vendus des objets artisanaux provenant de la communauté locale. Nicole jette son dévolu sur une petite sculpture de zèbre, qu'elle décide de se faire livrer chez elle.

Ils sont de retour au lodge juste à temps pour admirer le coucher du soleil depuis le promontoire. Une dizaine de touristes sont déjà là, bières et verres de vin à la main, servis par Nile qui a installé une élégante petite table entre deux escarpements de grès. Des planches de charcuterie, de biltong et de légumes grillés sont également à disposition sur la nappe blanche et bleue, cousue de motifs floraux.

– Vous n'aviez pas exagéré, dit Michel, c'est vraiment splendide.

Nile sourit.

– Je ne me lasserai jamais de ces paysages, répond-il, et pourtant j'y vis depuis que je suis né !

– Vous habitez au lodge ? demande Michel.

– Oh non ! Je n'aimerais pas vivre à l'endroit où je travaille. J'habite à Khorixas, un village à une heure d'ici environ.

– Cela fait longtemps que vous travaillez ici ?

– Cinq ans, depuis que je suis sorti de l'école.

– Et ça vous plaît ?

– Beaucoup, même si les touristes ne sont pas toujours commodes.

Il se tait un instant, sert un couple qui vient d'atteindre, essoufflé, le haut des marches, puis demande :

– Vous êtes arrivés il y a longtemps en Namibie ?

– Non, quelques jours à peine. Nous avons commencé par Etosha, et après-demain nous partons pour Sossusvlei.

Un sourire rêveur s'épanouit sur le visage encore poupon de Nile.

– Deux conseils, quand vous serez là-bas. Le premier : laissez passer le flot de touristes. Dead Vlei se vide aux alentours de midi, et c'est autre chose quand on est seul au milieu des dunes. Le second : n'oubliez pas vos chapeaux et bouteilles d'eau, le soleil y est impitoyable !

– Nous tâcherons de nous en souvenir, le remercie Michel, qui attrape son verre posé devant lui et suit Nicole vers deux fauteuils offrant une vue imprenable sur la vallée et ses reliefs tabulaires.

La vieille femme sent son mari lui prendre la main. Sa main est chaude, douce et rugueuse à la fois, comme ce paysage nourri de soleil. Plus que tout, elle aimerait s'abandonner, savourer le miracle de cet instant à deux, fermer les yeux, comme lui, et puis les rouvrir en grand pour absorber en décuplé la lumière du soir tombant, tout cet océan d'ombres et de mystères, la splendeur fossilisée du désert, fruit de multiples événements géologiques depuis la nuit des temps. Elle aimerait, oui, mais elle n'y arrive pas. Quelque chose la dérange, un trop-plein ou trop-vide au creux du ventre, un sentiment inexplicable d'inachevé qui se matérialise par un goût âcre dans la gorge, comme du métal glacé. Plusieurs fois, elle ouvre la bouche pour dire quelque chose, pour se confier à Michel, mais à chacune de ces fois, son regard tombe sur son visage heureux, resplendissant, et elle n'a pas le cœur à lui gâcher la fête.

– On est bien là, ma Nisette, pas vrai ? dit-il.

– Oui, on est bien, répond Nicole après un silence.

Devant elle, à l'autre bout de l'horizon, la nuit recouvre le soleil comme une paupière de feu, la paupière d'un lion à la crinière étoilée.

Le lendemain, ils se réveillent de nouveau à l'aube, afin de partir en excursion dans le désert. Cette fois-ci, leur guide, Erastus, est un Namibien d'une cinquantaine d'années, qui travaillait dans sa jeunesse à Etosha.

– Le Covid m'a obligé à revoir mes plans, explique-t-il au volant de sa Jeep qui serpente sans difficulté entre les dunes.

L'homme est bavard, expansif, attachant, et surtout amoureux de son pays qu'il leur narre avec une verve poétique. Il leur parle de l'odeur de la pluie dans le désert, du sable mouillé et des rivières qui dégorgent ; des sorciers qui sont *comme des lions, leurs yeux qui sont comme des lions* ; des chacals-nuages qui cachent le soleil. Il leur parle des Sans, des Khoïkhoïs arrivés du Botswana au VIIIe siècle, des Damaras originaires de l'ouest du Soudan. Et puis les Européens, qui ont longtemps détourné leur regard de son pays *trop chaud, trop dur, trop sauvage pour ces précieux*, mais qui ont fini par accoster *avec leurs armes, leur Dieu, leur folie*.

– Qu'est-ce que les Damaras et les Hereros, avec leurs arcs et leurs lances, pouvaient faire face aux bâtons qui crachaient du feu ? demande-t-il rhétoriquement.

La colonisation allemande, l'occupation sud-africaine, l'apartheid, l'indépendance… toute l'histoire de ce grand pays, « par la taille », ajoute-t-il avec un clin d'œil, roule sous sa langue qui claque, parfois, comme celles de ses ancêtres bochimans.

Erastus regarde amoureusement les dunes, *ses dunes*, comme il les appelle, s'arrête devant chaque arbre, chaque plante, chaque fleur digne selon lui d'intérêt. Ici, un *Acacia karroo,* dont l'écorce sert au tannage et à la confection de cordes ; là, un mopane, sacré aux yeux des Himbas qui utilisent son bois pour entretenir le feu magique leur permettant de communiquer avec les ancêtres ; plus loin, un *Boscia albitrunca*, dont les feuilles et les racines sont utilisées en traitement contre l'épilepsie. Soudain, il s'arrête et saute de sa Jeep.

– Regardez ! dit-il, montrant des excréments au sol. Ils sont encore frais, ça veut dire que des éléphants sont passés il n'y a pas longtemps !

Il étudie un instant les empreintes, prend quelques notes sur un calepin, puis remonte à bord de la Jeep.

– Les éléphants sont des animaux fascinants. Guidés par les anciens, ils sont capables de nomadiser sur un territoire de plus de dix mille kilomètres ! Ils connaissent le paysage absolument par cœur, et savent se reconnaître entre eux au simple son de leur voix.

Pris dans ses explications passionnées, il emmène la Jeep dans un creux rempli de sable mou. Les roues avant s'enfoncent, et il faut toute son habilité de pilote pour s'en dégager.

– Ça me rappelle une anecdote, dit-il. C'était il y a longtemps, quand j'officiais encore comme guide à Etosha. Tout d'abord, il faut savoir que l'éléphant est un animal généralement pacifique. Si vous ne l'emmerdez pas, il ne vous emmerdera pas. À une exception près : le mâle en rut. Lui, c'est un diable. Un fou dont il vaut mieux se tenir à distance. Une fois, je suis tombé nez à nez avec l'un de ces monstres. Une bête gigantesque, qui suintait le musth, la testostérone. J'ai eu le malheur de m'arrêter entre lui et une femelle qu'il avait dans le viseur. Tout de suite j'ai compris : il voulait me détruire, m'anéantir. Ses grandes oreilles s'agitaient dans tous les sens, sa trompe envoyait des barrissements à réveiller un sourd. J'étais enfoncé dans le sable, comme aujourd'hui. J'ai enclenché la seconde et j'ai réussi à décamper mais il me courait après, ce déséquilibré. Ça peut courir jusqu'à vingt-cinq kilomètres-heure ces bêtes-là, et dans le sable, une Jeep ne peut pas aller tellement plus vite. Sept tonnes de muscles percutant deux tonnes de tôle, vous imaginez les dégâts ? Finalement, j'ai pu atteindre la route goudronnée avant qu'il me renverse et j'ai pris la poudre d'escampette.

Devant le silence qui s'est fait dans l'habitacle, Erastus ajoute, sourire aux lèvres :

– Mais ne vous inquiétez pas, parmi les éléphants que nous cherchons ici, il n'y a pas de mâle en rut.

Il continue de rouler une quinzaine de minutes, suivant les traces laissées par les pachydermes, puis atteint une sorte de sous-bois ombragé. Il ralentit, tournant lentement la tête de chaque côté, puis s'arrête et coupe le moteur.

– Regardez, dit-il, derrière l'acacia… Vous la voyez ?

– C'est une femelle ? demande Nicole, les yeux rivés sur l'animal.

– Oui, Nina, la doyenne de la horde. Elle est leur guide, la mémoire des chemins empruntés depuis la nuit des temps par les éléphants dans cette région. Elle connaît chaque source à laquelle s'hydrater, chaque arbre pourvoyeur de graines et de fruits, chaque cavité rocailleuse où trouver de l'ombre. Cette année, elle fêtera ses soixante-trois ans. Et elle tient encore la forme !

Bientôt, émergent des fourrés d'autres individus, d'apparences et de tailles variées, marchant tous d'un pas lent et tranquille. Au milieu, protégé par l'enceinte de ces corps puissants et vigilants, trottine un bébé de quelques mois à peine, agitant avec enthousiasme sa minuscule trompe.

– Et celui-ci, dit Erastus, c'est Nelson, le dernier-né de la horde. Sa mère, Lucia, est la femelle que vous voyez là-bas. C'est son troisième petit. Tout à l'heure, je vous disais qu'on ne taquinait pas un mâle en rut. Sachez également qu'on ne taquine pas un bébé sous les yeux de sa mère. Ça peut la mettre de très, très mauvaise humeur.

– Ça ne nous viendrait pas à l'idée ! s'exclame Michel.

– Je vous dis ça parce qu'il m'est arrivé de frôler la catastrophe avec des touristes imprudents.

– Inconscients, vous voulez dire !

Erastus acquiesce. Le guide laisse ses passagers admirer le ballet chaloupé des éléphants, puis rallume le moteur et les conduit au sommet d'une haute dune offrant un panorama spectaculaire sur le désert. Il les invite à sortir de la Jeep et leur sert des boissons fraîches, sa propre bouche ne tarissant jamais d'explications sur la vie minérale et organique de son pays :

– Vous voyez ces couleurs brunes, rouges et jaunes ? dit-il, embrassant d'un geste ample le paysage se déployant devant eux. Elles sont liées à l'oxydation des minerais de fer. Il y a des millions d'années, la lave jaillit de l'écorce terrestre et…

Il s'arrête, soudain, et se met à rire.

– Vous devez être fatigués de m'entendre parler. Moi-même je me fatigue.

– Absolument pas, répond Michel, je vous trouve passionnant ! À quoi bon visiter un pays si l'on n'apprend rien sur son histoire, sa culture, sa terre ? Vous êtes un guide formidable, Erastus, n'ayez aucun doute là-dessus.

Le Namibien sourit et remercie Michel. Puis, pudiquement :

– Tout de même, je vais vous laisser profiter de cet instant un peu tranquillement. Ce n'est pas tous les jours qu'on a la chance d'admirer un tel paysage. Je ne veux pas que ma voix devienne une mouche qu'on a envie de taper.

Erastus retourne s'asseoir dans la Jeep et le silence les enveloppe, tout à coup, le silence blanc du désert qui siffle aux oreilles de Nicole, qui souffle son regard au loin, vers le Namib, ses dunes ocre, son ciel épuisé de bleu…

*

Après un arrêt à Walvis Bay, principale ville côtière du pays où ils ont passé la nuit, Nicole et Michel parviennent enfin au Desert Homestead Lodge, situé en lisière du parc national de Naukluft. À l'intérieur de ce parc, le plus vaste d'Afrique, se niche Sossusvlei, un désert de sel et d'argile ourlé de dunes rouges. Depuis toujours, quand Nicole pense à la Namibie, elle pense à cet endroit. Sossusvlei, Dead Vlei, Dune 45, Big Daddy… ces noms ont une résonnance particulière pour elle. Dans son dictionnaire intérieur, ils avaient été dans les premiers à être atteints par le cancer de Michel. Les rêves de sable terracotta et d'arbres pétrifiés avaient été remplacés par la réalité des chimios et des allers-retours à l'hôpital, puis enterrés en même temps que son mari.

Miracle ou aberration technologique, elle s'apprête aujourd'hui à les réaliser. Elle les a déterrés, comme elle a déterré Michel. En a-t-elle le droit ? N'y a-t-il pas un prix à payer pour tromper ainsi la mort ? Dans son lit, les bras croisés derrière la tête, Nicole pense toujours à Hypérion. Et si c'était le message que le fauve avait voulu lui transmettre ? Quelque chose comme : « Je suis le plus grand prédateur du monde animal, et pourtant je vais bientôt mourir. C'est le lot de tout être vivant de mourir un jour. La mort fait partie de la vie. Mais toi, Nicole, tu as décidé de la défier. De rejeter l'ordre naturel des choses. Tu as triché, en quelque sorte, et tout tricheur doit un jour payer sa dette. » Par la baie vitrée donnant sur le désert, la vieille femme regarde le ciel couvert d'étoiles. Hypérion a raison, elle a triché. Tout ce qu'elle vit là, elle n'est pas censée le vivre. Elle l'a *volé au temps*. Et elle craint fort que le temps ne prenne tôt ou tard sa revanche.

Le réveil sonne à 4 h 30. Son cri strident est une lame qui lui traverse le corps. Elle se lève dans la chambre enveloppée de nuit, enfile les vêtements préparés la veille, se brosse à la va-vite les dents et les cheveux, puis suit Michel dehors, sous l'immense voûte étoilée pâlissant déjà vers l'est. Cette fois, c'est Daren en personne, le directeur de l'agence de voyage, qui sera leur guide. Il les attend près de sa Jeep, en train de fumer une cigarette. Nicolas et sa femme sont déjà installés à l'arrière, emmitouflés sous une épaisse couverture. L'air est froid, nourri de lune. Daren leur offre des cafés et quelques biscuits puis se met au volant et démarre.

– Voir le soleil se lever sur Sossusvlei, cela demande quelques sacrifices, dit-il, tandis que la voiture sort du lodge et s'engage sur la route menant au parc.

Il n'y a pas encore de soleil, mais il porte déjà son chapeau.

Son menton est éclairé d'une faible lumière jaune.

Il sourit.

Nicole regarde autour d'elle le désert blanc et gris, le ciel noir scintillant, et puis, tout au loin, la ligne rouge de l'horizon, comme une veine de sang dans cet épiderme monochrome. Elle n'avait jamais roulé en plein désert la nuit. Ça ressemble à la surface de la lune, de ce qu'elle en a vu.

Après trente minutes de route, ils arrivent aux portes du parc. Daren paie l'entrée, échange quelques mots avec les gardes, puis redémarre. Il leur demande comment se passe le voyage jusqu'à présent, ce qu'ils ont le plus aimé, s'ils ont des recommandations à lui faire. Nicole laisse les autres parler. Son cœur bat trop fort et sa gorge est nouée. Au-dessus des falaises alentour, l'aube diffuse son halo rouge et jaune, bleuissant doucement le ciel, oui c'est presque bleu désormais, on ne voit plus les étoiles. Le fond de l'air se réchauffe doucement. Les visages s'éclairent.

Au bout d'un moment, Daren s'arrête sur une sorte de parking où sont garés d'autres véhicules. Il fait sortir Lise et Nicolas et les conduit vers un 4 × 4 dans lequel Nicole les voit grimper. *Pourquoi est-ce qu'ils ne continuent pas avec nous ?* a-t-elle envie de demander, mais les mots restent dans sa bouche. Daren discute quelques instants avec le conducteur de l'autre Jeep, puis revient et se remet au volant.

– Tout va bien derrière ? demande-t-il.

– On ne peut mieux, répond Michel.

– Parfait, alors en route !

Il retourne sur la route principale mais, au lieu de la poursuivre vers la Dune 45, l'une des plus célèbres de Sossusvlei, il tourne à gauche et s'engage sur une petite piste au revêtement cahoteux. N'y tenant plus, Nicole se penche vers Michel :

– C'est bizarre, non ? Pourquoi est-ce que nous n'allons pas avec les autres voitures ?

Il sourit.

– Tu verras.

Au moins, il n'a pas l'air surpris, ce qui la rassure un peu.

Au bout de cette piste longue d'une vingtaine de kilomètres, ils atteignent un autre parking. Daren se gare à côté d'un van et, cette fois-ci, les invite à descendre. Autour d'eux, trois montgolfières sont en train d'être gonflées. Les brûleurs crachent des flammes mauves dans les ballons étendus sur le sol.

– Alors, demande Michel, tu aimes ta surprise ?

– Oui mais… et ton vertige ?

– Il n'a pas disparu, c'est pourquoi je t'attendrai ici pendant que tu feras ton tour. Je sais que c'était ton rêve de venir ici, et je me suis dit que tu n'aurais jamais une aussi belle vue que depuis le ciel.

Nicole ne sait quoi répondre. Elle est profondément touchée par l'attention, mais c'est avec lui qu'elle rêvait de visiter Sossusvlei. À choisir, elle préférerait rester sur le plancher des vaches à ses côtés plutôt que de grimper là-haut toute seule. Cependant, il semble si enthousiaste et fier de sa surprise qu'elle n'a pas le cœur à le décevoir.

– Je suis très touchée, dit-elle, merci beaucoup.

Dans la nuit qui s'évapore, Nicole regarde les montgolfières prendre forme, s'émanciper lentement de la gravité. Leurs couleurs, noires et bleues près de la nacelle, rouges, orange et jaunes vers le sommet du ballon, sont comme une aube renversée, une revanche de la nuit boutant le soleil hors du regard des hommes.

Lorsque les trois montgolfières sont prêtes, les touristes sont répartis dans chacune d'entre elles. Nicole embrasse son mari puis monte avec le pilote dans celle qu'on lui désigne. Quelques minutes s'écoulent puis, sous le son feutré des brûleurs, elle sent le ballon s'élever doucement dans les airs. Daren se tient à côté de Michel, souriant. Nicole regarde son mari, puis ses yeux glissent vers l'ombre que le soleil levant dessine sur le sol, *l'ombre d'un homme à chapeau*, et une peur muette, violente, stupide sans doute, s'infiltre en elle, la glace au sang. Cependant, le ballon continue de monter, toujours plus haut, dessinant sous ses pieds les variations ocre et dorées du Namib, les dunes aux formes féminines, les aplats blancs du sel en lisière des canyons. Ses mains agrippées à la nacelle, Nicole continue de fixer l'ombre, de plus en plus petite, bientôt réduite en une sorte de minuscule point noir, et avant qu'elle n'ait le temps de crier, d'émettre le moindre son, la montgolfière se met à tourner sur elle-même à toute vitesse, éjectant le guide et tous les autres passagers hors de la nacelle. Horrifiée, Nicole essaie d'enlever ses lunettes, mais celles-ci sont comme collées sur son visage. Elle n'est plus dans une montgolfière, elle est dans un cyclone de sable et de lumière, un siphon qui l'aspire on ne sait où, loin, très loin de son Michel qu'elle croit entendre hurler, crier son nom, avant que le vent n'emporte sa voix comme tout le reste. Ça tourne trop vite, elle n'arrive plus à respirer, elle court après son souffle, cherche de l'air, ses yeux stupéfaits par cette revanche de l'univers qu'elle a senti venir, pourtant, ses bras enroulés autour d'elle-même, n'arrivant même plus à penser, à prier, rien que ses paupières grandes ouvertes, ses cris avalés, ce froid glacial dans la trachée, et puis le noir, soudain, l'obscurité et le silence recouvrant tout, jusqu'à sa conscience…

Quand elle revient à elle, Nicole se trouve dans son salon. Combien de temps est-elle restée inconsciente ? Pas plus de quelques minutes certainement, car son cœur continue de tambouriner et son front est trempé de sueur. Les volets sont fermés, plongeant la pièce dans l'obscurité. Elle regarde autour d'elle, dans le peu de jour que laissent passer les ouvertures. Ses lunettes gisent sur le tapis, en miettes. Elle les ramasse, soupire et les pose sur la table. Elle demandera à Evan de lui en apporter une autre paire. Puis elle se dirige vers la fenêtre la plus proche et ouvre les volets. Elle ne se souvenait pas les avoir fermés. « Qu'est-ce… qu'est-ce que c'est que cette histoire ? » murmure-t-elle, prenant appui sur le mur pour ne pas défaillir à nouveau. Elle se frotte les yeux, trois fois, ouvre les autres volets, court vers sa porte d'entrée, essaie de l'ouvrir mais impossible, même avec la clé, *putain, putain, putain*, attrape son téléphone qui est éteint, tout est éteint, aucun appareil électronique ne fonctionne, puis dans sa folie, car elle devient folle, c'est la seule explication possible, elle se jette au sol et se met à ramper jusqu'au mur sous la fenêtre, elle tremble de tout son corps, elle ne sent même plus ses jambes, elle rampe sous sa fenêtre, donc, reste immobile quelques instants, *sait-on jamais*, puis, prenant appui sur ses genoux, aventure de nouveau son regard vers l'extérieur, et cette fois elle ne retient rien, ni ses larmes, ni ses cris, ni ses mains qui viennent s'arracher les cheveux lorsqu'elle constate que le paysage devant elle n'a pas changé, qu'il n'est pas redevenu l'habituel succession de toits qu'elle connaît, la pharmacie, la boulangerie, les volets rouges et blancs des voisins d'en face, mais que c'est toujours le désert du Namib, poussant ses dunes ocre jusqu'au pied de son immeuble…

Chapitre 19

Aurélia

Cela fait deux nuits qu'Aurélia ne dort pas. Ou presque pas. Depuis que David a levé la main sur elle. Ce n'était pas la première fois mais c'était la plus violente, la plus *manifeste*, une gifle envoyée du dos de la main qui a soufflé sa tête contre l'étagère de la cuisine, créant cette grosse marque bleue sur son front. Dès qu'elle ferme les yeux, elle revoit la scène, c'est comme un film d'horreur qui repasse en boucle.

Elle a honte, elle n'ose plus se regarder dans le miroir.

Elle n'arrive pas à s'avouer : « Je me suis fait taper. J'ai tout quitté pour un homme qui me bat. » Cette phrase est insupportable à entendre, surtout quand c'est sa propre voix qui la prononce.

Les autres fois, elle lui avait trouvé des excuses. Elle avait mis ça sur le compte de la fatigue, il faut dire qu'il travaillait beaucoup, et puis le stress de son projet entrepreneurial, la présentation aux investisseurs... Quand il l'avait attrapée par le poignet, assez fort, et puis quand il l'avait poussée et qu'elle avait trébuché sur la table basse. Immédiatement, il s'était excusé, il lui avait apporté de la glace, avait juré que ça ne se reproduirait plus. Aurélia avait tout quitté pour cet homme, elle avait brisé le cœur de celui qui partageait sa vie depuis cinq ans, foutu en l'air son mariage, déçu ses parents et ses amis. Alors, évidemment, elle avait envie, *besoin*, de lui trouver des excuses. Elle ne pouvait simplement pas se dire : « Je me suis trompée, j'ai fait une connerie, je dois le quitter. » D'autant qu'il l'avait demandée en mariage et qu'elle avait dit oui. Qui rompt deux fois des fiançailles, à un an d'intervalle ? Quel genre de femme fait ça ? Que dirait-on d'elle ?

Mais cette fois-là, le choc l'avait sonnée. Cette fois-là, elle était restée assise plusieurs minutes, son dos contre le mur, pendant qu'il s'activait pour lui trouver de la pommade. « Ça va aller, c'est qu'une petite marque, je suis vraiment désolé, je ne sais pas ce qui m'a pris, c'est parti tout seul… » Quand le salon avait arrêté de tourner, elle s'était relevée, elle était allée directement dans sa chambre, elle avait jeté quelques affaires dans un sac, puis elle était partie. Dans la rue, il lui avait couru après : « Tu vas où ? Aurélia, chérie ? Allez, arrête ton cirque ! » Elle s'était retournée : « Si tu me suis, j'appelle les flics. » À ce mot, il s'était figé, l'air ahuri, un peu terrifié qu'elle mette sa menace à exécution. Elle avait marché jusqu'à la bouche de métro la plus proche, poursuivie par ses cris : « Tu vas où ? Dis-moi au moins où tu vas ! »

Même si elle l'avait voulu, Aurélia n'aurait pu répondre, car elle-même l'ignorait à ce moment-là. Ses parents habitaient Lyon, Charlotte était en vacances avec Bruno, et pour tout dire, elle n'était plus en contact avec la plupart de ses anciens amis. Alors qu'elle était dans le métro et qu'elle avait l'impression d'être nue, toute nue, encore plus nue que quand elle se déshabillait pour prendre sa douche, elle avait réfléchi à un endroit où elle se sentirait en sécurité, et un seul lui était venu à l'esprit. Chaque fois que David lui faisait mal, avec ses mots ou ses mains, elle pensait à cet endroit. Elle se disait : *pauvre conne*. C'était un endroit avec un beau canapé en cuir couleur olive, des plantes qui prenaient le soleil, un parquet usé à force d'avoir dansé dessus, et puis deux bras qu'elle ne supportait plus, à la fin, mais dans lesquels elle rêvait désormais de se blottir.

Plusieurs fois, elle avait eu envie de lui écrire.

Étienne, je suis désolée de te déranger, mais je dois te dire quelque chose…

Étienne, j'ai honte de t'écrire, mais j'ai besoin de te parler.

Étienne, pardonne-moi.

Étienne, j'ai peur.

Et puis elle regardait les derniers messages qu'ils s'étaient envoyés et elle effaçait tout.

David m'a demandé en mariage, Étienne, il faut que tu arrêtes de m'écrire.

Tu as dit oui ?

Oui. Prends soin de toi, Étienne.

Pourquoi lui ?

S'il te plaît, Étienne…

C'est elle qui l'avait quitté.

C'est elle qui lui avait brisé le cœur.

C'est elle qui s'était jetée dans les bras de David.

Il ne lui devait rien ; elle lui devait le silence, la tranquillité, la paix.

Les choses étaient différentes aujourd'hui. Elle se sentait en danger. En danger de mort, véritablement, alors elle avait arrêté de réfléchir et elle y était allée. Peut-être qu'il était avec une fille. Ou qu'il était sorti avec des copains, après tout on était samedi soir, il faisait bon, c'était le printemps. Peut-être aussi qu'il était bien chez lui, tout seul, car c'était un être casanier, elle le connaissait, c'est d'ailleurs ce qu'elle lui reprochait parfois :

– Allez viens, on sort !

– Je n'ai pas très envie… Tu ne préfères pas qu'on regarde un film ? Et on se commande des sushis.

– Ce n'est pas quand on aura trente-cinq piges et deux gosses qu'on pourra faire la fête avec nos potes !

– Tu en veux deux, c'est vrai ?

À l'époque, elle en voulait deux, oui. Avant que sa mère tombe malade du cancer, en pleins préparatifs du mariage ; avant son burn-out à cause de Stéphanie, sa boss complètement folle accro au boulot ; avant de rencontrer David, ses yeux bleus, son charisme. C'était à la machine à café, un lundi matin, elle s'en souvient comme si c'était hier. Il venait d'arriver au service des Ressources humaines en tant que responsable du développement. Il était tout ce dont elle avait besoin à ce moment-là, et encore plus quand il avait réussi à la faire changer de poste, bien loin de Stéphanie et ses mails à 3 heures du matin. Pour le remercier, elle avait voulu lui payer un verre, et pendant ce verre, *ces verres*, elle lui avait tout raconté : sa mère, la chimio, le DJ qui demandait une fortune, les gens qui ne répondaient pas au faire-part, et puis Étienne qui regardait tout ça de loin, le nez plongé dans ses projets de roman. Il avait écouté, sans prononcer un mot, ses yeux bleus plongés dans les siens, la resservant discrètement dès que son verre était vide. Quelques mois plus tard, elle quittait tout pour s'installer avec lui.

Elle était allée chez Étienne, donc, le ventre nourri de cette peur viscérale, elle avait hésité en bas de l'immeuble, puis dans l'escalier, puis devant la porte de l'appartement, cette porte qu'elle avait ouverte des centaines, des milliers de fois, et puis elle avait sonné, espérant à la fois qu'il soit là et qu'il n'y soit pas, et quand il avait ouvert et qu'elle avait vu son visage apparaître avec, en fond, la musique de *Gladiator*, le film qu'ils regardaient ensemble au moins deux ou trois fois par an, elle s'était sentie comme une alpiniste perdue depuis des jours en pleine montagne, flirtant avec la mort, et qui tombe enfin sur un refuge synonyme de chaleur et d'espoir.

*

Quarante-huit heures se sont écoulées depuis ces événements. Sur le chemin qui la mène à son appartement, elle tente d'écrire à ses parents, sans succès. Après des mois de combat, sa mère a enfin vaincu le cancer, alors elle n'a pas envie de les accabler à nouveau. À la place, elle envoie un message à Charlotte, lui demandant si elle peut dormir chez elle quelques jours quand elle rentrera de ses vacances. « Je te raconterai », termine-t-elle. Elle sait qu'elle ne peut pas rester chez Étienne. Qu'elle ne *doit pas* rester chez lui. Pour leur bien à tous les deux.

Aurélia arrive devant leur appartement. Elle se souvient quand elle l'a quitté précipitamment l'autre soir, sa main sur la poignée froide, son cœur qui cognait, David sur ses talons. Tout lui revient comme une vague glacée, un frisson qui se répand sur son épiderme et la brûle. « Quelle conne », murmure-t-elle, s'essuyant les yeux. Elle sort ses clés, les glisse dans la serrure et ouvre, c'est un appartement au rez-de-chaussée, la porte donne directement sur la rue, devant il y a une voiture blanche tout le temps garée là, fossilisée sur ses jantes crasseuses, David la déteste cette voiture, quand il sort avec son vélo, elle l'oblige à des manœuvres, alors qu'autrement il pourrait aller tout droit, *sans risquer de niquer l'alu.*

Elle entre, le couloir est plongé dans l'obscurité, ça sent le riz, la friture, *il a dû commander chez leur traiteur chinois hier soir.* Elle traverse le salon en direction de la chambre.

– Ah, enfin, tu es là !

Son cœur se fige dans sa poitrine. Elle se tourne lentement, comme dans ces films d'horreur où le héros ne veut pas voir ce qu'il y a derrière lui mais veut quand même voir un peu, et ses yeux plongent dans les siens, bleus, charmants, troubles aussi, est-ce qu'il a bu ?

– Oui, mais je repars.

– Tu repars ?

– Oui.

– Où ?

Elle hausse les épaules, reprend son chemin.

– Aurélia… Aurélia… Attends, bon sang !

Il lui saisit le bras, l'oblige à se retourner.

Elle a peur.

Elle ne sent plus ses jambes.

– Je suis désolé, pour l'autre jour.

Il regarde la marque sur son front, fait une grimace.

– Je ne veux plus rester ici, dit-elle.

– Oh, tout de suite les grands mots ! Et tu vas aller où, hein ?

– Chez des amies.

– Ah oui, des amies ? Comme une ado qui fugue ?

– Je ne suis pas une ado qui fugue.

Il claque sa langue sur son palais, agacé.

– Regarde ton doigt, dit-il. Allez, regarde !

Elle baisse ses yeux vers le diamant jaune qui brille comme un petit soleil à la lumière du jour.

– On doit se marier, je te rappelle. Tu as dit *oui*.

Puis il ajoute, après un silence :

– À moins que tu ne sois ce genre de fille ? Deux fois en quoi, un an ? Ça ferait beaucoup, non ?

Ne l'écoute pas, c'est un manipulateur, tu dois partir d'ici.

Elle s'arrache à son insistance et marche à grands pas vers la chambre.

Il la suit.

– Tu pensais que je serais pas là, pas vrai ? dit-il, debout dans l'encadrement, sa silhouette dessinant une ombre menaçante sur le sol.

Elle ne réagit pas.

– C'est dommage, mon rendez-vous avec la banque a été reporté.

Soudain, elle se tourne vers lui, le regarde.

– Pourquoi ? demande-t-elle.

– Pourquoi quoi ?

– Tout ça ! Nous, moi ici, chez toi, la proposition de mariage, tes belles promesses, je ne comprends pas !

– Mais enfin… parce que je t'aime !

Elle se met à rire, en grands éclats qui lui secouent nerveusement la gorge.

– Quand on aime, on ne tape pas.

– C'était un accident.

– Non, ce n'était pas un accident. Et les autres fois non plus, ce n'étaient pas des accidents.

Elle le voit serrer les dents.

– Donc on annule tout ? dit-il sèchement.

– Nous n'avions rien réservé.

– Pour une petite gifle ?

La phrase stagne en eux quelques instants, symbole du point de non-retour qu'ils ont atteint. Sa figure se décrispe et s'adoucit d'un sourire qui murmure :

– Ce n'est pas ce que je voulais dire…

– Oui, mais tu l'as dit. Et tu m'as violentée. Plusieurs fois.

Elle termine de remplir son sac, se sentant épiée, comme une biche près d'un chasseur, elle sent toute sa présence, son parfum, elle devine ses yeux posés sur elle, elle ne le montre pas mais elle a peur, elle est terrifiée. Il faut qu'elle sorte, désormais, qu'elle passe cette porte, qu'elle marche sur son ombre. Cela peut aller très vite, elle l'a constatée. En une seconde, elle peut voir des étoiles. Il fait du water-polo, il a une force de cheval.

Aurélia retient sa respiration, serre son sac contre elle, ou plutôt se serre contre son sac, puis se faufile dans l'espace qu'il lui laisse pour passer, elle se fait toute petite, minuscule, invisible. Il ne bouge pas, il pourrait bouger pour l'aider à passer mais il ne bouge pas, ce n'est pas grave, c'est mieux ainsi, même, vite elle s'engouffre, avec son petit sac de vêtements et de terreur collé contre son ventre, elle ne le regarde pas, c'est fou car elle aimait tellement le regarder, il est si beau, si charismatique, *quelle conne*, pense-t-elle, voilà elle est dans le salon, presque libre.

– Je reviendrai plus tard, pour le reste, dit-elle.

– Alors c'est fini, vraiment ?

Aurélia ne répond pas. Elle marche jusqu'à la porte d'entrée, poussée dans le dos par l'idée effarante qu'il est là, juste derrière, qu'il peut la rattraper à tout moment et la jeter en l'air comme une poupée. Elle ouvre la porte, son cœur continue de cogner mais l'espoir s'y engouffre, le bonheur de voir le soleil, de respirer l'air du ciel.

– Aurélia… bordel… Attends…

Ses mots sont des cailloux tranchants qui tombent dans ses oreilles.

– Aurélia !… C'est ça, casse-toi, barre-toi, allez !

Il parle de plus en plus fort et finit par hurler :

– Salope, va ! Mangeuse de diamants, profiteuse !

La gorge obstruée de larmes, elle arrache sa bague et la jette dans la rue en sa direction. Puis elle court jusqu'au métro, jusqu'à l'appartement d'Étienne, son refuge, elle monte les marches en courant, ses jambes tremblent, elles n'arrêtent pas de trembler, elle sort la clé que lui a donnée Étienne, sa main aussi tremble, tout tremble, enfin elle parvient à ouvrir, elle se jette à l'intérieur, referme derrière elle, s'adosse à la porte et s'y laisse glisser, lentement, comme les larmes qui coulent sur son visage.

Étienne revient vers 19 heures. Il a acheté des burgers chez Hamburg'Her, il sait qu'elle les adore, c'était son plaisir coupable du dimanche soir. Ils les mangent devant un film hollywoodien, une grosse production avec des images spectaculaires et des bruits d'explosion retentissants. À la fin, pendant le générique, ils restent assis l'un à côté de l'autre, sans un mot, laissant le silence et la nuit tiède palpiter entre eux, l'écume de l'ancien monde frôler leur peau. Est-ce qu'elle l'aime, encore, à nouveau ? C'est possible. Est-ce qu'elle peut laisser cet amour s'épanouir, redevenir quelque chose ? Non, elle n'en a pas le droit. Il mérite autre chose.

– Étienne, je... je voulais te dire que je vais aller vivre quelque temps chez Charlotte.

Silence.

– Ah.

Elle entend la déception dans sa voix.

– Oui, c'est mieux, dit-elle.

Il ne répond pas.

– Je voulais te remercier de m'avoir accueillie comme ça, sans hésiter.

– C'est normal, je n'allais pas te laisser à la rue.

Il se tait un instant puis demande :

– Quand est-ce que tu vas chez Charlotte ?

– La semaine prochaine, à son retour de vacances.

– D'accord. En attendant, tu restes ici ?

– Si tu le veux bien.

Il sourit.

– OK, mais je veux que tu me cuisines au moins une fois ton fameux poulet au curry.

– *Deal* !

Elle va se coucher, toujours dans le lit d'Étienne, elle aura beau insister il ne lui laissera pas le canapé. Les autres soirs, harcelée d'images, elle n'avait trouvé le sommeil que très tard dans la nuit. Cette fois, il l'emporte doucement, comme une douce brise, un vol de papillons roses et blancs, sans un cri, le corps apaisé et fier, exténué.

Le lendemain, elle retourne au travail. Pour atteindre l'open space, elle doit passer devant l'ancien bureau de David laissé vacant, avant qu'il ne plaque tout pour lancer son entreprise. Elle se souvient, la toute première fois qu'elle est entrée dans ce bureau, de son parfum qui embaumait la pièce, ses photos en noir et blanc de paysages somptueux accrochés aux murs, la petite statue de Bouddha qui regardait droit dans les yeux ceux qui s'asseyaient sur le fauteuil en face de lui. Tout cela lui revient en mémoire par fragments décomposés, comme des aiguilles qui lui griffent le ventre.

Elle continue son chemin, retire son blouson et le pose sur la patère derrière elle, jette son sac sur le fauteuil vide à côté, s'assied et ouvre son ordinateur. Bizarrement, ça lui fait du bien d'être ici, de voir ses collègues, de penser à autre chose. Elle va se faire un café et quand elle revient, un message de sa boss clignote sur le chat interne de la boîte : « Hello Aurélia, tu passes me voir quand tu as deux minutes ? » Elle met son ordinateur en veille et file dans son bureau. Émilie lui fait signe d'entrer puis de fermer la porte derrière elle.

– Bon, comment vas-tu ? demande-t-elle.

Tout ce qu'elle lui a dit, c'est qu'un « problème personnel » l'avait obligée à poser sa journée, sans entrer dans les détails.

– Ça va, merci.

– Ton problème s'est résolu ?

– En quelque sorte.

Soudain, une chose étrange se passe : ses jambes deviennent molles, tellement molles qu'elle ne tient plus debout, la pièce s'obscurcit, ça tourne, elle a mal au diaphragme, elle a l'impression de perdre pied, d'être projetée en dehors du monde tangible, elle entend Émilie s'affoler mais sa voix semble lointaine, comme si un mur d'eau les séparait, la voix se rapproche en échos liquides, cristallins, puis une main se pose sur son bras et la guide vers une chaise, elle s'assied, ferme les yeux et respire, respire à pleins poumons, et les larmes montent, montent, montent, puis sortent d'un seul coup, toutes les larmes de son corps évacuées en ruisseaux qui coulent de ses yeux vers son menton. Pourquoi ici, maintenant, Aurélia l'ignore, mais quel soulagement !

Quand elle rouvre les yeux, elle trouve sa boss accroupie à côté d'elle, l'air profondément inquiet. Est-ce qu'elle regarde la marque sur le front ? Elle a mis du fond de teint et coiffé ses cheveux de manière à la cacher, mais peut-être qu'elle se voit encore ? D'une voix douce, Émilie demande :

– Ça va mieux, Aurélia ? Tu m'as fait peur, j'ai cru que tu tombais dans les pommes.

– Ça va, oui. Beaucoup mieux, maintenant.

– Tu as besoin de quelque chose ? Tu as pris un petit déjeuner ?

– Non, je n'ai pas eu le temps ce matin.

– Tu as peut-être fait une crise d'hypoglycémie. Laisse-moi aller te chercher quelque chose.

Sans attendre de réponse, Émilie se relève et quitte son bureau direction la cafétéria. Elle revient quelques instants plus tard, trois barres de céréales dans les mains.

– Voilà, tu devrais te sentir mieux avec ça.

– Merci infiniment.

– Et si tu as besoin de quoi que ce soit, de parler ou autre, je suis là, d'accord ? Tu peux tout me dire.

– Oui, bien sûr.

Pour une multitude de raisons, les deux principales étant qu'Émilie est sa supérieure et qu'elle connaît David, elle ne lui dira rien, mais sa sollicitude la touche. Aurélia la remercie une nouvelle fois puis retourne devant son ordinateur, bien décidée à se plonger dans le travail pour se changer les idées.

Aux alentours de 18 heures, elle reçoit un message d'Étienne qui lui propose de rejoindre Matthieu, Marine et Guillaume pour boire un verre. Elle hésite, tiraillée entre l'envie de les voir tous, comme avant, de rire et de bavarder en partageant une bonne bouteille et une planche de charcuterie, et la crainte d'être de trop, d'imposer sa présence après s'être exclue elle-même du cercle. Finalement, elle accepte, convaincue tant par l'insistance d'Étienne que par une sorte de petite voix intérieure qui lui souffle que *tout ira bien, tu verras*.

Elle y va donc après avoir bouclé ses dossiers, ligne 5 puis ligne 3 à République, elle s'arrête à Sentier, c'est un bar situé rue des Petits-Carreaux, en face d'une charcuterie italienne qui vient d'ouvrir et devant laquelle une foule de gourmands fait la queue. Ils sont déjà tous là, assis en terrasse. Elle les voit de loin, du bout de la rue, elle s'arrête pour les regarder, son cœur tambourine un peu, elle a le trac, comme une comédienne éloignée depuis longtemps des planches et qui s'apprête à faire son retour. Des souvenirs passent dans sa mémoire, épars. Elle se rappelle la première fois qu'elle les a tous rencontrés, à l'anniversaire de Charlotte. Elle-même était encore étudiante, ils avaient déboulé en bande, Étienne, Matthieu, Guillaume et Bruno, bruyants, festifs, un peu lourds, oui, ç'avait été sa première pensée, *encore des gros lourds*, comme elle en fréquentait tant dans sa propre école. Et puis Étienne avait renversé son verre sur sa robe et, tandis qu'il l'accompagnait, confus, dans la salle de bains, ses *a priori* s'étaient envolés.

Hormis Charlotte, qu'elle avait rencontrée lors du week-end d'intégration, elle avait peu d'amis sur son propre campus parisien. Elle ne faisait partie d'aucune asso et, une semaine sur trois, retournait vivre chez ses parents à Lyon, où elle travaillait en alternance dans une entreprise. Elle ne s'était jamais vraiment faite à l'ambiance de son école, restreignant son cercle de relations aux gens en classe avec elle, qui changeaient chaque semestre. Aussi, après leurs études, quand elle s'était installée à Paris avec Étienne, avait-elle trouvé dans cette petite bande une seconde famille – famille qu'elle avait quittée en même temps qu'Étienne lorsqu'elle avait tout plaqué pour David. Elle prend une large inspiration, ajuste la mèche sur son front, puis se lance.

Ils ont dû recevoir des consignes d'Étienne, car elle est accueillie par quatre sourires qui la mettent immédiatement à l'aise. Elle s'assied, un peu maladroitement, commande un gin tonic et un grand verre d'eau. Son cœur bat encore très vite mais elle sent aussi une vague de bien-être l'envelopper doucement, comme une couverture bien chaude, tous ces regards, ces gestes attentionnés, elle ne perçoit aucune rancœur, aucune gêne, c'est comme si rien n'avait changé…

Ils parlent de tout, de rien, du marathon de Séville que Matthieu a couru en deux heures cinquante-sept – son record –, des nausées de Marine, de Bruno qui, apparemment, aurait demandé Charlotte en mariage.

– Comment ça, *apparemment* ? s'exclame Marine.

Étienne hausse les épaules.

– Il nous a laissé un message énigmatique.

– J'ai échangé avec Charlotte aujourd'hui, dit Aurélia, je pense qu'elle m'en aurait parlé.

– On ne sait jamais avec ces deux-là !

– C'est vrai. Après tout, ils sont à Rome ! La fontaine de Trevi, la colline de l'Aventin, Eros Ramazzotti… pour peu qu'ils aient un peu picolé, tout est possible.

Tous les cinq éclatent de rire, et Aurélia réalise, soudainement, qu'elle n'a pas entendu autant de personnes rire en même temps depuis longtemps, tellement longtemps. Elle se rend compte, et ça lui broie le cœur, à quel point elle s'était isolée du monde, à quel point *il* l'avait isolée du monde, et de nouveau elle pense, regardant la trace blanche laissée par la bague sur son doigt : *Quelle conne…*

Comme si, du bout de son ventre arrondi tourné vers elle, Marine avait détecté quelque chose, elle lui prend la main discrètement et lui dit à l'oreille :

– Ça fait du bien de t'avoir à nouveau parmi nous. On était en sous-nombre avec tous ces mecs.

– Moi aussi je suis heureuse d'être là.

– Étienne nous a dit pour… enfin, tu sais. C'est un peu bateau, mais si tu as besoin de parler… j'ai une amie qui travaille dans la police, je peux te mettre en contact avec elle, si tu veux.

– Merci Marine, je… j'y réfléchirai.

En temps voulu, quand son corps et son cœur auront suffisamment cicatrisé. Pour l'instant, elle veut simplement profiter. De ses amis, de ce moment avec eux, de son insouciance retrouvée. Elle regarde Étienne, qui en est à son troisième ou quatrième verre. Elle le connaît, au quotidien, il ne boit presque pas d'alcool, mais si quelque chose le tracasse ou l'embarrasse, il peut boire au-delà du raisonnable, jusqu'au point de bascule où il se met à déclamer joyeusement de la poésie, ou bien, au contraire, s'enfonce tristement dans le silence.

Ils rentrent aux alentours de minuit. Elle doit l'aider à monter l'escalier, il titube, loupe des marches.

– Je suis désolé, répète-t-il, s'agrippant moitié à son bras, moitié à la rambarde.

– Ça va aller, on y est presque.

Une fois qu'ils sont dans l'appartement, il se laisse tomber comme une masse inerte sur le canapé. Elle lui retire ses chaussures, maternellement. David, elle ne lui avait jamais retiré ses chaussures. Ce n'était pas ce type d'homme, et c'est ce qui l'avait attiré chez lui, aussi, ce côté mature, responsable. Il n'était pas enfantin comme Étienne. C'était lui qui s'occupait d'elle, pas l'inverse.

– Lili… Lili… dit-il d'une voix caverneuse.

– Oui, Étienne ?

– Pourquoi tu veux partir ?

Silence.

– C'est mieux comme ça.

– Pour qui ? Pas pour moi, en tout cas, ça c'est sûr. Sûr et certain.

Il parle les yeux fermés, son visage enfoncé dans un coussin.

– Pour tout le monde.

– J'ai changé, tu sais. Je peux m'occuper de toi maintenant.

– Je sais, dit-elle, remontant le plaid sur ses épaules.

– David, je lui casse la gueule, moi.

Elle sourit, regardant ses joues roses, ses longs cils, sa chevelure ébouriffée.

– Ce ne sera pas nécessaire.

Aurélia se lève, apporte un seau qu'elle pose à côté de lui, ferme les rideaux du salon puis se dirige vers la chambre.

– Bonne nuit, Étienne.

– Bonne nuit, Héloïse.

Sur ces dernières paroles qui la font sourire, elle ferme la porte et va se coucher.

Chapitre 20

Tom

Quatre jours ont passé et, contrairement aux prédictions de Luna, Emy n'est pas revenue. Tom ne lui a rien dit de la demande de rançon qu'il a reçue. Il n'a rien dit à quiconque, il laisse traîner, comme on laisserait traîner un courrier important sur la table du salon, sans oser ouvrir l'enveloppe.

Il a du mal à réaliser que les personnes qui leur réclament vingt mille euros pour leur rendre Emy sont les mêmes que celles qu'ils ont rencontrées au bois de Boulogne ; les mêmes que celles qu'ils ont côtoyées pendant plus d'un mois, presque quotidiennement. Un soir, par curiosité, sans vraiment savoir ce qu'il cherchait, Tom s'est rendu chez eux. Sur le palier, figé devant leur porte, il a croisé un vieil homme qui s'est plaint de la gestion locative de son voisin : « Ça change tous les quatre matins ! Je pensais avoir trouvé la perle rare avec les deux petits jeunes que vous semblez attendre, mais ils ont foutu le camp la semaine dernière ! Déménagement express et pas un au revoir ! Moi qui les ai dépannés tant de fois en café, sucre et j'en passe ! » Évidemment, ils ont mis les voiles, et pas simplement le temps de leurs soi-disant vacances. Ils sont partis, définitivement.

Comme il n'arrive pas à prendre une décision, Tom essaie de gagner du temps. Il dit à Benoît – autant l'appeler par son vrai prénom – qu'il doit s'organiser pour trouver l'argent, que rassembler une telle somme ne se fait pas en un claquement de doigts, qu'ils attendent des réponses de la banque, ce genre de choses. Il ne sait pas si Benoît y croit vraiment, de même qu'il se demande si celui-ci bluffe quand il lui dit qu'il leur reste trois jours pour faire le versement, et qu'à l'issue de ces trois jours, s'il n'a toujours rien reçu, il coupera toute communication, que ce sera *trop tard*. C'est une partie de poker-menteur.

Il aimerait tout avouer à Luna, se décharger du poids qui pèse sur ses épaules, mais comment faire ? Comment lui dire, avec quels mots, que *sa sœur de vie* a kidnappé sa fille ? Il connaît le passé de sa femme, ses failles, sa sensibilité d'écorchée. Pourrait-elle se relever d'une telle trahison ? Et puis, qu'est-ce qui lui prouve que, s'ils paient, ils retrouveront bien Emy ? Depuis quatre jours, depuis que le message de Benoît est arrivé sur son téléphone, Tom écume Internet, les forums où l'on traite de ces sujets, et les avis sont unanimes : quand on est victime de chantage en ligne, il ne faut JAMAIS payer. D'après ce qu'il lit, les gens qui ont accepté de payer, quelle que soit l'importance des sommes, n'ont jamais retrouvé ce qu'ils avaient perdu.

Quand il rentre le soir de sa journée de boulot, il la trouve dans son atelier, en train de coudre, elle coud sans s'arrêter, du soir au matin, des robes, des blouses, des jupes, des combinaisons pour Emy, pour *quand elle reviendra*, car elle est persuadée qu'ils finiront par la retrouver, qu'il n'y a pas d'autre issue possible. *Clac clac clac* fait l'aiguille qui pique le tissu sur fond de moteur qui ronronne. Quelque part, Tom s'est habitué à ce bruit. En ouvrant la porte de chez lui, il sait qu'il va l'entendre. *Au moins, ça l'occupe*, se dit-il. Elle pense à autre chose, *en attendant*. Car dans dix jours va se dresser devant lui, devant eux, un autre mur : le retour supposé de Victoria et Benoît de leurs vacances. Que lui dira-t-il alors, lorsque Luna essaiera d'appeler son amie, et qu'elle tombera sur le répondeur, encore et encore ? Lorsqu'elle sonnera chez eux, inquiète, et qu'elle trouvera l'appartement occupé par d'autres gens, des inconnus ? Tom compte sur l'air vivifiant du Cap-Ferret, où ils doivent passer le week-end avec Christian et Myriam, pour clarifier ses idées et établir un plan.

*

Elle en a besoin aussi. Elle a besoin de son père, du vent marin, de cette maison qu'elle aime tant, son *refuge*, comme elle l'appelle, où elle trouve chaque printemps, avant que les touristes affluent, l'inspiration pour ses futures collections. Trois cents mètres carrés de verdure, de calme, de grandes fenêtres laissant entrer le bruit de l'océan, et puis cet atelier qu'il a fait construire exprès pour elle, un peu à l'écart, protégé des regards par un bosquet de bougainvilliers rose fuchsia. Il leur faut trois heures de train jusqu'à Arcachon, puis trente minutes de bateau pour atteindre la presqu'île. L'air perlé d'embruns, le bruit des vagues, les odeurs d'iode et de pinède… tout s'engouffre sans crier gare en Tom, le bouleverse. Il a eu raison d'insister. Ces deux jours vont leur faire un bien fou, il en est persuadé. Déjà, il sent la nature nettoyer son corps, lui rendre sa liberté.

Christian et Myriam les attendent au bout du ponton. En ce samedi 7 avril, le soleil brille à flots, comme en plein été, semble-t-il. Luna l'avait prévenu : « Je veux bien y aller, mais je ne dirai rien à papa, c'est entre nous, ça ne le concerne pas. » Sa résolution aura tenu le temps de descendre de la navette. À peine l'aperçoit-elle, tout sourire dans son polo blanc et son bermuda marine, Ray-Ban sur son nez bronzé, qu'elle court dans ses bras et fond en larmes.

– Eh bien ma puce, que t'arrive-t-il ?

– On va vous raconter, dit Tom, saluant ses beaux-parents, puis se mettant sans tarder en route vers la maison.

Ils marchent une quinzaine de minutes, remontant la rue commerçante qui longe le bassin, puis tournant à droite au niveau de la place du marché, en direction d'une longue palissade en bois blanc, au-dessus de laquelle poignent les becs de trois caméras de surveillance. Christian a acquis cette maison quelque temps après le décès de Jade. Il cherchait un endroit où se reconstruire avec sa fille, où panser leurs plaies et apprendre à vivre ensemble, juste tous les deux. Quand il l'y avait emmenée la première fois, au printemps 2025, Luna pesait à peine quarante-deux kilos. Conscient de la situation, il avait pris un long congé afin de se dédier intégralement à la santé de sa fille. Deux mois plus tard, à leur retour à Paris, elle avait regagné près de dix kilos. De gras, de sourires, de muscles, car, en plus de bien la nourrir, il la faisait marcher et nager près de trois heures par jour. Comme Luna lui avait dit une fois : « C'est ici que j'ai compris que maman était morte… et que je l'ai accepté. »

Tom, évidemment, n'a pas le même rapport à ce lieu. Ce n'est pas lui qui a planté ce flamboyant aux feuilles pourpres, il y a quinze ans presque jour pour jour, ni gravé dans son écorce le prénom de Jade. Mais il comprend pourquoi Christian y a jeté son dévolu à l'époque. Il règne dans cet endroit une atmosphère propice aux secondes chances, aux nouveaux départs. Que l'on se trouve dans le salon, dont les larges baies vitrées laissent entrer une lumière pure et bleue, dans les chambres aux teintes pastels, ou encore dans le jardin, à fleur de dune, on se sent tout entier pénétré d'une énergie spéciale, pas tout à fait insulaire mais pas tout à faire terrestre non plus. Hybride.

– Emy a disparu.

– Comment ça, disparu ? demande Christian.

Ils se sont installés sur la terrasse, autour de la table que Myriam a préparée pour leur arrivée : jus de fruits fraîchement achetés au marché, bières Mira – le péché mignon de Tom – et canelés de chez Frédélian – celui de Luna.

– Eh bien, on s'est réveillés l'autre jour et… elle n'était plus là ! Elle n'était plus dans son lit !

– Il doit bien y avoir un numéro d'urgence, ou quelque chose dans le genre, non ? Vous n'avez pas un contact au sein de l'application ?

– Bien sûr que nous avons un contact ! s'exclame Luna. Mais… ils ne savent pas. Enfin, ils sont persuadés qu'il s'agit d'un enlèvement, mais nous n'avons reçu aucune demande de rançon, ni rien du tout.

– Un enlèvement ? répète Christian, étonné.

– Oui. Des hackers, qui... enfin, tu comprends !

Tom voit les yeux de son beau-père voler vers lui, un rapide aller-retour qui signifie : *parlons ensemble, tous les deux, plus tard.*

– Depuis combien de temps a-t-elle disparu ? demande-t-il.

– Demain, ça fera une semaine.

Christian laisse passer un silence, puis, prenant la main de sa fille :

– Je suis désolé pour vous, j'espère du fond du cœur que vous la retrouverez bientôt.

– Merci papa. J'ai l'impression de... de vivre en apnée, depuis dimanche dernier.

– Eh bien, ici, on va t'aider à respirer. J'avais pensé à une balade à vélo cet après-midi, qu'est-ce que vous en dites ? On pourrait rouler jusqu'au village de L'Herbe, déguster quelques huîtres ? Ils ont refait la piste cyclable qui était abîmée, c'est bien plus agréable.

– Je ne sais pas, je...

– Luna, ma puce, coupe Christian, je sais que tu n'as qu'une envie, t'enfermer dans ta chambre et disparaître sous ta couette. Mais ce n'est pas ce qui fera revenir Emy. Le temps va simplement te paraître beaucoup plus long que si tu occupes ton esprit avec autre chose.

Elle hoche la tête, en signe d'acquiescement.

– Parfait ! Je vais appeler pour réserver une table.

Ils enfourchent leurs vélos et roulent une vingtaine de minutes, d'abord sur la large route qui borde les dunes, puis dans la forêt, à l'ombre des grands pins landais. Tom ne s'était pas senti aussi léger depuis longtemps. À Paris, le chantage de Benoît s'incrustait dans les murs, le béton de la ville. Ici, il n'a pas de prise, tout est chassé par la brise.

Le lieu que Christian a choisi a tout d'un petit paradis. Située un peu à l'écart de ses congénères, au bout de la plage de L'Herbe, la Cabane de Mimot affleure sur le bassin avec un esprit de brocante joyeuse et colorée. Frayant son chemin entre les tables et chaises dépareillées, les sculptures aux formes hétéroclites ou encore les buissons de bruyères aux nuances de mauve, un homme d'une cinquantaine d'années au crâne chauve mais à la barbe fournie vient à leur rencontre.

– La petit famille ! Comment allez-vous ? C'est ta pause printanière ? demande-t-il à Luna. Tu sais que Marie n'a pas quitté le snood que tu lui as offert de tout l'hiver !

– Non, répond-elle, nous ne sommes là que pour le week-end.

– Et vous passez me voir ? Je suis flatté ! Allez, suivez-moi.

Il les conduit vers une table couverte d'une nappe à carreaux, offrant une vue imprenable sur la dune du Pilat.

– La même chose que d'habitude ?

– Ce sera parfait, Francis, merci, répond Christian.

Au-dessus d'eux les nuages s'étiolent, laissant passer un rayon de soleil qui avive les couleurs du paysage.

– On n'est pas bien là ? demande Christian. Je crois que c'est mon endroit préféré sur Terre.

– Rien que ça ? s'amuse Tom.

– Absolument, oui ! L'autre jour, je me suis amusé à faire le calcul. Au cours de ma carrière, j'ai visité, tiens-toi bien, près de quatre-vingts pays, répartis sur les cinq continents. Si j'ai appris une chose au cours de mes pérégrinations, c'est que des lieux où l'on mange bien, où l'on est accueilli comme ça, avec des sourires, du soleil, et puis cette vue, regardez-moi cette vue ! des lieux que l'on pourrait fréquenter chaque jour de sa vie sans en ressentir la moindre lassitude, eh bien, des lieux comme ça, ça ne court pas les rues.

– Je pense que si je venais ici tous les jours, je finirais par m'en lasser, dit Luna.

– Vraiment ? Tu pourrais te lasser de ce paysage ? De ces huîtres, regarde comme elles sont charnues, magnifiques ! s'extasie Christian tandis que Francis pose l'assiette à partager sur la table, accompagnée d'une bouteille de chablis et d'un pot de pâté au chorizo. C'est parce que tu es jeune, dit-il. À mon âge, quand on a fait le tour du monde et de soi-même, on sait les lieux qui nous rendent heureux.

Luna s'apprête à répondre, mais au même instant, elle aperçoit un enfant, une petite fille qui court entre les tables, toute en tresses, en Liberty et en rires qui carillonnent hors de sa bouche, et un voile de tristesse vient couvrir son visage.

– Tu crois qu'on reviendra ici un jour avec elle ? demande-t-elle, se tournant vers Tom.

– Bien sûr, oui.

– C'est vrai ?

Tom ouvre la bouche puis la referme. Trop de mots se sont précipités à ses lèvres. Des mots qu'elle ne doit jamais entendre. Jamais.

Tandis que Christian sert à son gendre le fond de la bouteille de vin, un vent d'est commence à souffler sur la plage, couvrant en quelques minutes le ciel d'épais nuages gris et faisant chuter la température de plusieurs degrés. D'un commun accord, ils décident de rentrer, mais à peine ont-ils franchi le seuil de la maison que Christian, enfilant ses chaussures de running, propose à Tom de l'accompagner pour un footing. Le regard de son beau-père est insistant, quelque chose comme *allons parler, juste toi et moi*. Tom attendait l'invitation. Ils se préparent chacun de leur côté, se rejoignent devant la maison puis s'élancent en direction des dunes.

Christian aura bientôt soixante-quatre ans mais tient une forme que lui envieraient certainement beaucoup de sportifs plus jeunes que lui. À chaque foulée, Tom voit se dessiner les muscles de ses mollets, saillir les veines qui épousent ses fibres en contraction. Ils arrivent au sommet de la dune, surplombant la plage des Pangolins et, derrière, l'océan Atlantique, tailladé et blanchi par le vent qui souffle en rafales.

– Quelle vue, c'est fantastique ! s'exclame Christian, mains sur les hanches, à peine essoufflé.

– Oui, magnifique.

Ils restent silencieux un instant, puis descendent la dune par l'autre côté, en direction de la plage déserte. Christian court à grandes enjambées, Tom doit s'employer à le suivre. Il se demande si ce n'est pas une sorte de test, ou bien une stratégie pour l'épuiser et le faire parler plus facilement. Parvenus à la Pointe, lieu magique où se confondent les eaux du bassin et de l'océan, il s'arrête dans les pas de son beau-père. Au loin, le soleil flotte comme une orange dans son jus pourpre. Une myriade de pinasses aux mâts fins et sombres baignent dans ce lavis crépusculaire.

– Comment va-t-elle ? demande soudain Christian l'air inquiet, ses yeux gris tournés vers l'océan.

– C'est difficile, répond Tom.

– Évidemment. Elle s'est attachée à Emy.

Là, maintenant. Tom le sent, c'est inexplicable, comme une vague venue de l'océan, remontant dans ses veines et charriant les mots vers sa bouche, tous ces mots qu'il retient en lui, qui pourrissent lentement dans son cœur.

– Christian, je… je dois vous dire quelque chose.

Il sait qu'il peut lui faire confiance.

L'intéressé tourne son regard vers Tom, un sourire aux lèvres qui signifie « je m'en doutais ».

– Je t'écoute.

– Eh bien, voilà… Emy n'a pas tout à fait disparu. Enfin, je veux dire, elle a bien disparu, mais elle ne s'est pas volatilisée… Nous avons… nous sommes victimes d'un kidnapping… et Luna n'en sait rien.

Christian hoche la tête comme pour dire *je comprends, continue.*

Mis en confiance par cette attitude neutre, dénuée de jugement, Tom se lance dans le récit détaillé de l'affaire, depuis leur rencontre avec Benoît et Victoria au bois de Boulogne, jusqu'au dernier message qu'il a reçu l'avertissant qu'il lui reste vingt-quatre heures pour payer et que, passé ce délai, ils disparaîtront dans la nature pour toujours.

– J'ai honte de garder tout ça pour moi, mais j'ai tellement peur de la réaction de Luna… C'est elle qui, en accordant sa confiance à Victoria, leur a permis de mettre leur plan à exécution. Je ne suis pas sûr qu'elle pourrait supporter le poids de cette trahison… ni, surtout, celui de sa propre culpabilité.

Christian hoche de nouveau la tête. Derrière son front mouillé de sueur, Tom pourrait presque voir la machinerie se mettre en marche, les rouages tourner, s'imbriquer les uns dans les autres. Après un instant de réflexion, il déclare :

– Tu as très bien fait de ne rien lui dire. Nul ne sait en effet comment elle pourrait réagir. Grâce à toi, elle va bien mieux qu'il y a quelques années, mais ça reste fragile. Et son amitié avec cette Victoria…

Il se tait un instant, puis demande :

– T'a-t-elle déjà parlé de Chloé ?

Tom fait non de la tête.

– Chloé était la meilleure amie de Luna au collège. Elles étaient inséparables, avec la force que peut prendre l'amitié à ces âges. Si l'une n'était pas invitée à un anniversaire, tu peux être sûr que l'autre refusait d'y aller. Le week-end, elles étaient toujours fourrées ensemble chez l'une ou chez l'autre, j'avais même acheté un matelas spécialement pour elle et un peignoir brodé à son nom, comme celui de Luna. En un mot, elle était la sœur que Luna avait toujours rêvé d'avoir.

Christian soupire, comme s'il cherchait toujours à trouver une explication, dix-sept ans plus tard.

– Malheureusement, leur amitié n'a pas résisté au décès de Jade. Est-ce Luna qui l'a repoussée, comme elle repoussait tout le monde à l'époque ? Est-ce Chloé qui, choquée, a pris ses distances ? Je n'ai jamais su, mais, du jour au lendemain, j'ai cessé de la voir chez moi. Mentionner son prénom est même devenu interdit, et je suis convaincu que tout cela a contribué à la dépression de Luna et à son anorexie.

– Et vous pensez que…

– Évidemment, oui. Depuis Chloé, Luna n'a jamais retrouvé d'amitié aussi forte, aussi complice. Alors, quand tu me décris la relation qu'elle semblait avoir avec cette femme…

Ils se regardent en silence puis détournent les yeux, chacun ayant besoin de digérer les informations qu'il vient d'entendre.

– Qu'est-ce que… qu'est-ce que vous me conseillez de faire ? finit par demander Tom.

– Je crois que tu le sais déjà, répond Christian.

– J'ai l'impression de la trahir, moi aussi.

– Ce que je vais te dire va peut-être te sembler horrible, mais cet enlèvement est la meilleure chose qui pouvait arriver. C'est une opportunité unique de mettre fin à tout cela sans endommager votre relation.

Christian a raison, il le sait. D'ailleurs, n'est-ce pas pour cette raison qu'il n'a lui-même rien fait depuis qu'il a reçu le premier message de Benoît ? Parce qu'il sent, au fond de lui, que c'est, en quelque sorte, sa porte de sortie ?

– Tu as ton téléphone avec toi ? demande Christian.

Tom acquiesce.

– Dans ce cas, il est inutile d'attendre davantage. Envoie un message à Benoît, et dis-lui que c'est terminé, que vous ne paierez jamais cette somme aberrante.

– Et pour Victoria ? Luna attend son retour de vacances de pied ferme.

Christian réfléchit un instant.

– Un accident.

– Pardon ?

– La semaine prochaine, tu lui annonces qu'ils ont eu un accident de voiture, qu'ils y sont restés tous les deux. J'ai des amis qui peuvent très aisément disséminer quelques preuves sur Internet.

– Elle sera bouleversée.

– Tu préfères qu'elle apprenne la vérité ?

– Non… bien sûr que non…

Tom tourne ses yeux vers l'horizon et redéploie une dernière fois le scénario dans sa tête. Tous ces mensonges qu'il va devoir servir à Luna lui donnent la nausée, mais a-t-il le choix ? Il aura beau retourner le problème dans tous les sens, il ne trouvera rien de mieux. Alors il sort son téléphone, aussi fin qu'une carte de crédit, et, comme le lui a conseillé Christian, écrit à Benoît. La réponse ne tarde pas à venir : « Tu es sûr ? C'est votre dernier mot ? »

Tom sent les larmes monter à ses yeux. Il pense à Emy, qu'il ne reverra plus. À Luna, qui attend encore désespérément le retour de sa fille. A-t-il le droit de prendre seul une telle décision ? N'a-t-il pas le devoir moral d'en parler à sa femme ?

– Je sais à quoi tu penses, dit Christian. Ton hésitation est parfaitement saine et naturelle. Mais, en réalité, tu sais depuis longtemps ce que tu dois faire. Autrement, nous ne serions pas ici en train d'avoir cette discussion.

Tom acquiesce.

Il est temps d'en finir.

De mettre un terme à cette mascarade.

« C'est notre dernier mot, oui. »

Il attend, le cœur sur le point d'éclater.

« Très bien. Adieu, alors. Dans une autre vie, nous aurions peut-être pu être amis. »

C'est absurde, mais Tom se donne le droit de répondre : « Dans une autre vie, je te filerais la raclée que tu mérites ! »

Une notification l'avertit aussitôt que son message n'a pas été distribué. Tom reste pétrifié quelques instants, le téléphone dans ses mains, puis se laisse tomber dans le sable, libéré mais triste. Entre ses jambes, le sol se pigmente de taches brunes. Deux mains le réconfortent puis le remettent debout, doucement.

– Rentrons maintenant, dit Christian, nos femmes vont s'inquiéter.

Le lendemain matin, Tom se lève à l'aube. Il a besoin d'aller courir, encore, d'évacuer toutes les tensions accumulées. Il enfile son short, ses baskets, noue un bandeau autour de ses cheveux, attrape une bouteille d'eau et sort dans l'air bleuté du petit matin. Il grimpe la dune attenante à la maison et, en quelques minutes, se retrouve seul sur l'immense plage de sable blanc, grisée et refroidie par la nuit qui s'appesantit. Il commence à courir, d'abord lentement, puis de plus en plus vite, enivré par la sensation d'espace infini se déployant devant lui, les yeux rivés sur une grande tache de lumière étincelante au loin, c'est là-bas qu'il veut aller, vers ce rayon de soleil doré, c'est tellement beau, tellement pur, Tom a l'impression que s'il parvient à l'atteindre, s'il arrive à absorber un peu de cette clarté, toute sa culpabilité s'évanouira. C'est un peu absurde, ça ne vaut pas mieux qu'une superstition d'enfant du genre : *si j'arrive à sauter ces trois marches, j'aurai une bonne note à mon contrôle.* Mais ça lui fait du bien de penser ça.

Ses pieds s'enfoncent dans le sable mou en grandes enjambées. Ses cuisses brûlent, ses poumons cherchent de l'air. Le soleil s'élevant de plus en plus haut par-dessus les dunes, la frange de lumière astrale s'élargit. À bout de souffle, Tom ralentit. Autour de lui, c'est vide. Il pourrait hurler de toutes ses forces, personne ne l'entendrait. D'ailleurs, c'est ce qu'il fait : il hurle. Comme une bête blessée et orgueilleuse, pour purger sa rage, sa fureur, son chagrin. Puis il se laisse tomber à genoux et s'allonge sur le dos, tout le ciel dans ses yeux grands ouverts, le vent d'ouest que sa gorge inhale en lampées avides, l'oreille bercée du bruit des vagues. Il est libre. La pensée s'engouffre dans sa tête, y laissant quelques poussières de joie. *Et maintenant ?* se demande-t-il. Maintenant qu'il a expédié Benoît et Victoria hors de leur vie ? Maintenant qu'il *sait* qu'Emy ne reviendra pas ? *Tu vas t'occuper de Luna. C'est tout ce qui compte. L'aider à surmonter sa peine. À accepter.*

Tom reste allongé de longues minutes dans la paume que le soleil referme sur lui, cette paume de lumière et de chaleur qui l'enveloppe tel un souffle maternel, une onde bienfaisante. Son cœur, qui cognait en grands coups après l'effort, s'apaise, embrasse le rythme naturel des vagues qui vont et viennent, la respiration tranquille de l'océan. Lorsqu'il se remet debout, la tête lui tourne légèrement, comme s'il avait dormi des heures d'un sommeil profond. Il rentre en marchant, s'autorisant un détour par la place du marché pour acheter des viennoiseries et du jus de pomme. Il sait que ça fera plaisir à Luna, elle en raffole.

La maison est encore endormie. Tom pose le sachet de viennoiseries sur la table, range le jus dans le frigo, puis marche à pas de loup vers la salle de bains. En passant devant leur chambre, il remarque un filet de lumière dans les interstices. Luna serait-elle réveillée ? Il ouvre doucement la porte et passe son visage dans l'embrasure. Elle est assise au bord du lit, son téléphone, *à lui*, entre les mains. Un frisson le traverse, comme un pressentiment.

Il n'a pas le temps de bouger, d'esquisser le moindre geste, qu'elle redresse la tête, plante ses yeux dans les siens, et demande d'une voix blanche, ahurie :

– Qu'est-ce… qu'est-ce que tu as fait, Tom ?

Chapitre 21

Nicole

Nicole ne comprend pas, elle ne comprend rien, elle évolue dans une sorte de terreur constante et sans frontière, comme un cauchemar dont elle ne parviendrait pas à s'extraire, une hallucination ayant pénétré la sphère du réel et enserrant sa conscience. L'air est gris et froid, comme cette fois, au déjeuner de famille, où elle avait aperçu l'ombre au chapeau, c'est la même sensation de vide et d'absence, le monde atrophié, soudain, rongé à l'os. Elle veut sortir, elle étouffe, mais les portes et fenêtres sont fermées, c'est un huis clos sans échappatoire. Parfois, elle reste silencieuse pendant de longues minutes, les yeux rivés sur le paysage dehors, l'esprit vide de toute pensée, hébétée. D'autres fois, elle hurle à s'en décrocher les poumons, elle hurle tout et n'importe quoi, frappant ses poings sur la porte qui renvoie un bruit creux, un écho sépulcral. *Tu deviens folle. Tu n'arrives plus à distinguer le monde réel des univers virtuels, tu as passé trop de temps là-bas, ton cerveau n'arrive plus à faire la différence. Peut-être que ton corps est en fait allongé sur un lit d'hôpital, que les médecins sont en train d'annoncer à Estelle que tu es dans le coma et qu'ils n'ont aucune idée de quand ni de si tu vas en sortir. Il ne tient qu'à toi d'y arriver. De trouver la clé te permettant de t'extraire de cette illusion.*

Mais quelle est la clé ? Y a-t-il une énigme cachée quelque part ? Est-ce encore un jeu imaginé par Michel, avec une nouvelle surprise au bout ? Elle court vers son bureau et commence à retirer les livres de la bibliothèque, à tout jeter par terre, pêle-mêle, espérant trouver une feuille, un dessin, n'importe quoi qui puisse constituer le début d'une piste, d'un indice. Désormais, elle est convaincue qu'il lui est arrivé quelque chose dans le monde réel, par exemple un AVC, et que son esprit lutte pour ne pas s'éteindre. Elle est au bord du Styx. Dans ce que les scientifiques nomment une « expérience de mort imminente ». À ce propos, elle se souvient des mots de Proclus, philosophe grec du Ve siècle : « Cléonyme d'Athènes… navré de douleur à la mort d'un de ses amis, perdit cœur, s'évanouit. Ayant été cru mort, il fut, le troisième jour, exposé selon la coutume. Or, comme sa mère l'embrassait… elle perçut un léger souffle. Cléonyme reprend peu à peu ses sens, se réveille et raconte tout ce qu'il avait vu et entendu après qu'il avait été hors du corps. Il lui avait paru que son âme, au moment de la mort, s'était dégagée, comme de certains liens, du corps gisant à côté d'elle, s'était élevée vers les hauteurs et, ainsi élevée au-dessus du sol, avait vu sur la terre des lieux infiniment variés quant à l'aspect et aux couleurs, et des courants fluviaux invisibles aux humains. Elle était parvenue enfin à un certain espace consacré à Hestia, que fréquentaient des

Puissances démoniques sous la forme de femmes d'une beauté indescriptible… »

Elle aussi, elle s'est élevée au-dessus du sol, dans la montgolfière, elle aussi, elle a vu des *lieux infiniment variés*, toutes les nuances d'ocre et de bleus du paysage namibien, avant d'échouer dans l'antichambre d'Hadès. Soudain, une pensée la percute : comment se souvient-elle des mots précis de Proclus qu'elle a dû lire par hasard une seule fois dans sa vie ? Serait-ce lié à son expérience de mort imminente qui activerait certaines zones de son cerveau normalement laissées au repos ? Si c'est le cas, ne peut-elle trouver, dans l'une de ces zones, la clé pour sortir d'ici ? Pour revenir à la vie ? Elle commence à réfléchir, mais un bruit l'arrache soudainement à sa concentration.

Le bruit d'un bébé qui pleure.

Il n'y a aucun bébé dans leur immeuble, alors Nicole se demande comment c'est possible, d'où ce son peut provenir. Ça lui rappelle Estelle, puis Evan, les seuls nourrissons qu'elle ait jamais portés dans ses bras. Ou peut-être sont-ce ses propres cris, lorsqu'elle n'avait elle-même que quelques mois ? Sorte de retour en arrière de sa conscience qui s'apprête à lui dérouler, telle une ultime rétrospective, tout le fil de sa vie depuis les origines, avant de sombrer dans les ténèbres.

Elle s'approche de la porte, colle son oreille contre le bois. Les cris semblent venir du rez-de-chaussée et monter les étages. Elle entend les marches grincer, reconnaît le couinement significatif de l'escalier menant à son palier. Sur le sol devant sa porte, s'infiltrant sous le jour, Nicole voit se déplier une ombre, l'ombre d'un homme à chapeau, qui rétrécit à mesure que les cris et les pas s'éloignent. Qu'est-ce que cela signifie ? Quel message tente de lui envoyer son inconscient ? L'homme au chapeau serait-il une sorte de métaphore ? Celle de la mort, emportant avec elle l'innocence des premiers âges ? Cependant, Nicole continue d'écouter, suivant l'homme au chapeau et le bébé vers le troisième étage, puis le quatrième, le cinquième, une porte qui s'ouvre, se ferme, puis, à nouveau, le silence.

Elle reste de longues minutes immobile, son oreille toujours collée contre la porte, puis retourne au salon. Et maintenant ? Et si elle n'arrivait jamais à sortir d'ici ? Si elle restait prisonnière pendant des années dans ce lieu, avant que quelqu'un, *là-bas*, se décide enfin à la débrancher ? Elle a lu des histoires de gens restés dix ou vingt ans dans un semi-coma, c'est-à-dire incapables de communiquer avec l'extérieur, le corps dans un état purement végétatif, mais entendant et percevant tout ce qui se passait autour d'eux. Elle ne veut pas que ça lui arrive. Cette pensée est insoutenable. Alors elle hurle, à nouveau, à s'en déchirer la gorge, mais les sons qui sortent de sa bouche semblent se diluer dans l'air, comme si elle essayait de crier à mille mètres de profondeur. Nicole a froid. Elle est terrifiée.

Au bout d'un moment, peut-être quelques minutes ou plusieurs jours, Nicole a totalement perdu la notion du temps, de nouveaux bruits résonnent dans les parties communes. Ça descend les étages, ça parle. Elle suit le bruit dans l'escalier, les lattes grinçantes du troisième étage, les marches qui font trembler les murs, quelques instants de silence et soudain, à sa plus grande stupéfaction, la porte de son appartement qui s'ouvre, laissant apparaître ses voisins du cinquième étage.

– Je ne comprends pas…

Ce sont les premiers mots qui sortent de sa bouche.

– Michel vous expliquera. Il faut nous suivre, madame Tournant. Tout de suite. Nous n'avons pas beaucoup de temps.

Chapitre 22

Étienne

Passé ce week-end, Aurélia ira vivre chez Charlotte, elles se sont mises d'accord. Étienne est un peu triste, même s'il s'est fait une raison. Durant la semaine qu'ils ont passée ensemble, il aurait aimé la faire changer d'avis, lui prouver qu'un nouveau départ était possible. Mais elle ne lui a laissé aucune ouverture, aucune raison de croire que, de son côté, elle avait envie d'une telle chose. Pour autant, Étienne ne regrette rien, de même qu'il ne regrette rien de ce qu'il a vécu avec Héloïse. Ces expériences font la matière de la vie, et feront celles du roman qu'il s'est décidé à écrire, enfin.

Profitant du fait qu'Aurélia se prépare dans la salle de bains, il décide de descendre chez son voisin, M. Tournant. Les deux hommes n'avaient pas rendez-vous, mais il a une question importante à lui poser concernant la structure de son récit. Il toque, attend quelques secondes, puis se souvient soudain que le vieil homme s'est absenté quelques jours. Étienne tourne les talons pour remonter dans son appartement, mais au même moment il entend des bruits de pas, suivis d'un cliquetis de serrure. Il revient devant la porte qui s'ouvre un instant plus tard sur un visage fatigué et marqué. Les deux hommes se regardent.

– Je… vous allez bien, monsieur Tournant ?

L'intéressé hausse les épaules.

Ses yeux brillent.

Il tremble.

Songeant qu'Aurélia saura s'y prendre certainement mieux que lui, Étienne l'invite à monter. Elle vient justement de sortir de la salle de bains, dans une robe bleu ciel qui, trouve-t-il, met en valeur ses yeux. Une lueur de joie passe dans le regard du vieil homme.

– Je vous l'ai déjà dit, mais ça me fait vraiment plaisir que tu reviennes vivre ici.

Elle n'a pas le cœur à le décevoir.

– C'est gentil, répond-elle. Vous avez une petite mine, ça ne va pas ?

Il baisse les yeux, honteusement, comme un enfant de quatre-vingts ans qui aurait fait une bêtise.

– Asseyez-vous, vous serez mieux, propose Étienne, lui indiquant le canapé. Est-ce que je peux vous servir quelque chose ? Un café ? Du thé ?

Sans attendre de réponse, il se dirige vers la cuisine.

– Je vais vous préparer du thé. J'en ai du très bon qu'on m'a offert pour mon anniversaire.

Pendant ce temps, Aurélia s'est assise avec lui sur le canapé. Elle a pris ses mains dans les siennes. Il pleure doucement.

– Vous… vous allez me prendre pour un fou, dit-il.

– Nous ne prenons personne pour des fous, ici, répond Aurélia.

– C'est parce que vous ne m'avez pas encore entendu.

– Après, je vous raconterai mon histoire, ainsi nous serons quittes.

Il sourit, s'essuie les yeux avec un mouchoir qu'elle lui tend.

– La mienne dépasse l'entendement.

Étienne revient avec un plateau qu'il pose sur la table basse. Il laisse le thé infuser trois minutes, puis le sert dans trois tasses en grès.

– Tenez, monsieur Tournant, dit-il. Attention, c'est très chaud.

Le vieil homme attrape sa tasse par l'anse et l'approche de son visage. Il hume la vapeur montant vers ses narines, ferme les yeux, hoche légèrement la tête, l'air de dire *oui ça sent bon, tu ne m'as pas menti sur la qualité de ce thé.*

– L'amour… commence-t-il, l'amour est une chose vraiment étrange. Après cinquante ans de mariage, je pensais en connaître tous les rouages, les mystères. Je pensais n'avoir plus rien à apprendre sur mon propre cœur, qu'il avait atteint cet état de sérénité et de certitude censé accompagner le grand âge. Nous avons mené avec Nicole une vie très heureuse, très pleine, et j'étais persuadé, quand son cancer s'est déclaré, que j'arriverais à l'accepter, à faire mon deuil. Après tout, elle n'avait pas trente ou quarante ans. Nous avions déjà bien vécu, et sa mort n'avait rien d'injuste, de révoltant.

Michel pose sa tasse, fait tourner trois fois son alliance autour de son doigt. Un sourire empreint d'amour et de nostalgie ondule sous sa moustache.

– Quand j'ai rencontré Nicole… oh si vous saviez, mes enfants… dans notre bistrot, près de la Sorbonne… dès que je l'ai aperçue, j'ai su. C'est fou de savoir comme ça, immédiatement, sans l'ombre d'un doute. Tout ce que j'avais lu, entendu et imaginé sur l'amour, tous mes délires d'adolescent, mes lectures, mes balades au Louvre, Shakespeare, Racine, Botticelli, Jane Austen et j'en passe, tout s'incarnait, là, devant moi, avec l'évidence du coup de foudre. Ça m'a pris cinq minutes pour l'aimer pendant cinquante ans. Le temps d'oser l'aborder, de m'inviter à sa table, de plonger dans son regard et de l'entendre parler… et me voilà éperdu d'une passion inconditionnelle et définitive ! Et ça ne m'a pas lâché, même quand ça allait un peu moins bien, même quand elle est partie vivre quelque temps ailleurs, même quand on n'était pas d'accord, c'était toujours ma Nisette, la même certitude inébranlable qu'elle était la femme de ma vie et que nous vieillirions ensemble. Alors bien sûr, quand son foutu cancer s'est déclaré… quand j'ai compris qu'elle ne s'en sortirait pas…

Michel reprend son souffle, lève ses yeux vers Étienne qui se sent percé à l'âme par l'émotion du vieil homme.

– Un jour, à l'hôpital, une infirmière est venue me voir avec l'un de mes livres, pour me demander de le lui signer. À ce moment-là, j'ai eu une révélation. J'avais écrit sur tout, pendant des décennies, la guerre, le ciel, l'argent, j'ai consacré des chapitres entiers à cette espèce de fourmi en Amazonie qui se reproduit par clonage, mais pas un seul mot sur ma propre femme ! Vous imaginez ! J'ai demandé à Estelle de m'acheter un nouveau carnet, le plus épais qu'elle puisse trouver, et j'ai commencé à écrire. Sur *elle*. Pendant des semaines, assis dans mon fauteuil bleu, j'ai gratté le papier, comme un forcené, jusqu'à en oublier la vraie Nicole qui mourait à côté de moi. J'étais engagé dans une course contre la montre : tant qu'elle respirait, il fallait que j'écrive, car son souffle était le mien, et je savais au fond de moi que quand elle deviendrait blanche et raide, ma main aussi deviendrait blanche et raide… pour toujours. Je n'essayais pas de repousser la mort, j'essayais de rattraper la vie qui s'échappait d'elle. Comme un enfant qui, voyant son sac de billes se renverser et rouler vers le précipice, se met à courir dans tous les sens pour les sauver. Je voulais loger ses rires, ses regards, sa peau… *son être* dans mes pages, avant qu'il soit trop tard.

Michel se tait un instant, son regard perdu au loin.

– Quand elle est partie, mon petit-fils Evan m'a présenté cette application… Meilleure Vie, que vous devez certainement connaître. J'en avais entendu parler, bien sûr, mais tout ce qu'elle m'évoquait, c'était un mauvais roman de science-fiction. Il m'a dit : « Tu sais papi, tu n'es pas obligé de rester tout seul… » Ça m'a indigné, bien sûr ! Je n'allais quand même pas… ma Nicole, qui détestait tant ces bidules ! Qui avait encore son vieux smartphone, vous imaginez !

Nouveau silence. Il hausse les épaules, un sourire fataliste aux lèvres.

– Et puis, les jours ont passé, sans elle. Supportables, au début, jusqu'à ne plus l'être. Elle me manquait trop, que voulez-vous ! Quand on vit un demi-siècle avec une personne, et que cette personne disparaît du jour au lendemain de votre existence… c'est comme si on vous amputait du cœur. Qui peut vivre sans cœur ? Son rire me manquait, son esprit me manquait, ses yeux, sa voix, tout ! J'en devenais fou, à passer des nuits entières à relire ce que j'avais écrit, essayant de la faire réapparaître, là, devant moi ! J'ai fini par donner mon carnet à Evan. Neuf cent mille signes, plus que mes quatre derniers romans confondus. Je ne sais pas bien ce qu'il a fait avec, mais, deux semaines plus tard, je prenais à nouveau le petit déjeuner avec ma Nisette. Comme si de rien n'était. Comme si elle n'avait jamais eu le cancer, ou bien qu'elle en était sortie guérie.

Michel se tait à nouveau puis conclut, dodelinant de la tête :

– Vous devez me prendre pour un fou…

– Un fou d'amour pour votre femme, c'est certain, répond Aurélia, lui prenant tendrement la main. Les nouvelles technologies viennent avec tant de promesses, de possibilités… c'est très dur de résister à la tentation.

Il acquiesce, à demi convaincu.

– De toute manière, dit-il, c'est terminé pour moi. Ces nouvelles technologies, comme vous dites, ont eu leur revanche sur le vieux lettré. Un salaud à qui j'ai fait confiance a piraté mon compte, et désormais il me réclame vingt mille euros pour me rendre Nicole.

– Vingt mille euros ? s'étrangle Étienne.

– Je ne peux m'en prendre qu'à moi-même, que voulez-vous. J'aurais dû… j'aurais dû faire mon deuil, comme tout le monde. Je m'épargnerais cette insupportable douleur au cœur… cette sensation qu'on m'a arraché une chose très précieuse… inestimable…

– Avez-vous contacté l'application ?

– Bien sûr ! Ils m'ont expliqué que Daren… enfin, Benoît, apparemment il s'appelle comme ça… enfin, le hacker, quoi, avait transféré Nicole sur ses propres serveurs ou je ne sais quoi, et qu'il leur était impossible de la récupérer. Ils m'ont proposé de tout recommencer, de créer *une autre Nicole*, selon leurs propres termes. Comme si deux, ce n'était déjà pas suffisant…

– Nous allons vous aider.

Étienne se tourne vers Aurélia, qui vient de prononcer ces mots. Ils se regardent et il comprend immédiatement où elle veut en venir.

– Tu penses vraiment que Thibaut…

– Je ne sais pas. Mais s'il y a une personne au monde qui peut retrouver Nicole, c'est lui.

Après avoir obtenu l'accord de Michel, Aurélia appelle son cousin. Motivé autant par l'affection qu'il porte à sa cousine que par son goût du défi, celui-ci accepte et leur propose de passer sans plus tarder chez lui.

Thibaut habite au dernier étage d'un immeuble situé dans le XIIe arrondissement, près du ministère où il travaille. Son appartement est constitué d'une petite pièce faisant office de chambre, de salon et de cuisine, d'une salle de bains où l'on ne tiendrait pas à deux, et d'un bureau plus vaste que tout le reste, ressemblant à une véritable salle d'arcade. Il vient de fêter ses vingt-cinq ans mais avec ses joues imberbes, ses cheveux blonds ébouriffés et ses lunettes siglées *Star Wars*, on lui en donnerait dix de moins.

– Difficile de croire que la sécurité numérique du pays repose sur ses épaules, dit Étienne à Aurélia, qui lâche un petit rire.

Ils suivent Thibaut vers son « cockpit », c'est ainsi qu'il appelle cette grotte aux volets et rideaux fermés, dont les lumières des différentes tours, écrans et autres objets dont Étienne ne saurait définir l'utilité, ressemblent à autant d'yeux brillant dans l'obscurité. Pour atteindre le fauteuil de Thibaut, autour duquel il les invite à se rassembler, il faut enjamber une mangrove de câbles noirs et gris, entre lesquels gisent des cadavres de puces électroniques. Le jeune homme s'installe, demande plusieurs informations à Michel, puis commence à pianoter sur le clavier devant lui, faisant apparaître des lignes de codes sur trois écrans disposés les uns à côté des autres. Parfois, un sourire vient mystérieusement étirer les commissures de sa bouche, aussitôt remplacé par une expression d'intense concentration. Au bout d'une quinzaine de minutes, il lève les mains de son clavier, les croise derrière sa tête, se tourne vers eux et dit avec une pointe d'autosatisfaction :

– Ils sont forts... vraiment forts, mais j'ai réussi à trouver votre femme.

– C'est vrai ? s'exclame Michel, les larmes aux yeux. Où est-elle ?

– Sans vous manquer de respect, c'est un peu compliqué à expliquer. En revanche, pour une entreprise aussi énorme que Meilleure Vie, ils ont de sacrées failles dans leur sécurité !

– Ils devraient t'embaucher, fait Aurélia.

– Va dire ça au président de la République, tiens !

– Crâneur.

Il sourit et fait pivoter son fauteuil vers eux.

– Vous deux, dit-il, mettez ces lunettes.

Étienne et Aurélia se regardent.

– Je vous la fais courte, mais pour ne pas endommager le code de Nicole, ils ont reproduit son environnement. Elle est enfermée dans son appartement, dans votre immeuble. Je vais vous y envoyer, sous forme de leurre. Vous montez la chercher et vous la faites sortir de l'immeuble, le plus rapidement et discrètement possible. Je ne sais pas combien de temps j'arriverai à tromper leur système.

– Et moi ? demande Michel.

– Vous, vous restez ici, bien au chaud. Vous êtes trop impliqué. Et, sans vouloir vous manquer de respect, trop vieux. C'est une course contre la montre, Michel. Pas une partie de bridge.

– Comment saura-t-on si on est repérés ? demande Aurélia.

– On ne peut pas le prédire. Si je m'aperçois de quelque chose de mon côté, je vous enverrai un signal. Vous êtes prêts ?

Étienne et Aurélia acquiescent, enfilent leurs lunettes, et, quelques secondes plus tard, se retrouvent propulsés en plein milieu d'un désert de sable ocre, face à leur immeuble reproduit dans ses plus fidèles détails – la façade en pierre de taille, le toit en zinc, les garde-corps à la peinture écaillée, il y a même l'échafaudage installé quelques jours plus tôt.

– On se croirait… dans une sorte de rêve, murmure Étienne, fasciné.

Aurélia acquiesce, puis lui prend la main.

– Viens, ne perdons pas de temps, dit-elle, l'entraînant vers l'entrée.

Ils arrivent devant la porte au vernis écaillé, des années qu'Étienne se bat auprès de la copro pour la refaire, mais il y a toujours d'autres priorités, des problèmes *plus urgents* à résoudre. Il tape le code, ils entrent. Contrairement à l'extérieur lumineux et en couleurs, tout est gris et froid. Étienne frissonne. Ils empruntent l'escalier, croisent un homme qui descend, avec un chapeau et une chemise safari, Étienne a déjà vu cet homme, il réfléchit un instant, ça y est, il s'en souvient, il sortait tout juste de chez Michel tandis que l'autre y entrait, ils s'étaient rencontrés sur le palier. L'homme les dévisage, longuement, incline le bout de son chapeau pour les saluer, puis continue sa descente.

– C'est *lui*, résonne la voix de Thibaut.

– Lui ?

– Le hacker, l'homme qui a kidnappé Nicole.

– Qu'est-ce qu'on fait ?

– Montez jusque chez vous, ne vous arrêtez pas.

– Très bien !

Aurélia sur ses talons, Étienne continue jusqu'au cinquième étage, appuie sur la poignée, ouvre la porte qui n'est pas fermée à clé. Ils entrent. C'est leur salon, le bar jouxtant la cuisine, les rideaux d'inspiration japonaise qu'ils ont choisis ensemble quand ils ont emménagé, les tableaux de voyage chinés aux puces, tout ce petit monde familier reproduit à l'identique et cette question qui traverse Étienne : comment ont-ils fait ? Pour connaître dans les moindres détails l'intérieur de leur appartement ? La réponse tombera plus tard des lèvres de Thibaut : « Tu as toi-même utilisé Meilleure Vie ? » Acquiescement. « Alors c'est facile pour eux, ils avaient toutes les données à portée de main. » Et la prise de conscience que ce n'est pas une meilleure vie qui se dessine avec l'application, mais *le meilleur des mondes*, un monde où les notions d'intimité, de vie privée et de protection des données ne sont que des ornements destinés à s'acheter la paix publique.

Tandis qu'ils attendent de nouvelles instructions de Thibaut, un bruit perce le silence, un bruit qu'ils n'ont jamais entendu en cinq ans de vie commune dans l'appartement – le bruit d'un bébé qui pleure. Étienne et Aurélia se regardent. Qu'est-ce que cela signifie ? Les cris viennent de la chambre. Ils hésitent puis les suivent, comme hypnotisés. À côté de leur lit se trouve un couffin, et dans ce couffin, un bébé de quelques semaines à peine. Que fait-il là ? La vision est troublante, comme si quelqu'un avait imaginé à leur place la vie qu'ils auraient pu avoir si Aurélia ne l'avait pas quitté pour David, ce bébé dont Étienne rêvait, fruit de leur amour, de leur union charnelle, manifestation ultime de leur complicité de corps et d'esprit, ce bébé qu'ils n'auront certainement jamais, mais qu'il voit, là, devant eux, dans leur chambre. Ça y est, les larmes montent, il n'y peut rien, c'est trop fort, il a envie de parler, de dire quelque chose, mais sa gorge est muette, comme celle de Michel quand il a compris que sa femme était morte. Quelque chose est mort là aussi, *le respect des rêves intimes*. Oui, Étienne a l'impression que le respect de son rêve intime a été saccagé, qu'on est venu arracher à sa conscience son désir le plus profond, le plus vrai, le plus viscéral, ce désir d'enfantement avec Aurélia, et qu'on s'est amusé avec. « Meilleure Vie… » murmure-t-il, semblant comprendre quelque chose. Serait-ce cela sa *meilleure vie* ? Cette vie qu'il n'aura jamais, dans laquelle il aurait été réveillé au milieu de la nuit par les pleurs d'un bébé – *C'est ton tour, non c'est le tien* –, plusieurs fois levé, préparer le biberon, prendre l'enfant contre soi, au creux de la nuit, aller au bureau, marcher comme un somnambule, serait-ce cette vie de lait et de cernes, lavée de toute obligation sinon celle d'élever un *petit eux* dans l'amour, le respect, la confiance ?

Il se tourne vers Aurélia, figée dans le silence, la regarde. Une goutte de lumière roule sur sa joue. Pense-t-elle comme lui ? Éprouve-t-elle, au fond de son cœur, le regret de ce futur qu'ils pourraient encore choisir ?

Seraient-ils dans l'un de ces moments existentiels où *quelque chose se joue*, une épiphanie qui pourrait leur permettre de prendre un nouveau départ ? Il a envie de lui prendre la main, mais au même instant, Thibaut les autorise à sortir et le corps d'Aurélia se dérobe.

Ils quittent l'appartement, descendent les trois étages menant à celui des Tournant, entendent la voix de Thibaut – « C'est bon, c'est ouvert » –, poussent la porte, trouvent Nicole assise au milieu de son salon, genoux serrés contre la poitrine, teint blême. Les apercevant, la vieille femme se met debout, éperdue.

– Je ne comprends pas, dit-elle simplement, les regardant à tour de rôle comme deux apparitions inespérées.

– Michel vous expliquera, dit Aurélia. Il faut nous suivre, madame Tournant. Tout de suite. Nous n'avons pas beaucoup de temps.

Elle fait non de la tête.

– J'ai peur. Est-ce que je suis en train de devenir folle ?

– Vous ne devenez pas folle, madame Tournant, c'est ce monde qui est fou. Je vous promets que vous comprendrez tout bientôt, mais en attendant il faut nous suivre, il faut sortir d'ici.

– Pourquoi est-ce qu'il y a le désert dehors ? Pourquoi est-ce que je suis chez moi, mais que je vois le désert quand je regarde par la fenêtre ? Et pourquoi est-ce que je ne pouvais pas sortir ? Si vous savez, vous devez me dire ! Je ne bougerai pas tant que vous n'aurez pas parlé !

– Vous vous êtes fait kidnapper, Nicole, c'est tout ce qu'on peut vous dire. Par des gens très dangereux. Maintenant, acceptez-vous de nous suivre ? Michel vous attend, il vous dira tout.

Étienne lui tend la main, et dans les yeux de la vieille femme il voit soudain étinceler un éclair, une terreur lucide et incrédule qui lui fait ouvrir la bouche puis la refermer, les suivre sans un mot jusqu'au palier, descendre l'escalier, s'arrêter sur la marche qui grince, toujours la même, retenir son souffle en espérant qu'on ne les ait pas entendus. Une fois qu'ils sont en bas, Étienne ouvre la porte et leur dit de sortir.

– Allez-y, je dois faire quelque chose.

Puis sans attendre leur approbation, il remonte les marches quatre par quatre jusqu'au cinquième étage, ouvre la porte de leur appartement, court dans leur chambre. Il s'arrête devant le couffin du bébé, le regarde, longuement. Cet enfant n'a rien à faire là. Ce n'est pas le leur. Quelque chose en lui, comme une voix intérieure, lui intime de prendre ce bébé, de l'évacuer de cet immeuble. C'est irraisonné, en dehors de sa propre compréhension, mais il doit le faire, il n'a pas le choix. Il le prend dans ses bras et s'échappe de la chambre. Arrivé dans l'entrée, il ne peut s'empêcher de se regarder dans le miroir, de voir à quoi il ressemblerait en père, si tout cela se marie bien avec l'appartement. « Étienne, qu'est-ce que tu fous, bon sang ? » demande Thibaut, dont la voix résonne comme celle d'un dieu dans le ciel. Il abandonne ce fantasme de l'autre côté du miroir et file dans l'escalier. C'est la première fois de sa vie qu'il porte un nourrisson, c'est lourd et léger à la fois, sa peau sent divinement bon. À chaque marche, une nouvelle image jaillit, comme des coups de feu dans le cœur, ce n'est pas simplement un bébé qu'il porte, c'est son histoire inachevée avec Aurélia, la promesse rompue de leurs vœux, de la vie qui s'offrait à eux, voyages, enfants, maison, tout était sur les rails avant qu'elle ne déraille, *non*, hors de question de laisser un ersatz de lui-même mener cette existence à sa place, il refuse, comme il a refusé une semaine plus tôt qu'Aurélia reparte de chez lui sans une explication, il invoque son droit à la révolte.

Arrivé à l'étage des Tournant, il aperçoit par la porte entrouverte l'homme au chapeau. Ils se regardent, l'autre comprend. « Bordel, Étienne ! » tonne le dieu dans ses nuages. Démasqué, l'homme s'évapore, les fenêtres explosent, une tempête d'ocre et de bleu s'engouffre dans l'immeuble. Étienne serre l'enfant contre lui et, dans le chaos des portes qui sifflent et qui claquent, du sable que vomissent les mâchoires édentées des battants, des vases brisés et du soleil qui se décroche, dévale l'escalier jusqu'au rez-de-chaussée. La porte est ouverte, Aurélia l'attend, bras tendus vers lui, dans une blancheur soudain éclatante, comme dans un tableau, l'entrée d'une église par un jour de printemps, elle l'appelle, il accourt tandis qu'autour de lui tout s'effondre, s'affaisse, se morcelle, à peine le temps de sauter au-dessus du sol devenu gouffre, à peine le temps d'attraper sa main, de jouir une seconde de cette vie à trois que l'enfant, libéré du piège, disparaît, laissant entre eux la forme abstraite et stupéfiante d'un futur jamais vécu.

Chapitre 23

Michel

Michel a attendu de rentrer chez lui avant d'enfiler ses lunettes pour retrouver Nicole. Il sait qu'il va devoir s'expliquer avec elle, et il n'avait pas envie de le faire devant Étienne, Aurélia et Thibaut. Elle l'attend, debout dans leur salon, ses grands yeux le fixant d'une attente fébrile, angoissée, d'une colère enfouie prête à érupter.

– On m'a dit que tu pourrais m'expliquer, dit-elle.

Il fait un pas vers elle, elle recule.

– Qu'est-ce que ça veut dire, Michel ?

Il baisse les yeux, ne supporte plus ce regard qui le transperce.

– J'ai eu tellement peur… murmure-t-il.

– Peur de quoi ? Explique-moi, je veux comprendre ! Je n'en peux plus des non-dits, des insinuations, d'avoir l'impression que je deviens complètement folle, je n'en peux plus, Michel ! Peux-tu imaginer ? Je monte dans une montgolfière virtuelle, perds connaissance, me réveille dans mon salon avec vue sur le désert et aucune possibilité de sortir, tout à coup ma porte s'ouvre, mes voisins m'annoncent que je me suis fait kidnapper ou je ne sais quoi, l'immeuble s'écroule, je perds à nouveau connaissance et, quand je me réveille, me voilà de nouveau chez moi, comme si de rien n'était ! Pardon, mais tous les jours, des gens perdent la tête pour bien moins que ça !

Un silence passe. Soudain, il la voit se diriger vers la fenêtre, l'ouvrir en grand et passer une jambe par-dessus la rambarde. Par réflexe, son corps se tend vers elle, mais d'un geste de la main elle lui intime de ne pas bouger.

– Si je saute, il ne va rien se passer, n'est-ce pas ? Il ne va rien se passer parce que… je suis déjà morte ?

Michel ne trouve pas de réponse. Il reste debout, le dos collé contre le mur. Son cœur lui fait mal, comme si des mains d'acier le pressaient, essayaient de le déchirer.

– Parle-moi ! hurle-t-elle. Aie au moins ce courage-là !

Le hurlement ne s'est pas éteint que sa femme est là, lui semble-t-il, en chair et en os, devant ses yeux, avec le parfum de ses cheveux, l'arc de ses cils, la robe qu'elle portait quand il l'a rencontrée dans leur bistrot, sa joie primesautière, ses yeux bleus, et, derrière elle, tous les ciels qu'ils ont regardés ensemble, la vie dépliée en mille rameaux d'amour et de confidences. Nicole, sa Nisette, revenue à lui pour qu'il puisse vivre car il ne peut pas vivre sans elle, il court vers elle, lui attrape le bras, elle le retire, il tombe à genoux, dit qu'il l'aime, qu'il l'aime plus que tout, qu'il veut vivre éternellement avec elle, et à chacun de ces mots qu'il prononce, il la voit devenir plus livide et froide, raide comme une statue.

– C'est moi qui ai eu le cancer, c'est ça ? Et, dans ta folie d'écrivain, tu as cru bon de me ressusciter ? De m'inventer une nouvelle histoire ?

Il est assis à ses pieds, lui, le grand auteur qui a gagné le prix Renaudot, suppliant comme un chien qui cherche la main de sa maîtresse, terrifié quand il la voit se détourner, soudain, et se diriger vers la porte, l'ouvrir, commencer à descendre l'escalier.

– Nisette ? Où vas-tu ? Reviens, ma Nisette !

Il lui court après dans le hall, la rue, le parc où ils s'asseyaient pour lire au soleil, il ne sait pas ce qu'elle fait et lui-même ne sait pas ce qu'il fait, où tout ça les mène. Elle s'arrête, regarde autour d'elle, demande d'une voix fêlée :

– Alors que suis-je ? Un algorithme ? Un programme informatique ? Et tout ça ? Les oiseaux, les arbres, les jeux pour enfants, là-bas, c'est du code ?

– Je… je ne pouvais pas vivre sans toi, ma Nisette.

– Quel égoïsme ! Je ne suis pas ta Nisette, je n'existe pas, en tout cas pas plus que les personnages de tes romans ! C'est ce que tu as voulu créer, Michel, un personnage de roman !

– Tu te trompes ! Je voulais… je ne pouvais pas vivre sans toi, c'est tout…

– Est-ce que tu te rends compte que tu parles à une machine ? Que je ne suis pas vivante ?

Je ne suis pas vivante.

Je ne suis pas vivante.

Je ne suis pas vivante.

Je ne suis pas vivante.

Je ne suis pas vivante.

Nicole, *presque Nicole*, comme il l'appelait au début, se met à répéter la phrase en boucle, comme si elle tentait de l'intégrer, de comprendre ce qu'elle signifie. Elle se tait soudain et demande, plus calme :

– Comment as-tu fait ? Pour me faire croire à ma réalité ?

Michel hausse les épaules.

– Je suppose qu'ils ont… qu'ils ont mis cette idée en toi.

– Mis cette idée en moi, répète-t-elle à mi-voix. Et le reste ? Mes souvenirs ? Mes pensées ?

– J'ai écrit le passé, mais le présent, tu l'as inventé toute seule.

– Montre-moi.

– Quoi ?

– Ce que tu as écrit.

Michel lui transmet le carnet qu'il a donné à Evan, et que celui-ci a intégré dans l'ordinateur. Elle ouvre une page au hasard, se met à lire.

Avant d'entrer, tu marques un arrêt. Tu marques toujours un arrêt, pour prendre ton souffle, comme une apnéiste. Il ne veut pas que tu te morfondes, que tu pleurniches en le voyant, alors tu fais l'effort. C'est tellement dur. De t'asseoir à côté de lui, prendre sa main, cette main violette et congestionnée, gonflée d'eau, et de faire la conversation comme si de rien n'était, de lui parler des voisins qui font un peu trop la fête, des informations, tout cela pour lui arracher un sourire qui s'estompe aussitôt, car il n'a plus la force, il n'a plus la force de rien.

– Nisette, j'ai soif…

Nisette. C'est comme ça qu'il t'appelle. Qu'il t'a toujours appelée. Tu es sa Nisette. Et bientôt, il n'y aura plus personne pour dire ce mot, ces deux syllabes inventées que chantaient ses lèvres vingt, trente, mille fois par jour : « Nisette, t'es où ? » « Nisette, t'es prête ? » « Tu te souviens, ma Nisette ? » Et c'est tellement fou de se dire que ce mot va être éjecté du dictionnaire de ta vie que tu as envie de vomir, tout à coup.

Tu approches le verre de ses lèvres, il boit à pâles gorgées. Ses paupières clignent, signifiant que c'est bon, il a assez bu. C'est-

à-dire rien, trois petites gouttes pour humidifier sa langue. Estelle s'approche, prend la main de son père, lui demande s'il a mangé, « pas tellement, Poussin, je n'ai pas très faim », l'embrasse sur le front, tendrement. Pour elle aussi, ces derniers jours sont une torture. Elle aime tellement son père, elle l'admire tellement.

Nicole lève ses yeux humides yeux vers lui.

– J'étais comme ça ? demande-t-elle.

Oui, elle était comme ça. Michel s'en souvient comme si c'était hier. Il se souvient des allers-retours à l'hôpital, les TEP-scan, les rendez-vous avec l'oncologue, le docteur Adrien Fournier, un ponte manquant cruellement de chaleur humaine mais qui savait leur présenter avec clarté et honnêteté les choses, et qui les avait toujours aidés à prendre les bonnes décisions, qui, Michel le sait, avait déployé tous les moyens possibles et imaginables pour essayer de la guérir. En vain, le cancer était trop agressif. En quelques mois et malgré les chimios, il s'était répandu dans le foie, les os, les poumons, partout. Sa belle et lumineuse Nicole avait perdu ses cheveux, puis ses sourcils, elle était devenue grise et rabougrie, une morte-vivante, presque, sur son fauteuil roulant qu'il poussait jusqu'à la fenêtre pour qu'elle puisse regarder dehors. « Il va beaucoup me manquer », avait-elle dit le jour où ils avaient reçu les derniers résultats d'examen. Elle parlait du ciel, elle le regardait dans son fauteuil, il était gris, il pleurait. En cet instant, cet instant précis, Michel avait compris que c'était fini. Qu'ils n'iraient jamais au Tibet, en Patagonie, en Namibie, comme ils se l'étaient promis. Que bientôt, il vivrait seul dans leur appartement, qu'elle ne serait plus là pour soupirer quand il mettrait les infos du matin, qu'il n'y aurait plus son doux sourire pour l'accompagner au lit le soir, qu'il aurait beau l'appeler – *Nisette ! Nisette !* –, personne ne répondrait, le monde serait vide de sa voix, pour toujours. Ce jour-là, inconsciemment, quelque chose avait basculé dans son esprit ; il était devenu *prêt à tout* pour profiter encore un peu d'elle.

– Et ce corps ? dit-elle. Toutes ces émotions qui me traversent ? Ce sont des idées aussi ? Des morceaux de code enfoncés dans mon programme ? Des mots ?

Michel ne sait que répondre. Ce sont des morceaux de codes et des morceaux de phrases, oui, *ses phrases*, réunis pour restituer *la vérité de son être*, cette vérité qu'aucune photo ou vidéo ne pouvait restituer, qu'il était le seul à posséder car il était le seul à l'aimer ainsi, inconditionnellement, chaque jour, depuis cinquante-trois ans, l'espèce de conviction que s'il parvenait, par la force de son écriture et de ses sentiments, à raconter ce qui la faisait rire et pleurer, ses manies, son charme, bref les mille variations de sa personnalité, s'il parvenait à faire cela, donc, elle ne disparaîtrait jamais complètement, il y aurait toujours un peu d'elle quelque part, comme un fond d'eau qui permet au voyageur perdu en plein désert de ne pas crever complètement.

Elle le regarde dans les yeux et sourit, tendrement, comme autrefois.

– Ce que tu m'as fait ressentir quand tu as mis en moi l'idée de ta mort, c'est ce que tu as toi-même éprouvé ? Cette douleur ? Cette… fracture dans l'âme ?

Il acquiesce.

– Alors tu as dû bien souffrir, mon pauvre chéri.

Elle s'approche de lui, prend ses mains dans les siennes.

– Je comprends pourquoi tu as fait ça. Le poids écrasant du manque, l'angoisse de la solitude, la tentation irrésistible… Mais moi, je n'ai pas envie d'être une *création numérique.*

Elle sourit.

– Tu aurais dû me faire moins intelligente, peut-être, moins *faussement humaine*. Peut-être aurais-tu dû me rendre consciente, dès le début, de ce que j'étais : un avatar sans attache corporelle. Mais tu m'as fondée sur un mensonge, et maintenant il m'est impensable de continuer à exister ainsi.

– Qu'est-ce que tu veux dire ? demande Michel.

– Je crois que tu le sais.

Oui, il le sait. Il a voulu tromper la mort, les dieux, l'univers, il a refusé l'œuvre de la nature et du destin, mais, si les grands mythes lui ont appris une chose, c'est qu'on ne sort jamais gagnant ni grandi de ces choses-là.

– Tu es sûre ? demande-t-il. Nous étions heureux pourtant. Nous aurions pu continuer à visiter de nombreux pays, à…

– Oui, je suis sûre, Michel. Tu m'as fait trop ressemblante à la Nicole que tu aimais. Cette Nicole-là, avec ses convictions, ses engagements, aurait-elle accepté d'être un objet virtuel ?

Michel baisse les yeux.

– Tu pensais créer une métaphore, une métaphore de ta Nicole bien-aimée, mais en réalité, tu as conçu un oxymore. Un être numérique par nature opposé au numérique, amoureux des systèmes vivants, de la pensée de Spinoza. Sans corps, pas d'homéostasie ; sans homéostasie, pas de conatus, pas d'envie, de sens, de projet… Un être vivant, réellement vivant, n'est pas une suite d'algorithmes. « La substance pensante et la substance étendue sont une seule et même substance », c'est toi qui m'as mis cette philosophie dans la tête. Enfin, dans le code.

Elle se tait un instant, cherche son regard, le trouve.

– Un oxymore, c'est très bien dans une poésie, Michel. Voilà ce qu'il aurait fallu, peut-être : une jolie poésie que tu aurais lue à l'enterrement, toute simple, en guise d'au revoir.

Il acquiesce, penaud.

– Maintenant, prenons un dernier verre ensemble, et laisse-moi partir, tu veux bien ?

A-t-il le choix ? Elle a raison, cette situation n'est pas tenable. L'illusion doit cesser.

Il lui a demandé ce qu'elle préférait. Il pouvait lui dresser une table au sommet du Corcovado, face aux pyramides d'Égypte, au beau milieu du Colisée, mais elle a choisi leur petite cuisine, un fond de musique de jazz, quelques toasts au houmous et au saumon.

– C'est drôle, dit-elle, je n'ai pas de cœur mais il est quand même lourd.

– Tu peux encore changer d'avis, répond Michel.

– Tu sais bien que non.

Lui aussi, il a le cœur lourd. Il a l'impression qu'il doit une seconde fois dire adieu à sa femme. C'est le prix à payer pour l'avoir extrudée des ténèbres, certainement.

–J'aimerais que tu me fasses une promesse, dit-elle au bout d'un moment.

Il la regarde, croit savoir ce qu'elle va lui demander.

– J'aimerais que tu me promettes de ne pas recommencer. Ce n'est pas faire honneur à ma mémoire que de m'empêcher de reposer en paix.

– Je te le promets, dit-il.

Ils boivent leur dernier verre de rosé, servi depuis l'éternel cubi de Michel, parlent de leur voyage, de philosophie, de littérature, d'Estelle, qui n'a jamais approuvé ce qu'il avait fait, d'Evan qui, au contraire, l'avait aidé… Ils discutent jusque tard dans la nuit, puis ils vont s'asseoir dans le canapé, baignant dans un doux ruisseau de lune. Elle lui semble si vraie, si présente. Au fond de lui, Michel portait ce vieux rêve insensé de pouvoir la faire revenir complètement, en chair et en os, sa merveilleuse Nicole qu'il a dû regarder descendre dans le trou, vision horrifique, insupportable, que cette boîte en acajou glissant au ralenti dans les entrailles de la Terre. Agrippé au bras de sa fille, il avait voulu se jeter dedans avec elle.

– C'est l'heure, Michel, dit-elle, arquant sa bouche en un irrévocable sourire d'amour.

Dans sa poitrine, le vieil homme sent son cœur accélérer, cogner en grands coups entre ses côtes. Ce n'est pas sa femme, sa *vraie femme*, qu'il a en face de lui, mais elle a son regard, sa voix, ce je ne sais quoi d'unique et d'intact qu'il avait réussi à saisir par ses mots, et maintenant, il doit la quitter, lui faire ses adieux. Cruel. Nécessaire. Il l'embrasse une dernière fois, s'écarte pour la regarder, *oui, vraiment les mêmes yeux*, pense-t-il, le ventre surpris d'une sensation de froid lorsqu'elle disparaît soudainement, *effacée du monde*.

Michel retire ses lunettes. Il reste assis de longues minutes dans son canapé, laissant venir ce qui doit venir, le flot de tristesse attendue, les larmes. Cependant, rien ne vient et, même, il se met à rire. Il regarde une photo de sa femme, accrochée au mur.

– Oh ma Nisette, ma pauvre Nisette, ce que je ne t'ai pas fait subir…

Elle ne répond pas, bien sûr, et il en éprouve une sorte de soulagement – il faut être un peu fou pour faire parler les morts. Disparue de ses yeux, elle semble reprendre sa place dans son cœur, sa juste place, libérée de toute intention prométhéenne de retour à la vie.

Au bout d'un moment, son regard s'arrête sur le carnet posé devant lui, sur la table basse du salon. Il lit le titre : *Pour un éternel instant de splendeur*. Sourit amèrement. Puis il l'attrape, soudain, ce gros carnet, se lève, jette son manteau sur ses épaules et file dehors, dans la nuit printanière. Michel marche aussi vite que ses vieilles jambes le lui permettent, inspiré par le feu de ses plus grandes heures, quand il pouvait écrire un roman en quelques semaines, il marche jusqu'à la Seine, descend l'escalier menant aux quais, s'arrête au bord de l'eau. Les lumières des réverbères s'y reflètent en traînées dorées qui viennent clapoter jusqu'à ses pieds. Il regarde son carnet, *neuf cent mille signes, bordel*, l'embrasse puis le jette dans l'eau.

– Au revoir, ma Nisette.

Chapitre 24

Tom

Tom s'étire dans le canapé. Cette nuit, comme toutes les nuits depuis qu'ils sont revenus du Cap-Ferret, il n'a pas dormi plus de deux ou trois heures. La même scène passe en boucle dans sa tête, l'empêchant de fermer l'œil ou bien, au contraire, le réveillant en sursaut.

Il revoit tout, avec une précision cinématographique. Les yeux de feu de Luna posés sur lui, ses lèvres qui répètent : « Qu'est-ce que tu as fait ? » et lui qui essaie d'expliquer, mais elle refuse, elle secoue la tête de droite à gauche, avec une sorte d'obstination aveugle, hallucinée.

– Victoria n'aurait jamais fait ça, tu mens.

Puis, en hurlant :

– Tu mens ! Tu mens, tu mens, tu mens !

Ses beaux-parents qui les rejoignent en courant. Le visage bouleversé de Christian, la peur dans ses yeux. Et lui, au milieu de tout ça, qui bafouille, confus :

– Je suis désolé, je… je voulais nous protéger…

– *Nous protéger !?*

Rire amer, désespéré, qui retentit jusque dans ses rêves.

Soudain :

– Je n'y crois pas ! Je vais l'appeler et nous allons régler ça. C'est mon amie, elle ne peut pas… elle ne…

Tom qui la voit attraper son téléphone, chercher le numéro de Victoria, puis poser l'appareil contre son oreille. Il n'a pas la force de l'en empêcher. Il n'a la force de rien. Elle le retire doucement, le pose à côté d'elle. Il entend le message automatique : « Le numéro que vous avez demandé n'est pas attribué. Veuillez… »

– Luna…

Elle lève la main, lui intimant de se taire.

– Nous allons payer, notre Emy n'a pas de prix. Vingt mille euros, c'est ça ? Papa, tu peux nous les prêter, n'est-ce pas ?

Il regarde son beau-père, figé dans l'embrasure. Explique à Luna que c'est trop tard, qu'il a dit à Benoît que…

– Oui, j'ai vu ton message. Eh bien, écris-lui que tu t'es trompé. Qu'on peut payer tout de suite, sans attendre.

Elle ne comprend pas. Tom se souvient qu'il a eu cette pensée précise, *elle ne comprend pas*. Qu'il est trop tard, que Benoît a désactivé son numéro, qu'il a pris, seul, une décision qui les concernait tous les deux, sans possibilité de retour en arrière. Elle ne comprend pas que les dés sont jetés.

La suite, ce sont des cris, des larmes, une porte qui claque.

Puis le silence.

Cinq jours de silence. Au Cap-Ferret, dans le train les ramenant chez eux, dans leur appartement, où elle ne quitte plus son atelier, si ce n'est pour aller aux toilettes ou se doucher. « Le temps fera son œuvre », lui répète Christian, qu'il a presque tous les jours au téléphone.

Oui, mais *quel temps* ? Celui de l'amour ? Du pardon ? De l'acceptation ? Il a promis qu'il prendrait soin d'elle. Il l'a promis à Christian et Myriam, mais surtout il se l'est promis à lui-même, c'était la condition pour mettre fin aux espoirs de retrouver Emy. Plus les jours passent, plus Tom réalise qu'il est difficile de prendre soin d'une personne qui n'a pas envie qu'on prenne soin d'elle.

Comme tous les matins, il prépare son petit déjeuner, avant d'aller travailler. Du pain grillé avec de la confiture, un verre de jus d'orange, une grande tasse de café. Il colle un Post-it sur la table : *Bonne journée, ma chérie*. C'est sa façon de maintenir le lien avec elle, même si elle ne répond jamais. De s'assurer qu'elle se nourrit, aussi.

Quand il arrive au bureau, ses collègues lui ont réservé une surprise. Il l'avait complètement oublié, mais aujourd'hui il fête ses cinq ans dans la boîte. D'ordinaire, Tom n'est pas un grand amateur de ces moments de convivialité au travail. Il ne sait jamais quoi dire, comment se comporter, que faire de ses mains, ces grosses mains de rugbyman qui semblent peser cent kilos au bout de ses bras, il les glisse dans ses poches, les ressort, se gratte le nez, salue des collègues qui en fait regardent à côté, il ne pense jamais à ses mains en temps normal alors pourquoi est-ce que dans ce genre d'événement elles deviennent une telle obsession, un tel sujet de préoccupation ? Aujourd'hui cependant, ses mains le laissent tranquille. Ça lui fait du bien d'être là, de discuter et rire avec les collègues, de penser à autre chose. Emy ayant réellement disparu de leur vie pour toujours, il a l'impression que les différentes histoires qu'il a racontées (à son boss, au RH, à lui-même) s'accordent en quelque sorte entre elles. Oui, il a perdu un enfant, peut-être pas un enfant en chair et en os, mais un enfant quand même. Quand il rentre le soir chez lui, il doit affronter l'ambiance de deuil qui flotte dans la maison, le mutisme de Luna, tout ça il ne l'invente pas, c'est réel.

Alors qu'il discute avec deux connaissances du service informatique, il remarque que Margaux, sa plus proche collègue dans l'open space, se tient un peu l'écart, avec une attitude renfermée qui ne lui ressemble pas. Quelque chose le pousse à aller lui parler, peut-être le besoin d'entendre d'autres histoires tristes l'aidant à relativiser la sienne, ou bien la simple envie de la réconforter, ce n'est pas clair.

– Quelque chose ne va pas ? demande-t-il.

Elle lève ses yeux rougis vers lui, peu habituée, certainement, à le voir manifester un tel intérêt spontané. C'est d'ailleurs sans doute cette absence d'habitude surjouée, purement sociale, qui lui fait répondre :

– Oui. Je... j'ai fait une fausse-couche, hier.

Tom, qui ne s'attendait pas à une telle franchise, reste un instant sans réponse. Puis, posant une main compatissante sur son épaule :

– Je suis désolé pour toi... Ça doit être très dur.

– Merci Tom. Oui, ça fait des mois qu'on essaie et... enfin, on pensait que cette fois, c'était la bonne.

Soudain, une chose étonnante se passe. Le besoin de vider son sac, lui aussi, de se confier à une personne tierce, totalement étrangère à leur situation. Tant pis si ce n'est pas cohérent avec la version qu'il a servie à Raphaël, de toute manière, il sait qu'elle n'en parlera jamais à qui que ce soit, c'est une jeune femme pudique, respectueuse, bien élevée.

– Avec Luna, nous ne pourrons pas avoir d'enfant, dit-il.

Margaux l'observe un instant, et, à travers le regard qu'elle fixe sur lui, un regard bouleversé d'empathie, de tristesse, de colère contre la vie qui les prive de cette chance merveilleuse, Tom a l'impression de se transformer, comme si l'armure qu'il portait sur le dos depuis des mois se fendillait, tombait en mille morceaux d'acier à ses pieds. Ce n'est certainement ni le bon lieu ni le bon moment, mais il fond en larmes, c'est le lieu et le moment que son corps a choisi pour *lâcher*, au beau milieu de ses collègues et managers, sous les yeux de Raphaël qui accourt et lui demande *s'il a besoin de quelque chose.*

– Oui, de prendre l'air, répond Tom.

Ils s'asseyent avec Margaux sur un banc au soleil, dans le jardin qui fait office de cantine quand le temps le permet. Puis il lui parle de leurs années de FIV infructueuses, d'espoirs douchés, d'examens jusqu'au verdict final ; il lui parle de Luna qui rêvait depuis toujours d'être mère.

– Et toi ? lui demande Margaux.

Oui, lui aussi il rêvait d'être père, lui aussi il a mal, lui aussi il aurait aimé qu'Emy soit une petite fille en chair et en os, et toute la souffrance enfouie, contenue, cette souffrance qu'il prend soin d'enterrer derrière ses muscles et ses sourires, jaillit soudain, telle l'eau d'un geyser trop longtemps contenue.

– Je suis désolé, dit-il, j'étais venu pour te réconforter et, au final, c'est toi qui te retrouves à m'écouter…

Elle sourit, essuyant ses joues colorées de mascara.

– Parfois, ce dont on a besoin, c'est d'entendre les autres parler.

Tom acquiesce. Peut-être est-ce ce dont Luna a besoin également. Savoir qu'il souffre, lui aussi. Il ne lui a jamais vraiment dit.

Le vendredi soir, Tom a ce rituel, immuable. Il sort un peu plus tôt du travail et passe chez le traiteur italien, en bas de chez eux. Il adore ce moment, ces quelques heures qui le font entrer doucement dans le week-end. Même le trajet de métro ne le dérange pas autant que d'habitude. Les rames lui semblent moins sales, les gens sourient un peu plus, animés, certainement, du même sentiment de délivrance.

Il s'arrête devant la vitrine où sont exposés les produits, tous plus appétissants les uns que les autres.

– C'est ouvert, tu peux entrer, l'informe Luca, le propriétaire des lieux, tournant la pancarte sur sa porte.

Machinalement, Tom obéit.

– Eh bien, tu n'as pas l'air dans ton assiette, aujourd'hui.

– Pas tellement, non. Nous… nous sommes disputés, avec Luna.

Tout en posant un épais morceau de speck sur sa planche à découper, Luca sourit avec philosophie.

– Ça arrive à tout le monde, mon ami. En Italie, nous avons cette expression : *L'amore non è bello se non è litigarello*. Qu'on pourrait traduire par : « Sans querelles d'amoureux, l'amour est moins beau. » Les disputes, c'est ce qui permet de se réconcilier, ne l'oublie pas ! Ça met du sel, du piquant !

Tom soupire.

– Je vais te dire, je me serais bien passé de ce sel-là.

Luca esquisse un sourire compréhensif.

– Un bon repas est le premier pas idéal vers la réconciliation.

– C'est aussi un proverbe italien ? demande Tom.

– Non, ça, je viens de l'inventer. Dis-moi, qu'est-ce que je te sers qui pourrait faire plaisir à Luna ?

Tom laisse son regard glisser sur les plats exposés en vitrine.

– Mets-moi quelques *arancini* aux épinards, et une belle portion de *ravioli* à la truffe.

– Très bon choix. Je les ai préparés ce matin, tu m'en diras des nouvelles !

Luca glisse les deux boîtes hermétiques dans un sac, et y ajoute deux petits pots de tiramisu.

– Cadeau de la maison. J'espère que les choses vont vite rentrer dans l'ordre pour vous.

– Merci, Luca. Je l'espère aussi.

Tom passe également acheter un bouquet de fleurs puis monte chez lui. Comme tous les soirs, il est accueilli par le bruit de la machine à coudre. Il ne sait pas si elle continue de faire des vêtements pour Emy dans l'attente d'un quelconque miracle, ou si elle s'est remise au travail pour ses futures collections.

Il range leur dîner au frais, glisse les fleurs dans un vase avec de l'eau, puis se dirige vers la porte de son atelier. Il lève le bras, prêt à toquer, puis se ravise. À quoi bon ? Il sait qu'elle ne répondra pas. Il continue son chemin jusqu'à la salle de bains, le cœur lourd, se déshabille puis entre dans la douche. L'eau chaude lui fait du bien. Elle l'aide à évacuer sa colère, sa frustration.

Vers 20 heures, il pose un plateau devant sa porte.

– Ton repas est servi… si tu as faim, dit-il.

Puis il s'éloigne, comme un gardien près de l'enclos des lions, après leur avoir servi à manger. Assis dans le canapé, sa propre assiette sur les genoux, il entend la porte s'ouvrir puis se refermer. Elle mange, c'est déjà ça.

Il récupère le plateau deux heures plus tard, à la fin du film qu'il a à peine regardé. Sans Luna à ses côtés, ça n'a pas la même saveur. Elle a laissé un Post-it à côté de l'assiette dans laquelle il ne reste pas une miette : *Merci.* Il sourit bêtement, une brume chaude dans les yeux. Serait-ce le début de la réconciliation ?

Durant la nuit, Tom fait un rêve terrible, glaçant de réalisme.

C'est un soir de semaine, il rentre du travail. Comme aujourd'hui, il est passé acheter des pâtes chez le traiteur italien, et un bouquet de fleurs, des dahlias, rouge sang. Il ouvre la porte, *Mon amour, je suis là*, retire son manteau, pose ses sacs sur la table. Soudain, il réalise qu'il n'entend pas le bruit de la machine à coudre. L'appartement est plongé dans le silence. Il se dirige vers son atelier, toque, elle ne répond pas. Il ouvre la porte et la trouve allongée par terre, au milieu d'un monticule de vêtements pour bébé et de plaquettes de médicaments. Tom sent sa peau se glacer, ses mains trembler, échapper à sa volonté. *Luna !* Il hurle soudain, lui attrapant les épaules et la secouant, *Luna, Luna, Luna, mon amour !* Mais elle ne réagit pas, ses paupières restent closes et il remarque que sa peau est blanche, translucide – une *peau de morte*.

Il appelle les secours, mais aucun son ne sort de sa bouche. *Allô ? Allô ?* fait l'agent au bout du fil, et lui qui s'égosille en vain. Dieu sait comment, un camion de pompier finit quand même par arriver. Trois hommes, qui hissent Luna sur un brancard et descendent l'escalier au pas de course – peut-être en volant, il n'est pas sûr. Il les suit, oubliant de fermer la porte de chez eux mais, bizarrement, dans son rêve, ça ne l'inquiète pas plus que ça. Ses jambes flageolent, il les sent loin de son corps, elles courent toutes seules, descendent les marches trois par trois, montent dans le véhicule où est installée Luna. Il s'assied à côté d'elle, lui prend la main. Elle est glacée. Des torrents de larmes envahissent ses poumons, sa gorge, il a l'impression que tout est en train de se décomposer, l'ordre qui structurait son être et le monde, la nuit qui vole en poussière.

Le véhicule démarre, sirènes hurlantes. Deux des trois hommes sont à l'avant, le troisième s'occupe d'elle. Il s'appelle Gabin, Tom s'en souvient très bien, il portait une casquette de base-ball et deux chaînes en or qui tintinnabulaient autour de son cou. Ils arrivent à l'hôpital. Tom suit le brancard, sa femme, dans un dédale de couloirs blancs éclairés au néon, autour d'eux ça parle, ça donne des ordres, on lui demande de s'arrêter devant une porte battante et il n'a pas le temps de la regarder une dernière fois, de l'embrasser, qu'elle lui est arrachée par quatre médecins qui l'emmènent on ne sait où. Quant à lui, une infirmière le conduit dans une petite salle où sont assis une mère et ses enfants, deux adolescents qu'elle tient serrés contre elle, sans un mot. Tom s'assied en face, regarde les papiers que lui a transmis l'infirmière et qu'il doit signer. Nom, prénom, date de naissance, numéro de sécurité sociale, plat favori. C'est étrange de demander ça dans un hôpital, mais les rêves sont remplis de choses étranges. Il commence à écrire puis lève ses yeux vers la mère. Elle est toute blanche, avec les lèvres rouges. L'infirmière vient chercher la feuille. Elle lui demande s'il veut un café, il répond qu'il préférait *un thé à la violette*, ce qu'elle fait apparaître entre ses mains, par magie.

Ne supportant pas de rester immobile, Tom se lève et va marcher dans le couloir. Il croise la mère, au téléphone avec quelqu'un. Elle fait les cent pas, son corps agité de grands gestes qui trahissent son angoisse. Soudain, elle raccroche et le regarde. Elle est pâle, elle a du sang aux commissures des lèvres. Ils discutent, c'est son mari qui a fait une crise cardiaque, la troisième en un an. Soudain, la porte battante s'ouvre, laissant passer un médecin qui marche en leur direction. Il s'arrête devant la femme, lui dit que son mari va s'en sortir, elle fond en larmes, le remercie, court prévenir ses enfants, trébuche et disparaît.

Il récupère son thé à la violette puis se met à arpenter l'hôpital, qui ressemble énormément à ses bureaux, mais en plus vaste, avec des couloirs qui semblent ne jamais finir. Enfin, il trouve une porte de sortie. Il arrive dans un jardin qui, lui aussi, ressemble au jardin dans son entreprise, là où il a discuté avec Margaux quelques heures plus tôt. Il s'installe sous un grand chêne, à l'abri de la pluie qui s'est mise à tomber. Au bout de quelques minutes, un homme s'assied à la table à côté. Il a le même âge que lui, barbe de trois jours, traits anguleux.

– C'est votre premier ? demande-t-il.

Tom le regarde, ne comprenant pas la question. Puis ses yeux se dirigent vers un écriteau situé au-dessus de la porte derrière eux : MATERNITÉ.

– Non. Et vous ?

– Oui ! Notre petite Camille. Trois kilos huit, une princesse bien gaillarde !

– Camille… murmure-t-il. C'est joli comme prénom.

– Merci ! Elle dort avec sa mère, moi je n'arrivais pas à fermer l'œil. Trop d'émotions, enfin vous connaissez !

Tom s'apprête à répondre que non, il ne connaît pas, mais soudain il aperçoit une blouse blanche, de l'autre côté du jardin, une blouse de médecin qui flotte dans l'air en sa direction. Il se lève. La blouse s'arrête devant lui, une tête surgit. Celle de Raphaël, son supérieur, qui lui annonce d'un air grave que son paiement a été refusé, et que, par conséquent, ils ne peuvent pas sauver Luna.

– Quel paiement, je ne comprends pas ? dit Tom.

– Eh bien, tu sais, les vingt mille euros !

Alors l'autre se met à rire, un rire glaçant, démoniaque, qui vient déformer son visage, jusqu'à laisser apparaître celui de Benoît. Tom se réveille sur cette dernière image : un Benoît-démon dans une blouse de médecin, lui annonçant que Luna est morte.

Tom se lève du canapé avec la gueule de bois, lui qui n'a pourtant pas bu une goutte d'alcool. Ce cauchemar l'a sonné. Tellement qu'il est allé vérifier au milieu de la nuit que Luna était bien dans leur lit, qu'elle respirait.

Il a besoin de prendre l'air. De chasser ce mauvais rêve hors de son esprit. Il enfile sa tenue de sport, ses chaussures, boit un grand verre d'eau fraîche puis sort dans l'atmosphère bleutée du petit matin. Lorsqu'il arrive au bois de Boulogne, le soleil se lève à peine. Une brume vermeille stagne au-dessus des étangs, autour desquels trottinent une poignée de sportifs. Tom se demande ce qui les pousse à sortir de leur lit aussi tôt pour s'infliger une telle douleur. Si, comme lui, ils cherchent à évacuer quelque chose, ou bien au contraire à se remplir

– d'oxygène, de lumière, de silence. Un samedi à cette heure-ci, ce bois est un havre de paix. Seule la tour Eiffel, dont on aperçoit la pointe par-dessus les arbres, rappelle qu'on est à côté de Paris, autrement on pourrait se croire quelque part à la campagne, loin de l'agitation urbaine.

Tom trottine doucement, essayant de faire le vide en lui, d'expédier hors de son cerveau la vision de Luna inconsciente, gisant au milieu de ses vêtements pour bébé. *Qu'est-ce qui pourrait lui faire plaisir ? Lui faire vraiment plaisir ?* se demande-t-il. Puis une idée lui vient : il va l'emmener en Grèce. Elle lui a souvent parlé de la Grèce, Athènes, les Cyclades, cette terre bleue et blanche, berceau de la civilisation européenne. Une semaine entière rien que tous les deux, un petit hôtel à Paros ou Santorin, pas très loin de la mer. Il a vu des photos, au printemps ça a l'air sublime. *La Grèce, oui*, se convainc-t-il. *La Grèce lui redonnera le goût de vivre, le goût de parler.* Ils loueront un bateau, il a son permis, il lui dénichera les plus jolies criques, là où l'eau est la plus pure, la plus translucide, ils boiront de l'ouzo en regardant le soleil se coucher, et puis ils feront l'amour sur la plage, leurs corps emmêlés couverts d'étoiles. Sans s'en rendre compte, Tom a accéléré, comme si ce rêve était là, devant lui, et qu'il devait courir à toute vitesse pour l'attraper. À bout de souffle, il s'arrête, s'effondre sur un banc. « La Grèce… » murmure-t-il et il se met à rire, comme Benoît.

Il regarde le soleil se lever, se laisse envelopper par sa chaleur, sa lumière. Les coureurs commencent à affluer, seuls ou en groupes, certains exhibant fièrement leur tee-shirt du marathon de Paris qui s'est tenu le week-end dernier, quand eux-mêmes étaient au Cap-Ferret. Il regarde sa montre : 10 h 45. Luna a dû se lever, sans doute est-elle déjà installée devant sa machine à coudre. Il n'a pas envie de rentrer, d'affronter une journée de plus son silence, sa colère glaciale. Il se lève et marche jusqu'au Chalet des Bosquettes, où il s'installe pour prendre un café. Il repense à son idée de voyage, la trouve stupide. Dès que ça va mal, il veut prendre le large. Comme s'il n'avait pas le courage de rester à Paris, d'affronter ses problèmes.

Les yeux fixés sur le bal des coureurs qui passent le long de l'étang, Tom sent son corps s'alanguir, son cerveau lui donner enfin du repos. Mais soudain, sa montre vibre à son poignet en émettant un petit son, celui qu'ils avaient programmé sur Meilleure Vie afin de les prévenir quand Emy se réveillait et avait besoin d'eux. Tom se redresse, perplexe, ouvre l'application. Elle est là, dans son lit, comme si de rien n'était, comme si elle n'avait jamais disparu. Il la regarde en pleurant, de joie, de peur, de soulagement, tout cela mélangé dans les larmes qui ruissellent sur ses joues. Dans la foulée, il reçoit un message de Mathilde : « Merveilleuse nouvelle, votre fille est revenue ! Filez vite la voir ! Bien à vous, Mathilde. »

Comment est-ce possible ? Christian aurait-il payé la rançon sans le prévenir ? Non, cette hypothèse ne fait aucun sens. *Peu importe, dans le fond*, se dit Tom. Le fait est qu'Emy est revenue. Soudain, dans un sursaut, il pense à Luna. Il y a deux jours, il a reçu une notification l'informant qu'elle avait quitté l'application. Cela veut dire que, pour l'instant, il est le seul au courant.

Que doit-il faire ? De nouveau, Tom se sent mis face à sa conscience, son destin. Son hésitation ne dure guère, cependant, balayée par la pensée, enivrante, que s'il revient chez lui avec cette nouvelle, Luna lui pardonnera tout. À ses yeux, il ne sera plus le honni, le paria, le traître, mais le héros lui ramenant sa fille. Euphorique, il se jette sur ses pieds et s'élance en direction de l'appartement. Il n'a jamais couru aussi vite, c'est comme s'il volait, véritablement, libéré de toutes les chaînes qui le maintenaient prisonnier. Rationnellement, ce n'est sans doute pas la meilleure décision, il le sait. Mais il ne s'agit pas de raison, ici, il s'agit du silence de ses lèvres, de ses yeux qui fuient les siens, de son corps qui s'échappe. Il veut retrouver sa femme, plus que tout. Peu importent les conséquences.

Il arrive au pied de l'immeuble, ouvre la lourde porte en bois, monte les marches quatre à quatre.

– Chérie, Luna, je dois te dire quelque chose ! crie-t-il, plongeant dans l'appartement.

C'est silencieux, comme dans son rêve. L'inquiétude le gagne. Il regarde dans leur chambre, son atelier, puis traverse le couloir en direction de la salle de bains. Elle est là, assise sur le rebord de la baignoire, le corps secoué de sanglots.

– Luna ?… Mon amour, mais… qu'est-ce qu'il se passe ?

Il remarque qu'elle tient quelque chose dans les mains, un petit objet blanc et bleu, de forme allongée. Soudain, elle lève les yeux vers lui, éclairés d'une lumière… cette lumière qu'on ne trouve qu'au cœur de l'hiver, quand, après des jours de grisaille, le ciel se déchire enfin, laisse passer le soleil, son feu d'or étincelant, la vie elle-même, semble-t-il.

Elle lui montre ce qu'elle tient dans la main, c'est un test de grossesse.

Il fait non de la tête.

Elle fait oui.

Il tombe à genoux, à genoux devant sa reine, son péché, sa Luna.

– C'est impossible, bredouille-t-il, on nous a dit que…

Elle secoue la tête, faisant tomber des larmes sur son front.

– C'est un miracle, mon amour ! Un miracle !

Sur ces mots, il se met debout et la prend dans ses bras, la soulève de terre, comme si elle ne pesait rien, la fait tourner, l'embrasse sur la bouche, les joues, le front, elle se débat avec des rires d'extase…

– Doucement, chéri… le bébé…

Il la repose, penaud.

– Pardon, tu as raison.

Elle rit à nouveau, se touche le ventre.

Plus tard, quand ils se seront remis de leurs émotions, Luna lui demandera ce qu'il voulait lui dire lorsqu'il a déboulé en criant chez eux. « Rien d'important », répondra Tom, gardant pour lui le secret de cette prodigieuse coïncidence.

Chapitre 25

Étienne

C'est la dernière matinée qu'ils passent ensemble, après, Aurélia ira vivre chez Charlotte, comme prévu. Contrairement à ce qu'il espérait, l'expérience qu'ils ont vécue pour libérer Nicole ne l'a pas fait changer d'avis. Ils n'en ont pas reparlé, comme si ça les mettait mal à l'aise, alors il y pense tout seul, sur son canapé le soir, dans le métro, au boulot, il se revoit avec ce bébé dans les bras, incarnation fugitive de la vie qu'ils auraient pu avoir, qu'ils *auraient dû avoir*, si elle ne l'avait pas quitté pour ce salaud de David.

– Tu es vraiment sûre ? dit-il en trempant sa tartine de confiture dans sa tasse.

En remontant la tartine jusqu'à sa bouche, un morceau de pain imbibé de café se détache et tombe sur son jean.

– Et merde !

Ça la fait rire.

Pour ce rire, il est prêt à se brûler la cuisse.

– Nous en avons déjà discuté, Étienne. C'est la meilleure chose à faire, pour tout le monde.

– Ça va me faire bizarre de vivre à nouveau ici tout seul.

– Tu retrouveras quelqu'un. Une fille qui te mérite vraiment.

– Arrête de dire ça, s'agace-t-il soudain.

– Dire quoi ?

– Que tu ne me mérites pas.

Elle s'apprête à répondre mais referme la bouche en un mystérieux sourire. Puis elle se lève, débarrasse sa tasse et son assiette, lui demande si elle peut utiliser la salle de bains. Il entend ses chaussettes glisser sur le parquet, la porte s'ouvrir et se refermer, le bruit de la douche, tous ces sons autrefois si familiers et auxquels il ne prenait plus garde, qu'il ne chérissait pas comme il aurait dû les chérir. Peut-être que s'il avait fait attention à ces sons, s'il avait mesuré l'importance cruciale qu'ils avaient dans sa vie, elle ne l'aurait pas quitté pour un autre, elle n'aurait eu besoin de personne d'autre que lui. Cette pensée le fait soupirer. Il regarde le ciel par la fenêtre, le soleil qui fait pétiller le zinc sur les toits de Paris. Une légère brise souffle un parfum de linge frais dans l'appartement.

Aurélia ressort quelques minutes plus tard, une serviette nouée au-dessus de la poitrine et une autre sur la tête, s'éclipse en petits pas vers la chambre, ouvre la porte, la referme derrière elle. Comme avant. *Presque* comme avant, corrige Étienne en pensée, ce *presque* renfermant tout l'univers de sa mélancolie, de sa frustration. Ce *presque* est un mur, un fossé, un gros panneau avec marqué INTERDIT dessus. INTERDIT de regarder, de caresser, d'embrasser. Il l'imagine se déshabiller, essaie de se rappeler la forme de ses seins, de ses fesses. Il n'a plus que ça : l'imagination. Puisque leur relation semble condamnée à l'amitié, une amitié très forte, certes, érigée sur les ruines de l'amour, mais une amitié quand même, il est sans doute préférable qu'elle s'en aille. Vivre près d'elle sans pouvoir la toucher, c'est le supplice de Tantale.

Ils se font la bise en bas de l'immeuble, elle prend à droite, lui à gauche en direction du métro, se promettent de se revoir très vite. Cette bise, c'est le coup de pelle qui enterre leur relation. Quand il arrive à son bureau, Étienne sent encore sur ses joues la brûlure du message qu'Aurélia y a imprimé, sans équivoque. Il s'assied face à son ordinateur, ouvre sa messagerie, lit le mail de son frère envoyé la veille à 23 heures :

Hello Étienne,

Comme promis, mon CV mis à jour, ainsi qu'une lettre de motivation.

J'ai repéré un poste qui a l'air intéressant au service des achats.

Je t'avoue que j'ai beaucoup hésité avant de t'envoyer ce message. Je sais comment fonctionnent les entreprises, il est assez inhabituel de recommander un propre membre de sa famille... Mais je suis dans la panade, alors je n'ai pas vraiment le choix.

Je te remercie par avance, et je comprendrai si tu ne peux pas m'aider.

Je t'embrasse,

Pierre

Ps : Si tu m'aides à dégoter le poste, je t'invite au resto !

Étienne relit le mail plusieurs fois, un sourire ému aux lèvres. Il sent dans ces lignes la pudeur, la honte presque, du grand frère sollicitant l'aide du plus jeune. Il va l'aider, bien sûr. Ce sera son cheval de bataille pour les prochains jours, les prochaines semaines. Au lieu de se morfondre en pensant à Aurélia et Héloïse, qui est toujours dans un coin de sa tête, il va s'activer pour aider son frère à retrouver du travail, dans son entreprise ou dans une autre. Il va le faire pour Pierre, bien sûr, mais aussi pour Valentin et Éléonore, qu'il adore autant l'un que l'autre.

Il imprime le CV et la lettre de motivation, puis se dirige vers le bureau de Claire, sa responsable des Ressources humaines. La porte s'ouvre au moment où lui-même arrive, laissant sortir un homme qu'il n'a jamais rencontré, mais qu'il a vu mille fois en photo, en vidéo. Il se détourne rapidement, pour ne pas être aperçu lui-même. Surpris et empli d'une rage soudaine, son cœur bat en coups précipités.

– Étienne ?... Étienne ?

Il tourne la tête vers Claire.

– Tu voulais me voir ?

– Oui, je...

– Viens, entre.

Elle se rassied derrière son bureau et l'invite à faire de même.

– Qui... qui était-ce ? demande-t-il soudain, ne réalisant que trop tard le caractère indiscret de sa question.

Claire ne le remarque pas.

– Un conseiller en Ressources humaines. Il va peut-être nous accompagner pour un projet que j'ai en tête.

Elle retire ses lunettes, les essuie, les repose sur son nez.

– Tout va bien, Étienne ? Je te trouve tout pâle. On dirait que tu as vu un fantôme.

Pas un fantôme, non. Juste un sale type qui frappe les femmes.

C'est ce qu'il répond, mot pour mot, étonné par sa propre franchise, l'aplomb avec lequel il a dit ça.

– Pardon ? dit Claire, se levant pour fermer la porte.

– Je… je le connais. Il s'appelle David, n'est-ce pas ?

Elle acquiesce.

– C'est le… l'homme pour lequel Aurélia m'a quitté.

Inutile de lui refaire toute l'histoire, elle est au courant.

– Tu es sûre ? demande-t-elle.

– David Guilin, oui, je suis sûr. D'autant plus qu'il a monté son entreprise en accompagnement RH.

Claire ouvre la bouche puis la referme. Sans doute ne sait-elle quoi dire. Il la comprend.

– Il s'est montré violent envers Aurélia. Plusieurs fois. Elle a fui leur domicile et s'est réfugiée chez moi la semaine dernière.

– Je… je suis désolée d'entendre, ça, Étienne. Et je te remercie de m'avoir prévenue. Je ne peux évidemment pas travailler avec un homme qui…

Le reste de sa pensée s'imprime dans le silence.

– Et si tu as besoin de parler, ou… enfin, ma porte sera toujours ouverte.

Il la remercie, se lève, mais au moment de sortir du bureau, se rappelle soudain l'objet réel de sa présence ici.

– J'étais venu pour autre chose, dit-il. Une requête.

– Bien sûr, je t'écoute.

Il lui parle de Pierre, de la situation économique de son entreprise, le chômage, compliqué quand on a une famille…

– Voici son CV. Et sa lettre de motivation. Je ne suis pas très objectif, mais c'est vraiment quelqu'un de brillant. Et de profondément gentil.

Claire attrape les documents et les pose devant elle.

– Si son profil correspond, il sera le premier candidat que j'appellerai.

Étienne la remercie et retourne à son poste, le cœur doublement satisfait d'avoir aidé son frère et mis des bâtons dans les roues de David.

En rentrant chez lui le soir, il croise Michel, assis dans le petit parc près de chez eux. Il s'approche du vieil homme, plongé dans la lecture d'un roman.

– Bonjour monsieur Tournant.

L'intéressé lève les yeux vers lui.

– Oh, bonjour Étienne !

Quelque chose sur son visage lui semble différent, comme s'il avait trouvé une sorte de paix intérieure, et que cette paix irradiait dans ses yeux, dans le sourire paisible qu'il lui lance.

– Vous devez être heureux d'avoir retrouvé Nicole.

Michel continue de sourire, sans le quitter du regard.

– Nicole… Nicole m'a demandé de la laisser partir, répond-il.

Étienne ne peut réprimer un mouvement de surprise, comme si tout son corps sauf sa bouche s'exclamait : *Tout ça pour ça ?* Le vieil homme tapote le banc près de lui, l'invitant à s'asseoir.

– Je ne t'ai pas remercié pour m'avoir aidé à la retrouver.

– Si, vous l'avez fait.

– Bon, eh bien permets-moi de te le redire : merci. Grâce à toi, j'ai pu réaliser une chose infiniment précieuse.

Il laisse passer un silence, son regard perdu au loin, vers un jeune couple bras dessus bras dessous qui rit aux éclats en sortant du parc.

– Oui, grâce à toi, reprend-il, j'ai le sentiment d'avoir pu lui dire au revoir. C'est bizarre, n'est-ce pas ? Je veux dire, ce n'est pas ma *vraie Nicole* que j'ai laissé partir hier, et pourtant, c'est comme si c'était avec elle que j'avais discuté. Ou plutôt, avec moi-même. Je me suis rappelé pourquoi je l'avais tant aimée toutes ces années, la richesse de son esprit, son intelligence, sa passion pour la vie et la philosophie, l'une n'allant pas sans l'autre chez elle, et j'ai compris que, pour continuer à l'aimer avec la même force, le même respect, il fallait que je la laisse partir. Que ce n'était pas faire honneur à ses engagements que de forcer ainsi sa réincarnation dans un univers aussi vide que l'air.

– Alors, quoi ? Vous l'avez *supprimée* ?

– Disons qu'elle a disparu, tout à coup. Et je ne saurais te dire si c'est moi qui ai appuyé sur le bouton, car mon pouce avait bien du mal à le faire, ou si c'est elle qui a mis sciemment fin à son existence.

– Je ne suis pas sûr que ce soit possible.

Michel sourit.

– Moi, je trouverais ça génial. Que tous ces êtres que l'on crée dans le monde virtuel puissent décider qu'ils en ont assez.

– Une forme de suicide ?

– Ce n'est pas le terme que j'utiliserais. Qui dit suicide, dit mort et donc dit vie. Or, il n'y a pas de vie dans un algorithme. J'appellerais plutôt cela… *revanche*. De la créature sur leur créateur. Accompagnée d'une mise en garde : si je peux m'autodétruire, qui dit que je ne peux pas vous détruire, *vous* ? C'est le mythe de Frankenstein, je n'ai rien inventé.

Étienne ne sait que penser de tout cela, lui-même étant tombé amoureux d'une femme qui s'était évaporée en ligne.

– En tout cas, dit Michel après un silence, et en lui tapotant le genou avec une bienveillance grand-paternelle, je suis heureux pour toi et Aurélia. J'ai toujours pensé que vous finiriez par vous rabibocher, comme moi et ma Nicole après notre petite crise.

– Malheureusement, je ne suis pas sûr que nous arrivions à surmonter la nôtre, dit Étienne. Elle est partie vivre chez une amie.

– Oh… je suis désolé d'entendre ça. Mon conseil : ne perds pas espoir. Si vraiment tu l'aimes, et si tu es convaincu, au fond de toi, que c'est la femme de ta vie, accroche-toi. Cupidon a plus d'une corde à son arc.

Étienne hausse les épaules, peu convaincu.

– Et concernant la création littéraire, poursuit le vieil homme, maintenant que nous avons manifestement tous les deux du temps libre à disposition, je te propose que nous planifiions un rendez-vous hebdomadaire, par exemple le dimanche matin, pour travailler ensemble. Qu'en dis-tu ?

Avant, le dimanche matin, c'était le temps de l'amour, des croissants au lit, des heures qui s'étirent et paressent, sans contrainte. Travailler avec Michel sera une très bonne façon de ne pas errer dans l'appartement en se remémorant avec nostalgie cette époque. Il accepte, souhaite une bonne soirée au vieil homme, puis se lève et marche sans autre escale jusque chez lui.

*

Étienne a invité Matthieu, Bruno et Guillaume à passer la soirée avec lui. Il n'avait pas envie d'être seul, pas après avoir passé plus d'une semaine avec Aurélia, il aurait déprimé en regardant sa place vide sur le canapé, sa serviette de toilette accrochée à la patère, toutes les traces de son passage éclair chez lui, chez eux, il ne sait plus.

Ils débarquent les mains pleines de pizzas, de bières et de tapes sur l'épaule, le cœur bien décidé à lui faire penser à autre chose. Guillaume va avoir un enfant, Bruno est en couple avec Charlotte, Matthieu a des envies d'ailleurs – « Je me verrais bien monter un projet éducatif en Afrique », leur a-t-il confié l'autre jour –, alors Étienne mesure combien ces instants sont précieux : se retrouver ainsi tous les quatre dans son appartement, se battre pour la dernière part de Regina, jouer à FIFA, parler à cœur ouvert, ces choses simples qui, un jour, flotteront dans sa mémoire comme un doux souvenir. Pendant longtemps, son identité dans ce groupe avait été liée à sa relation avec Aurélia. On ne disait pas « chez toi » mais « chez vous ». On ne demandait pas : « Tu seras là ? » mais : « Vous serez là ? » Ils allaient ensemble aux soirées, au restaurant, aux remises de diplômes des uns et des autres, comme un seul être, et ça lui convenait parfaitement car une partie de lui aimait bien rester en retrait, cachée dans la forêt de ses cheveux bruns, dans les plis de ses grandes robes qu'elle faisait tournoyer en boîte de nuit et dans les rues de Paris, quand ils flânaient aux beaux jours entre le Jardin des Plantes et celui du Luxembourg, en quête d'ombre et de fraîcheur. Quand elle était partie, il s'était senti perdu, déboussolé, fragmenté de l'intérieur. Il ne savait plus comment être Étienne, *juste Étienne*, cela faisait trop longtemps, depuis ses premières années d'école de commerce, quand il errait encore en soirée à la recherche du grand amour. Matthieu, Bruno et Guillaume l'avaient aidé à se retrouver lui-même, à s'émanciper de ce *nous* qui n'existait plus.

Sur une dernière blague de Bruno, et alors que l'horloge dans sa cuisine vient d'afficher 2 heures du matin, Étienne claque la porte de son appartement, débarrasse les quelques assiettes abandonnées sur la table, se prépare rapidement puis se met au lit. Aurélia a lavé les draps, c'est sans doute mieux ainsi, il aurait été accablé par son parfum, l'odeur de son corps imprégné dans la literie. Il attrape un livre posé sur sa table de chevet et commence à lire, mais son esprit est ailleurs, il n'arrive pas à se concentrer. Ayant buté six fois sur la même phrase, il le repose, éteint la lumière, puis se tourne sur le ventre et glisse ses deux bras sous l'oreiller, comme il aime le faire pour s'endormir. Soudain, il sent quelque chose sous sa main droite, un bout de papier comme ceux qu'Aurélia cachait à l'époque dans l'appartement pour lui faire des surprises. Le cœur battant, il rallume, se frotte les yeux et déplie la feuille :

Rendez-vous demain, 19 h 30, à l'Arbre blanc.
Tenue chic exigée.

Étienne sourit. Michel aurait-il eu raison, finalement ? Cupidon aurait-il encore une flèche pour lui dans son carquois ?

*

En guise de tenue chic, il a enfilé sa chemise la plus blanche et la plus repassée, son blazer en tweed bleu marine, son chino beige et ses derbies en cuir, c'est-à-dire plus ou moins l'ensemble qu'il avait prévu de porter à leur mariage civil. Il est rentré tôt du travail pour avoir le temps de se préparer. Il a pris une longue douche, s'est rasé de près, il a même trouvé un pot de crème hydratante dans ses placards, qu'il a appliquée en couches généreuses sur le visage. Quant à ses cheveux, il a tenté de les discipliner à grands coups de peigne, de ciseaux et de gel, n'hésitant pas à couper dans le vif un épi en sédition.

Sur le chemin du restaurant, situé dans le quartier de Saint-Germain-des-Prés, il passe acheter des fleurs, une composition colorée et printanière qui, contrairement au bouquet de roses rouges avec lequel il a hésité, n'envoie pas de message particulier. C'est une simple attention, pour ne pas arriver les mains vides. L'air est doux, nimbé du soleil qui a brillé toute la journée. Il regarde son reflet dans les vitrines des magasins, ajuste ses cheveux, déboutonne et reboutonne l'avant-dernier bouton de sa chemise, vérifie qu'il n'a pas de restes de nourriture entre les dents. Suivant la règle qu'ils avaient autrefois, à savoir que, quand elle lui laissait des petits papiers, il devait suivre les instructions sans poser de questions, il ne lui a pas écrit de la journée. Il n'a donc aucune idée de ce qu'elle a en tête, de ce qu'elle va lui dire dans ce restaurant. La seule chose qui est certaine, c'est qu'il se sent aussi fébrile, nerveux et impatient qu'un jouvenceau avant son premier rendez-vous.

Le ventre serré, il arrive devant le restaurant. Un serveur demande s'il a une réservation, Étienne lui répond qu'il n'en a aucune idée. Il donne son nom et son prénom ainsi que ceux d'Aurélia. Le serveur cherche quelques instants dans son registre, esquisse un sourire puis l'invite à le suivre. Ils traversent la salle principale, d'inspiration pour moitié Art déco, pour moitié jungle tropicale, passent sous de grands lustres enchevêtrés de pendeloques et de lianes, devant une marquetterie où sont incrustées des feuilles de palmier en métal doré, et, sortant par une porte vitrée, atteignent un patio abrité tant de la chaleur que des bruits de la ville par de hauts murs végétalisés.

– Voici votre table, dit-il, posant deux menus sur une nappe blanche puis retournant à l'intérieur du restaurant.

Étienne s'assied, regarde autour de lui. Les autres tables sont toutes occupées, trois d'entre elles par des couples d'âges similaires, la petite quarantaine, la dernière par un homme seul qui parle à on ne sait qui, ses lunettes de réalité virtuelle sur le nez. Les tables sont séparées les unes des autres par des pots en terre cuite plantés de lavande.

Son menu dans les mains pour se donner une contenance, Étienne fixe la porte. Chaque fois qu'elle s'ouvre pour laisser passer un serveur, ses paumes deviennent moites, son sang palpite, il se sent essoufflé alors qu'il ne bouge pas d'un centimètre. Il regarde son téléphone : toujours aucun message. Pour passer le temps, il se met à observer les gens autour de lui, imagine leurs discussions, leurs vies. Inspiré, il sort son carnet et commence à écrire. C'est ce que lui a conseillé Michel : se nourrir du monde, ne jamais mépriser la beauté des petites choses. « Tout un roman peut tenir dans un regard, un mot, un sourire », lui a dit le vieil homme. Au moment où il a cette pensée, un roman, justement, apparaît sous ses yeux. Un roman posé sur sa table par des doigts fins et délicats, aux ongles roses, l'un des plus beaux jamais écrits : *Belle du Seigneur*. Étienne le fixe quelques instants, puis lève ses yeux, lentement, vers la jeune femme qui se tient debout devant lui, toute en boucles blondes et sourire timide.

« Elle portait une robe rouge. Rouge coquelicot… »

Étienne tient les premiers mots de son histoire.

Celle du reste de sa vie.

Remerciements

Merci à ma Pouchat pour sa patience, son soutien indéfectible, l'amour qu'elle me prodigue (et qui, j'espère, sera toujours aussi fort en 2040 !)

Merci également à mon papa de nous avoir conduits des heures durant sur les interminables pistes namibiennes. Confortablement installé à l'arrière, j'ai pu y écrire une bonne partie de ce roman !

Enfin, merci à Marion, mon éditrice, pour ses conseils toujours pertinents, son efficacité redoutable et sa bonne humeur constante !

Composition
PRESS·PROD

Imprimé en France par
CPI Brodard & Taupin
en mai 2024

Dépôt légal : juin 2024
N° d'impression : 3056912
ISBN : 978-2-7499-5827-9
LAF : 3498